告白 ……MY LOVE
魅丽文化

江永和我

灭绝——著

江苏凤凰文艺出版社
JIANGSU PHOENIX LITERATURE AND ART PUBLISHING

图书在版编目（CIP）数据

江禾知我 / 灭绝著 . -- 南京 : 江苏凤凰文艺出版社, 2023.12
ISBN 978-7-5594-7265-6

Ⅰ . ①江… Ⅱ . ①灭… Ⅲ . ①长篇小说 - 中国 - 当代
Ⅳ . ① I247.5

中国版本图书馆 CIP 数据核字 (2022) 第 209371 号

江禾知我

灭绝 著

责任编辑　张　倩
出版统筹　曾英姿
特约编辑　雷凤伶
封面绘制　早文吕
封面设计　刘芳英
出版发行　江苏凤凰文艺出版社
　　　　　南京市中央路 165 号，邮编： 210009
网　　址　http://www.jswenyi.com
印　　刷　湖南天闻新华印务有限公司
开　　本　880mm × 1230mm 1/32
印　　张　9
字　　数　250 千字
版　　次　2023 年 12 月第 1 版
印　　次　2023 年 12 月第 1 次印刷
书　　号　ISBN 978-7-5594-7265-6
定　　价　46.80 元

目录
CONTENT

第一章
超感官知觉

“喂，谢谢你救了我啊。以身相许就算了，因为我有喜欢的人了。不如……”

“不如请你帮我一个忙？”

“好啊……”

“这辈子都别碰高山滑雪。”

“为什么？”

“你不配。”

梦里，少年那张比滑雪场滑道还冷硬的脸在眼前无限放大，再放大，原本倚靠着航班座椅睡觉的江禾猛地一个激灵，吓醒了。

江禾缓了两秒，记起自己现在还在回北城的航班上，顿时长长地松了一口气。

邻座的外国姑娘好心询问江禾是否需要帮助，江禾摇头向对方致谢，然后拿起水杯喝了一大口水压惊。只是回想起刚刚的噩梦，她还是忍不住想捶胸！

这都过去十年了，她居然还时不时就梦到当年参加滑雪训练营时的往事！最关键的是，每次梦到这个场景，她就一定会走霉运！

仿佛为了验证这个定律一般，几秒之后，原本还算平稳的飞机突然开始剧烈颠簸。

江禾听到飞机遭遇气流的播报，默默地叹了一口气。她现在只希望回国第一天一切顺利。

只可惜，理想很丰满，现实很骨感。

这趟航班在晚点了将近两个小时后才落地。

拥挤的人群里，从小到大方向感就差的江禾拿好自己的行李，第一件事就是询问工作人员出口怎么走。

说来也怪，在日常生活里，她的方向感差到无可救药，但只要一涉及自己的医学专业，这个毛病就不药而愈了。

此刻，问完路，她开始一边走一边发朋友圈，结果发送键刚点下去，后背突然被人用手撞击了一下。

毫无防备的她一个踉跄，整个人朝前扑去。更悲催的是，她没握紧的手机"咻"的一声，如流星般飞了出去。

江禾的行动快过意识，一个箭步朝手机冲了过去！眼看她就要接住往下坠落的手机，谁知千钧一发之际，背后突然伸出来一只手，硬生生拽住了她背包的肩带！

于是，新买没多久的手机就这么"啪叽"一声摔在地板上，手机壳和手机解体，手机屏幕当场开裂。

江禾不仅被勒得胸痛，还被气得心肝疼。

她僵硬地扭过头，死亡凝视着身后戴着黑色口罩，身材挺拔的高个年轻男子，一板一眼道："朋友，你干吗？"

拽住江禾背包肩带的年轻男子头戴黑色鸭舌帽，脸上戴着黑色口罩，身穿深色T恤、运动短裤，脖子上套着个无线耳机，一副标准的运动员身材。

他大概没料到江禾会这么问，盯着一脸怒容的江禾沉默了好几秒，然后才回答："抱歉，还以为你需要帮助。"

听听！听听！这是人话吗？如果不是他撞到她，如果后来不是他又拉住了她，她的手机会落得这个下场吗？

江禾怒火中烧地瞪着眼前之人："你害得我的手机被四分五裂，居然还想假装成助人为乐的路人甲？当年长城要是用你的脸皮建，也不至于被孟姜女哭倒啊！我不管，今天你要是不赔偿我的损失，你别想走出北城机场！"

令江禾没想到的是，对方突然来了一个神操作——他竟然松开了手！

这操作太令人窒息，江禾猝不及防，当场摔了个狗吃屎，一口气差点儿没上来。而口罩男在松开手后，立即迈开大长腿往出口的方向走去。

江禾气急败坏，顾不得疼痛，爬起来匆匆捡回手机，立即就追了上去。她想都没想，伸手就去扯对方的手臂。

谁知，她的手刚碰到对方，就被迅速拽住。

对方一出手就是江禾熟悉的过肩摔招式。她心头一凛，企图避开，谁知竟然没能成功！电光石火之间，她改变了策略，决定在摔倒之际给自己拉个垫背的，同时看看这个罪魁祸首长什么样。

口罩一扯开，露出一张清俊帅气的，江禾异常熟悉的面容！

然而，面对那张脸，脚下不稳的江禾还来不及惊呼和做出其他反应，整个人就已经失去平衡，扑在了对方身上。

更要命的是，两个人的唇紧紧贴在了一起……

两唇相触的瞬间，江禾只觉得一阵天旋地转，与此同时，一系列莫名其妙的画面涌进了脑海里。

那些纷乱的画面里，一辆失控的汽车撞上了一辆刚刚停下来的出租车，坐在副驾驶座的男乘客已经解开安全带正准备下车，却因为这一突发状况，一头撞到了前挡风玻璃上。受伤的男乘客被抬上了担架，露出了那张沾染了鲜血的脸……

那人，赫然是眼前这个家伙！

江禾呆住了，忽地又是一阵天旋地转。

等她缓过神来，她才发现自己还在机场。最最最可怕的是，她还保持着与身下之人亲密接触的姿势……

江禾吓得一个激灵，瞬间弹跳而起，转身就跑，一边跑一边用力擦嘴巴。

光天化日，朗朗乾坤，她居然丢掉了自己的初吻！

最最最令她接受无能的是，夺走她初吻的人，竟然是她这么多年噩梦的根源——纪衍！

江禾跑出一段距离后，脑海中蓦地闪过纪衍头破血流的画面。

她下意识又放慢了脚步……

说起江禾与纪衍之间的孽缘，那得追溯到十年前。

那时候，十四岁的江禾得知自己喜欢的邻家哥哥章正尧参加了一个青少年滑雪训练营，为了能够与对方多一些时间相处，她借口想成为一名滑雪运动员，让父母将自己送入了同一个滑雪训练营。

不承想，刚加入训练营第一天，江禾就因为误会，与纪衍打了一架，没分出胜负的两个人就此结下梁子。

在此后为期半个月的活动里，两个同龄人更是相看两厌。

江禾看不惯纪衍狗嘴吐不出象牙以及目中无人的高姿态，热爱滑雪的纪衍则看不惯江禾打着“想成为滑雪运动员”的幌子来追男生这种不尊重滑雪运动的行为，于是二人经常互呛。

在训练营活动走到尾声之际，江禾精心策划了一场表白，谁知因为纪衍的捣乱，表白计划失败。她弄丢了和纪衍组队获得的荣誉勋章，回到湖边寻找，却意外落水。最后，是纪衍不顾生命安危救了溺水的她。

虽然可恶的纪衍要求她从此放弃高山滑雪，害得她此后经常被噩梦惊醒，但这份救命之恩，她一直都铭记于心。

回想起往事以及刚才发生的那个匪夷所思的“预知”事件，江禾默默掉转了方向，沿原路返回。

很快，江禾在人群里找到了纪衍。只是，当她的手刚落在对方的肩头，立即就被对方迅速反手扣住了！

江禾当场痛呼出声：“啊！痛，痛，痛！你快放开我……”

此时纪衍已经重新戴上口罩了，他松开手，盯着眼前这个留着齐耳短发的大眼女孩。他好看的眉毛紧着，语气里自带几分冷意：“怎么又是你？”

“呃，我看你印堂发黑……”江禾刚起了个话头，重点还没说完，对方已经把她当成了江湖神棍，戴起脖子上的无线耳机转身就走，连背影都透着嫌弃。

江禾抽了抽嘴角，再次追上前去：“喂，我说真的，你印堂发黑，接下来必有血光之灾。要想化解，只需记住一件事，那就是坐车一定要系安全带啊……”

如果她说她预知到他接下来会发生交通事故，他一定会把她当神经病吧？

嗯，虽然她现在的举动看起来也挺像个神经病的……

江禾说完，见纪衍无动于衷，只好再接再厉：“研究表明，全世界六十亿人口每年死亡五千二百万，其中死于交通事故的有五十万人，占总死亡人数的百分之一。所以，你千万别掉以轻心啊。为了你的人身安全着想，我强烈建议你接下来这段时间能不出门就不出门，就算出门也一定要选择绿色出行方式……”

江禾说了一堆，口都干了。但是，对方除了脚步越走越快，愣是一声没再吭过。她再仔细一看，一口老血差点儿吐出来……

对方戴的好像是市面上非常流行的某款隔音效果超级好的降噪耳机！

被纪衍连番无视，江禾气愤归气愤，可作为一枚新鲜出炉的医务工作者，她在纠结了一会儿之后，还是决定追上去继续说服纪衍。

尽管她也很怀疑自己脑中闪现过的那些画面是不是真的会发生，但是万一呢？

而且，她隐约记得之前选修过的心理学课程，讲过有关人类的第六感的知识，好像是说有些人的第六感会比较强，能够感知到一些未来可能发生的事。不过她已经忘得差不多了，具体内容还是得找读心理学的好友程莉思聊一聊。

出口处，一大群手握充满少女心灯牌、礼物的小姑娘正聚在一起，翘首以盼。

江禾刚跑到目标人物身边，还没来得及继续劝说对方回头是岸，耳边就响起了一阵兴奋的尖叫。她一抬头，就见到这群粉丝朝她所在的方向蜂拥而来，场面一时有些混乱。

江禾被人群挤到一旁，待看清灯牌上的“纪衍”二字，顿觉胆战心惊，再一看粉丝们围堵的目标，瞬间瞪圆了眼。

纪衍这家伙虽然是国家高山滑雪队的一号种子选手，但滑雪运动一向是小众运动，在国内远不如乒乓球、羽毛球等运动的知名度广，人气也不如这些传统项目高。所以，接机什么的，应该不至于吧？

而且在江禾看来，纪衍这家伙既无礼，又目中无人，除了滑雪确实有天分以及长得马马虎虎，也没啥优点。但偏偏粉丝们吃这一套，还直夸他有个性。

对比激动的粉丝们，被人群团团围住的当事人纪衍显得十分高冷。他既没有接粉丝递过来的礼物，也没有帮粉丝签名，更没有和热情的粉丝们打招呼，唯一的反应就是，加快了脚步……

江禾抿了抿嘴，虚心向身旁一个举着应援手幅，绑着双马尾的小姑娘请教："小仙女，请问纪衍是谁呀？演电视剧的吗？"

"天哪，你居然没听过纪衍？"小姑娘一脸震惊地看着眼前这个长得可爱软萌，笑起来还有两个小酒窝的短发小姐姐，发出了来自灵魂的拷问，"姐妹你是哪颗星来的啊？"

"嗯，我一直待在国外，今天刚回国。"江禾含糊其辞。

"那也不应该啊，听说滑雪在国外属于全民运动。"

江禾沉默了。

抛开那些陈年旧怨，提起滑雪运动员纪衍，常年关注高山滑雪这项体育运动的江禾可太清楚不过了！

高山滑雪项目被视为冬季项目皇冠上的明珠，也是滑雪项目中最基础最接近大众爱好者的项目。但由于受自然环境、经费、人员等客观因素的影响，我国的高山滑雪项目水平和国际顶尖水平一直都存在很大差距。女队水平还稍微好点儿，男队就不够看了。

纪衍的出现，则让大家看到了希望。同时，他的个人魅力以及他在比赛中的出色表现，在很大程度上提升了高山滑雪项目在国内的知名度。

此君今年二十四岁，乃目前国内高山滑雪项目男队的一号种子选手。十九岁初次亮相国际赛事就抱了个冠军回来，让原本抱着"重在参与"心态的中国队大吃一惊。他不仅是这一届高山滑雪世界杯的大热门，也是即将到来的家门口冬奥会高山滑雪男子项目的摘金希望。

自打这家伙进入国家集训队后，她的章正尧哥哥就成了处处被压一头的万年老二。所以每次看比赛，她的心情都非常复杂。

江禾没想到纪衍这家伙真的有这么多粉丝……

小姑娘一看江禾沉默了，顿时目瞪口呆："不会吧？你居然连纪衍都不认识？小姐姐你的消息也太闭塞了吧？不过现在了解也不晚哦。我偶像今年二十四岁，要颜值有颜值，要个性有个性，技术一流，最关键还单身，简直是十亿少女的梦！欢迎加入我们哟！”

小姑娘好心将自己手里的应援手幅塞给江禾，然后变魔术似的又从口袋里掏出了一条一模一样的手幅，重新加入了大部队。

江禾看着手里的应援手幅，两眼一黑。让她粉纪衍是不可能的！这辈子都不可能！

她的偶像只有一个，那就是国家高山滑雪队里常年被纪衍压了一个头的二号种子——章正尧！

想到这趟回国即将见到章正尧，江禾的心情瞬间又变好了。

当江禾从自己的思绪里回过神来时，恰好看见刚才和自己聊天的那个小姑娘不知怎的重心不稳，跌倒在地。

虽然小姑娘所在的位置是人群的偏外围，但是在拥挤的地方摔倒是一件非常危险的事情。江禾救人心切，来不及细想，一个箭步冲了过去。

好不容易将被人踩了好几脚的小姑娘拽了起来，没想到她自己直起身的时候，身上的背包不小心甩到旁人的脸上，打歪了别人的眼镜。对方误以为她是故意的，于是反手怒推了她一把，导致她当场崴到脚，整个人重心不稳，往一旁栽去。

这个突发状况，在人群中引发了一阵混乱。

江禾欲哭无泪。果然每次做到那个陈年旧梦，她就必定会走霉运！更甭提这次还见到了那个害她做噩梦的罪魁祸首！此刻，她不仅摔了一跤，还被人踩了好几脚……

就在她挣扎着想要站起来之际，眼前忽地出现了一只手。

“没事吧？”清冷礼貌的声音里透着几分关切，与先前的冷漠完全不同。

江禾下意识抬起头来。

原来，周围混乱的人群不知何时自动分开了一条路。那人迎着光，站在她面前，仿佛只要她一伸手，就能握住那道光。

下一秒，她好像被蛊惑了一般，握住了他的手。

待江禾站稳后，纪衍礼貌地松开了手，准备离开。谁料，他刚转身，突然被人紧紧拽住了衣角。

“你能不能……”情急之下，江禾丧失了语言组织能力，不知道该怎么把自己看到的事情当众说出来，只好焦急地拽着他的衣角不放。

纪衍的目光从江禾脸上滑过，落在她手里紧紧握着的应援手幅上，忽然道：“有笔吗？”

“啊？”江禾愣住，还没反应过来对方为什么突然问这个问题，旁边已经有好多热心人递出了笔。

纪衍顺手接过其中一支笔，龙飞凤舞地在江禾手上的那张应援手幅上签下了自己的名字。他将笔还给好心人，道了谢，转身离开。

周围艳羡声四起，江禾却宛如一只呆头鹅立在原地，完全没搞清楚状况。回过神后，江禾盯着手里的应援手幅无语凝噎。她将东西随手往包里一塞，决定两眼一闭，不管了。

天知道刚才她脑海里突然冒出来的画面，是不是因为倒时差产生的幻觉呀？

说服自己之后，江禾收回思绪，坐上了回家的出租车。出租车司机单曲循环着经典歌曲《爱江山更爱美人》，一路车技惊人，在超速的边缘疯狂试探。

等到车子下了机场高速路段，经过某个十字路口时，江禾往旁边一瞅，赫然发现旁边那辆出租车上载着的乘客正是比自己先一步出发的纪衍！

江禾盯着纪衍呆愣了一会儿，司机发现了她的异样，误会她和纪衍之间有什么爱恨情仇的纠葛，好心放缓了车速。

巧合的是，接下来两辆车的行驶方向相同。

那边的纪衍似乎也留意到了江禾的火辣的视线，朝江禾这边望了一眼，但随即皱了皱眉。

不久之后，纪衍乘坐的出租车在北城体育大学的大门口缓缓地停了下来。江禾看到纪衍在解安全带，脑中莫名就想起先前的那个画面。她心里咯噔了一下……

此刻，热心肠的司机大哥也放慢了车速，询问道："妹子，你要一起下车不？要的话我直接把订单结束？"

"啊？"江禾听到司机的话，下意识转过头看向司机，"我不……"

江禾的话音未落，耳边突然传来"砰"的一声巨响。她快速望去，下一秒，整个人都惊呆了！因为不远处那一幕，正与之前脑海里的车祸画面重叠了。

热心肠的司机大哥见惯了大场面，反应迅速，立即熄了火冲了过去。周遭的人也迅速围上前去救援，还有人帮忙拨打报警和急救电话。

江禾很快从惊愕中回过神，推开车门也冲了过去。

车内被困的人员都被救了出来，人群里已经有个专业的医护人员站了出来，此刻正在紧急救治受伤昏迷的肇事车辆的车主。江禾则快步来到满脸鲜血的纪衍身旁，第一时间对他进行紧急救助。

纪衍最大的外伤来自头部，幸好耳鼻处并没有血液、脑脊液等流出，瞳孔也没有出现散大的情况。她请身旁的人帮忙用纸巾按住出血的位置，出于谨慎考虑，没有移动纪衍："纪衍，你现在怎么样？还记得发生了什么事情吗？"

纪衍躺在地上看了她一眼，记忆有些断层："我怎么在这儿……"

江禾的表情有些凝重，简单解释了一下："你刚才出了车祸，你还有印象吗？没有的话也没关系，这种现象是短暂性的意识障碍，半个小时后可自行恢复。"

"谢谢。"

"不客气，那我现在再帮你检查一下身体情况。你现在觉得身体哪些地方不舒服？"

"头和左肩……"

江禾闻言，连忙小心翼翼地握住他的左手，轻轻活动了一下，确认具体情况。

听到纪衍隐忍的痛呼声，江禾连忙放轻了动作。而纪衍也在这个时候想起了自己所遭遇的事情，认出她就是自己在机场遇到的那位粉丝。

江禾刚确认完他是肩关节脱臼，立即察觉到他的目光，笑道："是不是觉得我长得很眼熟？"

"不是，我都想起来了。"他还想起来，眼前这位刚才一直坐出租车尾随自己……

"这是好事啊。"江禾一边做复位前的准备，一边转移他的注意力，"手臂没什么大事，可能是受到巨大撞击引起的，我再仔细检查检查。对啦，那你还记得我是谁吗？我们刚才在机场见过，你还给我签了名。不过，我可以请教你一个问题吗？"

纪衍一度怀疑对方是个私生粉丝。不过看在对方主动出手相帮的分上，他没有挑明，只道："你说。"

江禾笑嘻嘻道："你为什么只给我一个人签名呀？是因为我气质太出众了吗？"

面对如此厚颜之人，纪衍一时竟不知该作何回答。

江禾瞄准时机，手上一用力，只听"咔"的一声，脱臼的肩膀重新复位。待纪衍反应过来之际，江禾已经收回了手："好了，刚才肩膀脱臼，我已经帮你复位了。你试试看现在如何。"

纪衍动了动左肩，除了还有点儿咔嗒响，没什么大问题。他正要道谢，突然一阵反胃恶心的感觉涌了上来。

"你怎么了？是不是有头晕、头痛、想呕吐的症状？"江禾紧张地盯着他，见他点头，立即判断，"不排除是轻微脑震荡，救护车应该快到了，等下到医院建议你做个脑部 CT 检查，以防有颅内出血等情况……"

纪衍脸色苍白，稍稍缓过来之后，回了一声："谢谢。"

由于车祸地点就在北城体育大学门口，很快就有一群学校医护人员出来帮忙，救护车来得也很及时。江禾出于道义，想陪同纪衍一起去医院，哪知还没上车，就听到急救人员询问纪衍与自己是否认识，纪衍回了一句不认识，车门立即就被关上，车子迅速开走了。

江禾望着远去的救护车耸了耸肩，重新坐上了回家的出租车。

傍晚，城东江家。

江禾乘坐的出租车刚刚在家门口停下来，焦急等候许久的江氏夫妇立马迎了上去。一见到从车上下来的灰头土脸的江禾，夫妇俩立即瞪圆了眼睛。

江鸿拿过女儿身上的背包，率先发问：“小禾苗，你这是怎么了？谁欺负你了？说出来，老爸带你去把场子找回来！”

身为前武馆教练的江鸿话音刚落，立即引来妻子秦淑雯的不满：“老江，你能不能别遇到事情第一时间就想着动粗？别教坏我的宝贝女儿。”

江鸿辩解：“我这怎么是教坏女儿呢？和谐社会，咱不主动欺负别人，但是被人欺负了也不能㞞啊，这不还有个词叫‘正当防卫’吗？”

江禾听到父亲的歪理，顿时忍俊不禁：“老爸，你开什么玩笑？就算你不相信我，你总得相信你自己吧？我这身手，不欺负别人就不错啦。还有，正当防卫可不是这么用的，我觉得你十分有必要去我妈那里接受一下法律知识的普及。”

江鸿还想说话，却被秦淑雯直接打断：“老江，女儿刚回来，你能不能让她好好歇会儿？”

江鸿一看太太要发威，只好选择闭嘴。

江禾看到这熟悉的一幕，捂着嘴在一旁偷乐。

秦淑雯批评完丈夫，转头对上女儿，瞬间换上温柔慈爱的表情：“小禾苗，坐了这么久的飞机累了没？爸爸妈妈给你准备了你最爱吃的菜，咱们先吃饭，其他事情晚点儿再说。”

江禾笑嘻嘻地伸手挽住秦淑雯女士的胳膊，一边走一边撒娇：“果然，这世上最了解我的人就是秦淑雯女士！我都快饿扁了，飞机餐可难吃啦，你看我都饿瘦了。对了，咱们今晚吃什么？有没有糖醋排骨呀？”

秦淑雯女士成功被转移了注意力：“有，除了糖醋排骨，还有油爆虾、清蒸大闸蟹……”

江禾趁着自家妈妈在介绍菜肴的间隙，偷偷朝自家老爸眨了眨眼。

江鸿则朝女儿竖起了大拇指。

一进家门，江禾的注意力立即被餐桌上满满一桌佳肴吸引。她迅速洗了手，换了身家居衣服，然后上桌开吃。

“在国外，我每天都在反省自己，我是谁？我在哪儿？我为什么要想不开跑去国外念书？我爸、我妈做的饭菜可是这个世界上最好吃的！我当初脑子一定进水了，居然舍得出国？”江禾狼吞虎咽，恨不得把碗都给吃了。

江氏夫妇从开始吃饭就不停给自己的宝贝女儿夹菜，这会儿听了女儿的话，联想到女儿独自在异国他乡求学的艰辛，又心疼又心酸，于是夹得更频繁了。

“小禾苗啊，你现在医学院毕业了，接下来有什么打算？是想继续深造还是打算先实习？”江鸿询问道。

“我还没完全想好。之前有教授私下询问过我，但是我还没给出答复。”大概是因为遗传了家族基因，江禾不仅念书厉害，在医学领域也展现了极高的天分。她还没毕业的时候，就有教授向她抛出了橄榄枝。

“那要不，在家休息一段时间，然后再做决定？”江鸿顿了顿，又说，“最好还是留在国内。你一个人在外面，我们也不放心……”

“嗯，我再想想……”

秦淑雯见女儿犹豫，语气缓和地说：“小禾苗，你长大了。无论你做什么决定，爸爸妈妈都尊重你的选择。不过如果你选择实习的话，倘若国内有好的工作机会，妈妈希望你可以考虑一下。”

江禾乖巧地点点头。

一旁的江鸿见状，很是伤心：“难怪你这次回国轻装上阵，只背了个包，原来是只打算回来待几天……”

江禾大概是因为从食物中补充了能量，所以脑子这会儿转得特别快。她一下子就听出了不对劲：“老爸，我除了背包还有个行李箱啊！你刚才没看见我的行李箱吗？”

“啊？”江鸿也有些蒙，放下手中的筷子，“小禾苗，你没说你还有行李箱啊，司机也没开后备厢……”

“乘车的小票拿了吗？”秦淑雯看到父女俩如出一辙的呆样，有些头疼地问。

“没有……”江禾挠挠头，忽然想起一件很重要的事情，“不对，我上车的时候好像就只背了个包……”

“下飞机后有没有去拿行李？”秦淑雯无奈地再次开口询问。

“哦哦，拿了。我拿完行李后，还被人撞到，不小心摔了一跤，手机屏幕都摔裂了……”江江说到这里，忽然顿住。

江氏夫妇闻言，不约而同地追问：“有没有哪里受伤？怪不得给你打电话一直关机……”

江禾连忙摇头：“没事，没事，在我爸的多年操练下，我这身体可结实啦！”

秦淑雯瞥了一眼丈夫，轻哼了一声，没接这个话茬。

江鸿在教女儿练武这件事情上，非常严格。江禾以前经常哭着鼻子回家和妈妈告状，导致秦淑雯有很长一段时间怎么看丈夫怎么不顺眼。

此刻，秦淑雯将话题拐回行李箱上面来：“你先仔细回忆一下，拿好行李箱之后，你都做了些什么事情？”

江禾认真回忆了一番，最后记忆定格在了自己和纪衍那个微妙的亲密接触的画面……她当时完全忘记自己的行李箱还留在原地了……

江禾斟酌了一下，小心翼翼道：“我好像把行李箱落在机场了……”

“我们说要来接你，你硬是不要。”秦淑雯冷着脸道，“江禾，你怎么不把自己落下呢？”

江禾偷偷向老江同志求助，老江同志回给她一个爱莫能助的眼神。

秦淑雯看见他们父女间的小互动，更生气了：“能不能拜托你们父女俩，不要让我一把年纪还跟在后头操心？”

江禾拍案而起：“谁说我妈妈一把年纪？！我妈跟我站一块儿就跟姐妹花似的，不知情的都以为是我妹呢！爸，你说对不对？”

江鸿点头附和：“那必须的啊！秦淑雯同志，你不要自我贬低，在我眼里，你依然跟十八岁那年一样好看！”

“所以妈妈你别生气了，生气会长皱纹，为了我们这不争气的，太不值得了！我们今后一定改！如有再犯，就……”江禾卡壳，只好看着母亲傻笑。

秦淑雯又好气又好笑：“算了，这次记过处分。如有再犯，决不轻饶！”

父女俩见逃过一劫，齐齐松了一口气。

由于女儿不靠谱，秦淑雯决定亲自去处理丢失的行李一事。最终经历了好一番周折，总算找回了遗落的行李箱。

当晚，江禾换上了备用手机，然后躺在床上倒时差。她回想起纪衍受伤的那一幕，不知怎的忽然就没了睡意。最后，她索性爬起来开电脑搜索与纪衍相关的消息。

不过，电脑刚打开，手机就响了起来。

电话一接通，秦妙轻快的声音立即响了起来：“小表妹，我就猜到你还没睡。我这个周末休息，要不要一起吃饭？”

江禾与表姐秦妙感情深厚，一口应下：“咱们约个晚饭？”

“行，那我到时候来接你。对了，回到祖国的怀抱，心情如何？”

“如果非要用四个字来形容的话，那就是，悲喜交加……”

“噗，小丫头你变了啊。回国前你不是还说心情激动吗？”

“喵姐，别提了，飞机延误不说，在机场差点儿来了个脸着地，手机还裂屏了！嘤嘤嘤，喵姐你知道吗？到家后我才反应过来，我居然还把行李箱落在机场了。回国才第一天，就差点儿把我们家秦淑雯女士给整疯了。哎，除了这些，还有更悲催的事情。我在机场助人为乐，被当成了狂热粉丝，全场一堆真粉丝，正主独独给我这个假粉签了个名……总之，一言难尽……”江禾说起回国这一天的悲惨经历就忍不住一把辛酸泪。

“哈哈哈，小表妹，你是我接下来一周的欢乐来源。”电话那端的秦妙听了小表妹的叙述，直接笑喷。

江禾很是郁闷：“喵姐，我觉得你变了，你不爱我了……”

“噗，对不起，周末听你详细说的时候，我争取忍住不笑场。”

“哼！”江禾十分有骨气地挂断了电话。

结束通话后，江禾搜了一圈与纪衍相关的消息，然后又搜了一圈关于第六感的知识。最后，她又给远在国外的好友，心理学博士程莉思发了一封邮件，请求解惑——遭遇科学路上最大的滑铁卢，迫切需要姐妹指点人生！

只是，程莉思目前正好在自驾游，谢绝接收一切外界讯息。江禾猜测，在旅行结束之前，对方是不会看到自己的求助消息的。

第二天，江禾本想去隔壁拜访章正尧的父母，却被自己的父母告知章氏夫妇出远门探亲，遂只好作罢。

在接下里的几天时间里，同学群里有人知道江禾回国，纷纷发出了邀约，但统统被江禾婉拒了。她宅在家中，在网上搜了很多关于纪衍的消息，没看到纪衍受伤的相关新闻，顿时长松一口气。有时候，没有消息也许就是好消息。

至于发给好友程莉思的邮件，一直没有被查阅。江禾早有了心理准备，所以并不觉得意外。

周末这天傍晚，江禾正在客厅陪父母聊天。秦妙开着新入手的红色跑车如约抵达江家。

美人身穿大红色长裙，披着一头波浪卷长发，江禾一看见她就立即开心地奔过去给了她一个热情的拥抱。

“喵姐！好久不见！有没有想我？”不同于御姐范十足的秦妙，此刻的江禾身着白色连衣裙，头上扎着一个小鬏鬏，笑起来露出两个甜甜的酒窝，显得既乖巧又软萌。

秦妙被自家小表妹扑了个满怀，明明心里美滋滋，嘴上却故意道：“你再不回来，姐姐我可能就忘记自己家小表妹长什么样了。”

“那只能说明我们感情还不够深厚！”江禾一本正经地总结，转头对自己的父母说，“爸爸妈妈，我先跟喵姐出门培养培养感情，晚上这顿饭就不在家吃啦。”

秦妙最喜欢逗她：“一顿万一不够呢？”

江禾理直气壮道：“这还不简单？多请我吃几顿就解决了！”

江禾的话逗得在场几人直乐。因为江禾早就和父母打过招呼，再加上秦妙在长辈们眼中一向靠谱，所以江氏夫妇也没多说，只叮嘱秦妙开车注意安全，然后就挥手让两个小辈去玩了。

江禾上了副驾驶座，东瞅瞅，西摸摸：“喵姐，换新车啦？”

“怎么样？配得上你姐我的气质吗？”

“必须的！喵姐你不知道，其实你刚才出场的那一瞬，我的魂就已经被勾走了！”

秦妙伸手捏了捏小表妹光滑的脸颊，笑道：“小丫头，嘴巴怎么这么甜？”

江禾状似认真地思考了一下，笑嘻嘻地回答：“因为我从小吃蜂蜜长大的。”

秦妙被她逗得合不拢嘴，一边启动车子一边问：“想好去哪儿吃饭了没？”

“老地方？”

“OK。”

约莫半小时后，二人顺利抵达以前常去的旋转餐厅。尽管天还没全黑，整座城市却已经被闪烁的霓虹灯点亮了。

江禾看着外头熟悉的景致，忍不住矫情了一下：“看了那么多的风景，果然还是家乡最美。”

秦妙摸了摸小表妹的脑袋瓜：“舍不得就留在国内。”

江禾俏皮地吐舌：“我爸妈也跟我提过这事。不过我还没想好，打算先在家休息一阵子。”

秦妙没再多劝：“如果有需要帮助的地方，千万别跟姐姐客气。现在让我们换一个轻松点儿的话题，你回国那天到底都经历了什么？怎么还被人当成狂热粉？”

江禾苦着一张脸道：“说来话长……”

“没关系，反正今晚时间多的是，你可以慢慢说。或者，挑重点讲？”

“好吧……但是你听完不许笑啊。”江禾苦哈哈地开始讲述在机场的非人遭遇。

不过，她隐去了纪衍的名字以及那段匪夷所思的经历。毕竟就连她自己都觉得这件事太不可思议了。

等江禾口干舌燥地讲完事件的起因、经过、结果，对面的秦妙毫无同情心地笑喷了。

江禾愤愤道：“喵姐，你还记得我对滑雪的阴影是咋来的吗？”

秦妙点点头。

家族众多兄弟姐妹里，就属秦妙和江禾感情最好。在成长的年岁里，那些没办法对大人启齿的烦恼以及少女心事，江禾都会向秦妙倾诉。

“就是这个家伙害的！”提前当年，江禾就咬牙切齿。

“噗，小表妹，十年没见，你居然还能从茫茫人海中认出对方？你该不会对对方情根深种吧？”

“呸呸呸！血海深仇还差不多！要不然这么多年我怎么常常做噩梦梦到他？”江禾心塞，“再说了，我每次观看正尧哥的滑雪比赛，都会见到纪衍这家伙，想忘记都难。”

“等一下！”秦妙抓到重点，“所以你当年讨厌的那个男孩，就是章正尧的队友，现如今国家高山滑雪队那颗新星——纪衍？”

见表姐如此反应，江禾夹着食物的手抖了抖：“喵姐，千万别告诉我你也是他的粉丝……”

“那倒不是。不过，我之前不是提过我爸要暂时换岗吗？你猜猜他去了哪里。”

“啊！你千万别告诉我姨父是去国家高山滑雪队当队医了……”

“恭喜你，猜对了。他们医院与高山滑雪国家集训队建立了长期合作，调他过去工作一阵子。你也知道我爸擅长运用中医针灸结合运动医学疗法治疗运动创伤，所以去那边主要负责队上运动损伤的治疗和防护工作……不过目前滑雪队正在北城体育大学进行体能集训，九月底要去奥地利参加上雪训练。”秦妙说到这里顿了顿，又转回刚才的话题，“说起纪衍，我突然想起一件事，他前两天发生车祸送到了我们医院，脑震荡有点儿严重，接下来一段时间可能都没办法参加训练了。”

江禾猛地一把抓住自家表姐的手，声音有些颤抖：“你说纪衍吗？”

秦妙看到她瞬间脸色大变，不由得有些疑惑，但还是先点了点头：“我没见到他本人，听同事提了一嘴，要留院观察几天，担心有颅脑损伤。”

江禾听了秦妙的话，脸色不见丝毫好转，反倒白了几分。秦妙连忙关心道：“小禾苗，你怎么了？身体不舒服吗？”

江禾摇摇头：“我没事……”

秦妙看小表妹的模样可不像没事的样子。这一切是因为纪衍？不是说这两个人十年没联系了吗？

秦妙不知道的是，此刻的江禾心中被愧疚占据。她忍不住去想，如果当时在机场，她再努力一下，是不是就能引起纪衍的足够重视，从而避免这一切的发生？

那个被她刻意忽略的问题，也重新浮上心头。

那就是，她突然冒出来的超感官知觉能力，究竟是真是假？

第二章
何处不相逢

江禾在与表姐秦妙聚餐后，心情一下子跌到谷底。

她活了二十四年，第一次陷入深深的自我怀疑。她翻看了很多心理学的书籍，结果越看越焦虑。她还在网上匿名发帖向网友求助，结果帖子底下网友们给了统一回复，建议她去看精神科。

在家里休息了三天，江禾甚至一度想去挂个心理医生的号咨询。不过，家族里当医生的亲友太多了，她怕暴露，只好放弃。

幸好，就在江禾快要头秃之际，远在大洋彼岸的程莉思冒泡了！

江禾点开邮件，当场流下了喜悦的泪水。

邮件里，程莉思详细解答了江禾的疑惑——

“宝贝，你说的第六感在我们心理学上，称为‘超感官知觉’，英文叫做 Extra Sensory Perception，简称 ESP。这是一种超心理现象，是指除去人体感官之外的潜意识自我预知状态。这种能力能透过正常感官之外的通道接受讯息，你能预知将要发生的事情，但与你之前的经验累积所得的推断无关。

“ESP 属于超心理学的研究范畴，研究对象主要包括了思维传递、特异知觉、预感等。在十九世纪末二十世纪初，ESP 就引起了人们的兴趣。欧洲那些致力于 ESP 研究的学者冲破重重阻力发展出了一门心理学分支学科，即心灵学。二十世纪三十年代至四十年代间，美国杜克大学的莱因博士曾进行过多次的 ESP 确认实验，只是外界对 ESP 的争议一直很大……

“不过，不久之前加州理工学院的团队发表了研究，证实了人脑能感应到磁场，会对磁场变化做出强烈反应。这算是人类‘第六感’磁感首次被证实。所以你在邮件里描述的那个关于亲密接触而产生超强第六感的猜测，也不是不可能哟。

“另外：亲爱的，这世上没有什么事是科学解释不了的。如果有，那也只是因为我们目前的科学研究还不够深入罢了。”

江禾坐在电脑前将这封邮件来回看了好多遍，终于一扫之前的萎靡不振。虽然这件事实在太令人匪夷所思，但这年头还有什么能比自己没疯更值得庆祝的呢？！

所以，在回复完邮件后，她立即拿起手机，给排在自己通话列表最前头的那位高中班长岑静回拨了个电话，表示自己会去参加明晚的高中同学小聚。

电话那端的岑静一听江禾会参加，热情地表示要派个帅哥开车过去接她，预防她迷路。

江禾哭笑不得，再三婉拒并保证自己会准点，对方才作罢。

第二天，江禾在城市里绕绕转转许久，花费了比原本多好几倍的时间，总算在六点半左右，成功找到了目的地。

幸好，她对自己还有那么一点儿正确的认知，早想到了这一点，提前很早出门了。不过，她也打定主意，下次能打车就坚决不自己开车了！

所以说，方向感差的人就不适合开车……她当年能成功考到驾照，连她自己都觉得不可思议！

这个时间点正是用餐高峰期，“明记”里座无虚席。

江禾在服务员的带领下来到包间门口，门一推开，里面坐着的人齐刷刷看了过来，五位都是女生。巧的是，她们还都是江禾在高中时代的死忠粉。

江禾的好人缘来自她从小到大的正义感以及那一身让人安全感爆棚的武术。

江禾顿时乐了：“哈喽，美女们，好久不见啦。”

打扮时尚的女孩们蜂拥而上。班长岑静更是直接冲上前给了江禾一个大大的拥抱。

“江小禾！你可算来了！我们都要望穿秋水了！”

“对啊，你要是再不来，我都怀疑你是不是走丢了……”

“为了见你一面，我可是特意放弃了男朋友的，小丫头你今天要是没来，我就直接杀到你家去了……”

“哎，你这次准备回归祖国的怀抱吗？还是继续留在国外？”

“等等，我这里有个问题比较重要！小禾你脱单了没？我手头有好几个优质男青年，你瞅瞅有没有中意的……”

包间里一片热闹。女孩们将江禾围住，叽叽喳喳说个不停。

问题太多，江禾一时回答不上来，无奈道：“你们这届粉丝太热情了，我有点儿顶不住啊！那个，可以允许我先找个座位坐下来吗？”

岑静连忙清了清嗓子，开始主持大局：“好了，好了，你们淡定一点儿，叙旧嘛，等一下有的是时间。咱们先坐下慢慢聊，也让小丫头休息一下。”

岑静与江禾的友情始于江禾的正义感。

当年，学习好又漂亮的岑静被高年级学长表白之后，在回家途中被不良学姐们围堵和欺负，恰好被江禾撞见。江禾不仅帮岑静把场子找了回来，事后还让学姐们低头道歉，见到她们就绕道走。从此，高傲的岑静就将江禾视为了偶像。

此刻，一群人重新坐回桌前。

江禾喝了一口果汁润嗓，接着一一回答了大家的问题，表示自己还是单身，但介绍就不必了。毕竟，她刚毕业，接下来要好好为祖国的医疗卫生事业做贡献，没空谈恋爱。

江禾将格局拉高，其他人果然不再提介绍对象一事。

随后，坐在江禾右手边的岑静从包里拿了几张大红色的结婚喜帖，一一分给了在座的姑娘们：“我年底结婚，提前预约你们的时间，到时候再忙也要来参加，不来就只能绝交了。特别是江禾，我上次订婚你没空，这次结婚一定要来参加！”

江禾一口应下：“行，到时候就算天塌下来，我也会出现的！”

港风打扮的美女叫兰姗，当年与岑静不对盘，高中毕业后她们考上了同一所大学，反倒成了好友。她看着手里的喜帖，万分感慨：“小静，万万没想到你竟然会是我们这群人当中最快结婚的。想当年，大学宿舍夜谈的时候，你说要当女博士，我们大家还笑话你来着……”

岑静红了脸颊，眉目间难掩幸福神色：“那个，我也没想到爱情来得如此突然……”

在座几人见状，纷纷捂心口。江禾笑嘻嘻地举起手里的果汁杯：“来来来，大家一起干了这碗狗粮！”

众人举杯，兰姗突然道：“哎，等等，这个充满纪念意义的时刻，怎么能喝果汁呢？桌上的红酒是用来做摆设的吗？”

江禾素来半杯就倒，所以在外基本不沾酒。她正要开口，孰料却被在座的知心小姐姐们抢先了一步——

“除了江禾这丫头，其他人都把杯子满上啊！”

“小丫头，你就别喝了，乖乖喝果汁吧。万一姐姐们喝醉了，你得帮姐姐们坐镇！”

“对对对，你是我们的安全感来源，你可不能喝醉！而且当医生的人，尽量少沾酒。”

“哈哈哈，小禾，听姐姐们的话哈。酒这种东西太危险了，不适合你们小丫头，想喝什么果汁随便点，管够！”

因为跳级而小了众人几岁的江禾：“……”

聚餐到晚上九点多，兰姗等人决定转场去唱歌。

江禾本来打算撤，但考虑到她们都喝了不少的酒，最后决定担起护花使者的责任。

然而，生活啊，就是一盆狗血！你永远不知道它会在什么时候淋你一头……

以岑静打头的一群人推开包间门走出来，恰好撞上了走廊上正在缠绵热吻的男女。岑静刚要收回目光，瞥见那位高个男人的侧脸，忽然发觉不对！

江禾扶着一位微醺的姐妹走在最后面，前方的队伍忽然不动了。她纳闷地顺着大家的目光望去，意外地看到走廊上一对男女正吻得难分难舍。她忍不住在心里感慨，情到深处难自禁这种事，果然不分国籍。

令她不解的是，大家盯着那对接吻的男女，竟都没动，也没出声，全场气氛异常诡异。

她迟疑了一会儿，悄声询问身旁微醺的姐妹："大家都怎么了？"

这位姐妹眯着眼睛盯着前方那对终于停止热吻的狗男女，磨牙道："哦，前面那个眼镜男就是刚才喜帖上的狗男人，刘泽阳。"

江禾咋舌。她望着眼前这个大型翻车现场，心道，要遭，转头去看岑静，恰好就看见岑静咬牙切齿地朝那对狗男女冲了过去。

下一瞬，场面混乱了起来……

彼时，正巧有服务员送餐经过，也被牵连了进去。餐车被撞翻，发出刺耳的声音，原本干净整洁的地面，瞬间一片狼藉。

眼前这个渣男看着人高马大，又是常年健身，最关键的是，他的动作都在维护那个衣着热辣的第三者。

江禾担心自己的姐妹吃亏，迅速加入了战局。

她明面上在劝架，实则时不时暗中给渣男使点儿绊子。就在渣男为了保护小三，扬起手企图打自己的未婚妻时，江禾乘其不备，飞快地抬脚往他的膝盖窝踢了一脚，渣男一膝盖跪在了地上，正好跪在了自己的未婚妻面前。

江禾偷偷咧了咧嘴角，然而一抬头，她得意的笑容蓦地僵住了！

因为，纪衍那家伙竟然就站在不远处。他穿着浅色的休闲衣裤，头上还有块纱布没拆除，手里拿着一部手机，很明显将刚才那一幕全看在了眼里……

江禾莫名有些心虚，立即快速移开目光，假装刚才的对视不存在。但她转念一想，又觉得自己太尿了，看到就看到，关他鸟事啊！她立即又挺起胸膛做人，甚至还挑衅地朝对方扮了个鬼脸。

纪衍却忽地脸色大变！

江禾正费解，紧接着就看见他拔足朝自己狂奔而来……

其实，集训期间是不允许私自外出的。不过，为了给一位退役回到北城的师兄饯行，这晚整个集训队的队员都来了。

退役的那位同门师兄姓王，素来对纪衍颇为照顾。

王师兄近年的成绩一直没办法突破，身上又有伤病，再加年龄也上去了，权衡之后，无奈选择了结束比赛生涯。

饭桌上的气氛轻松融洽，大家都在笑着恭祝师兄有更好的前程，然则大家都知道，如果可以选择，没有人会选择退役。

饭局还未结束，纪衍实在不知该如何面对王师兄，于是便借着接电话的机会，离开包间透气。谁知，一出来就撞见了出轨翻车现场，还遇见了机场那个令人印象深刻的小粉丝。

小粉丝满腔正义，一边护着自己的朋友，一边偷偷使劲给渣男下绊子。他默默旁观，原本烦闷的心情竟意外好转了不少。

当他打算收回目光准备离开之际，却突然发现有个男人捡起了地上的破酒瓶加入了混乱，最关键的是，那人的目标就是小粉丝！

纪衍当下顾不得其他，以百米冲刺的速度飞快地朝对方奔去，抢在偷袭男下手前的零点零一秒，伸手拽住了江禾的胳膊，将她拉入自己怀里，堪堪避开了男人手里的破酒瓶袭击。

江禾莫名其妙被抱了个满怀，满头雾水，下意识要挣脱。

纪衍却没有立即松手，而是先将她转移到自己身后的安全位置，然后才松手。

做完这一切，面对已经逼至眼前的偷袭男，纪衍迅速且冷静地紧扣住偷袭男握着酒瓶子的那只手腕，将其往前面一拉，接着另一只手化成手刀砍向对方的脖子，右脚踹向对方肋骨位置，将其打趴在地。

周遭的喧闹声仿佛都在这一刻停歇，包括江禾在内，所有人都看着眼前这个从天而降，头上贴着纱布却难掩俊颜的帅气男人。

纪衍转身看着傻住的江禾，俊眉微蹙，问道："你还好吗？"

江禾好几秒之后才回过神。她扫了一眼地上的碎玻璃碴以及倒地哀号的男人，犹带几分后怕地摇了摇头，小声向纪衍致谢："谢谢你又救了我一次。"

江禾指的是多年前滑雪训练营那一回，纪衍却误以为她说的是机场那一次。他礼貌地笑了一下："不客气。"

看出纪衍并没认出自己，江禾心头有些说不清道不明的情绪在浮动。她甩开那些纷杂的思绪，目光落在他额头的纱布上，犹豫着是否应该和他聊一聊自己的超心理现象。

但是，纪衍没等她开口就转身了。

江禾顿时有些泄气。

就在这时，周遭突然响起了尖叫声。

江禾一回神就看见一个酒瓶子精准地朝纪衍飞了过去。她立即以迅雷不及掩耳之势朝纪衍扑去："小心——"

江禾将纪衍扑倒的时候，脑袋瓜里只惦记着一件事——不能让纪衍伤上加伤。

她压根儿没想到，纪衍反应过来后，想了个折中的办法，避免了双方摔倒在一片碎玻璃碴上的惨剧。

然而，代价就是——众目睽睽之下，她与他不小心又亲上了……

那一瞬，江禾的世界只剩下寂静。

大脑里新涌进来的画面如同电影幻灯片般一张接着一张闪现，满目白色里，纪衍身穿国家滑雪队队服在雪道进行上雪训练，中途突发意外，狠狠摔在赛道上……

这一场闹剧，以所有相关人员都被请去派出所"喝茶"收尾。

拿酒瓶偷袭的醉酒男是刘泽阳同行的朋友，因为辱骂、妨碍民警执行公务，最终被治安拘留。当然，这是后话。

作为见义勇为人士，纪衍在接受了民警的简单问询之后，很快被允许离开。

江禾时刻关注着纪衍，见他走了，立即跟了上去。身后的兰姗不明所以，连忙叫住她："哎，江禾，你去哪儿呢？等会儿一起走啊。"

江禾扭头回了一句："好，我去去就回。"

听到身后传来的"江禾"二字时，纪衍脚步微顿，随即又恢复如常。他出了派出所，在大门外停了下来，拿出手机打网约车，好返回"明记"

与队友们会合。

等江禾追出来的时候，纪衍刚刚下单打好车。

江禾眼尖，瞥见他手机屏幕上的显示，连忙道："你要回去吗？我送你呀，我今晚滴酒未沾！"

在江禾心里，纪衍就是老熟人一个嘛。这晚又多亏了纪衍的帮助，所以她有心示好，以至于压根儿没察觉自己的提议其实很不合时宜。

纪衍闻言，收了手机，望向身旁突然冒出来的热心人士。

夜色下，温暖的路灯光投射下来，在女孩脸上镀上一层柔和的光晕。女孩神色自若，笑吟吟地望着自己，一双晶亮的大眼睛里满是热情，仿佛今夜在饭店走廊上的那个意外之吻不曾发生过。

原本因为那个意外之吻一直觉得有些尴尬的纪衍，此刻不免生出一丝丝自我怀疑。这一届粉丝，果然内心强大……

"不用，谢谢。"纪衍望着眼前看似有些熟悉的酒窝女孩，蓦地想起刚才听到的那个熟悉的名字，心头浮起一丝疑虑。但转念想起机场的那一幕，他就觉得自己想多了。

江禾却没气馁，热情依旧："这么晚了，你一个人回家太不安全了！你放心，我持证上岗，合法的。"

纪衍听了她的话，默默后退了一步。

江禾看到他的反应，一口气差点儿没上来！

这晚他们才刚刚并肩作战过，四舍五入那就是过命的交情，他居然来这一出？这可就很伤人了啊！

缓了好一会儿，江禾调整好情绪，挤出一个笑脸，咬牙切齿地喊出那两个字："偶像，我看起来很可怕吗？？？"

纪衍听到那声"偶像"，心想，果然是自己想多了。毕竟，记忆中那个与自己不对盘的少女，绝对不可能化身为自己的迷妹。

他扫了她一眼，不答反问："还有事？"

江禾又不是白痴，当然听懂了对方的潜台词。这晚好不容易积攒的好感，这会儿被深夜的凉风一吹，消失得一干二净。

江禾维持着有些僵硬的笑脸，尽量让自己的语气轻快一些："有啊，有啊，请问偶像，你们月底是不是要去国外进行上雪训练？"

滑雪队要去海外参加训练的消息，前几天已经对外公布了，新闻里都可以看到，没什么可保密的。纪衍只当江禾是自己的粉丝，所以听到她的问题后微微点了一下头，然后拿起手机查看网约车还有多久会抵达。

而一旁的江禾得了确切回复，顿时将不愉快抛诸脑后，惊呼起来："偶像！双板滑雪这种运动实在是太危险了！你看车神舒马赫一觉睡了五年，错过了多少大好时光！咱就不提那些一睡不醒的了。激情诚可贵，生命价更高啊……"

二人离得近，纪衍就是想假装听不见都不行。他听了一小会儿，忍不住微微蹙眉，打断她的絮叨："所以？"

江禾噎了一下，一时半会儿不知该怎么提自己这匪夷所思的亲身经历，只好暂且不提，提醒道："我是想说……在训练过程中，请务必注意安全，千万不要受伤，不要受伤，不要受伤！"

"哦？"纪衍上下打量了她几眼，狐疑道，"还以为你在诅咒我。"

江禾受到质疑，一口老血当场卡在喉头。

我不是，我没有，你别胡说，啊啊啊！

江禾还没来得及为自己出声辩解，一辆黄色的出租车缓缓在二人身旁停下。纪衍没再多说，瞥了一眼车牌，随后打开车门坐了进去。

车子飞快地驶离，留下江禾在街上吹冷风。

江禾内心在咆哮：我不是，我没有，你快回来——

经历了这场失败的对话后，江禾在家愁了好几天。

倒不是因为与纪衍意外接吻一事，而是因为每次一闭上眼睛，她就不由自主地梦到纪衍在上雪训练时受伤的惨烈画面。

睡不好的后遗症就是，她多了一对黑眼圈。

而且，她事后回忆了一下那夜在派出所的对话，纪衍那家伙明显就没将她的话放在心上啊，真是太愁人了！

思来想去，她决定从根源上解决这个问题。如果能够接近纪衍的话，说不定能有机会帮助纪衍避开这次危险？

打定主意后，江禾直奔表姐秦妙家，连时间都没细看。

在路上，她才想起来应该给表姐打电话吱一声。不过电话里她什么都没说，惹得电话那头还没睡醒的秦妙还以为出了什么大事，睡意全消。

等见到江禾的时候，秦妙吓了一大跳。

“小禾苗，你是不是时差还没倒过来？怎么黑眼圈这么重？”

江禾一边换鞋一边惨兮兮道：“唉，我一直承受着这个年纪不该承受的压力……”

秦妙扑哧一声笑出来，伸手揽住她的肩往里走：“还能贫，说明不是大事。早上六点接到你电话，可把我吓死了。”

江禾后知后觉：“啊？！怎么这么早？我还以为已经七八点了……难怪路上没什么车辆……”

“我叫了早饭，我们先吃饭。”

“对不起啊，喵姐，打扰你休息了。”江禾心生歉疚，因为医生的休息时间太宝贵了。

“这么客气就见外了啊，小丫头。”秦妙捏了捏小表妹的脸颊。

饭桌上准备了丰盛的中式早餐，江禾一见到南瓜粥眼睛就亮了！

“买了你喜爱的南瓜粥，不过还有点儿烫，你吃慢点儿。”

“呜，和我姐在一起，幸福感简直爆棚！话说，姐，你以后要是真的不打算结婚，能不能捎上我这个腿部挂件？”

秦妙去年因为被催婚催烦了，直接在家族聚会上放话说自己不准备结婚。

此刻听了小表妹的话，她挑了挑眉：“我挺享受一个人的生活，但是小丫头，你确定你以后不结婚？你舍得你的正尧哥哥？”

江禾听她提起自己的暗恋对象，嘿嘿一笑，低头喝了一口南瓜粥，说：“好喝！”

吃完早饭之后，江禾主动说起自己的来意。

“喵姐，你上次不是说姨父在滑雪队当队医吗？我最近有一个大胆的想法，不知道当讲不当讲……”江禾在心里为自己的机智点了个赞！

秦妙有心逗她：“既然不知当不当讲，那就先别讲了。”

江禾当场卡壳，反应过来表姐在逗自己，无奈道：“喵姐，麻烦你按照套路来好吗？”

秦妙乐不可支：“好吧，那你先说说你的想法。”

“是这样的，我想让你帮我问一下姨父那边还缺不缺人，例如免费实习助理之类的。虽然我学的是外科，但我从小到大好歹也受过姥爷这位中医大师的熏陶，得到过姥爷的指点，所以能不能满足一下我想为祖国滑雪事业添砖加瓦，贡献一份绵薄之力的爱国之心？”

秦妙佩服地看着一口气说完这么多话，连气都不喘一口的小表妹：“你这是想找纪衍再续前缘呢，还是想恩将仇报呢？嗯，你该不会还惦记着章正尧那小子吧？”

江禾差点儿拍案而起：“喵姐，你怎么能这么想呢！我只是觉得有一分光就发一份热，不想辜负我这一身所学！”

秦妙单手撑着下巴，看着小表妹表演，笑而不语。

江禾眼珠子一转，笑眯眯地追加了一句：“当然，要是能顺便和正尧哥修成正果，那也是极好的。”

秦妙啼笑皆非地伸手戳了戳小表妹的额头：“让我说你什么好！”

江禾一听有戏，立即顺着杆子往上爬：“哇，谢谢我家人美心善气质佳的喵姐！喵姐么么哒，喵姐我爱你！”

秦妙看着小丫头那双宛如天上星子般亮晶晶的眼睛，觉得自家小表妹什么都好，就是太傻了。明明周围优秀的男孩子一大堆，她眼里却只有章正尧一个。大好的青春年华，非得在一棵树上吊死。殊不知，在感情里，受伤的永远都是一厢情愿的那一方。

江禾知道表姐肯定是误会了。但是，她并不打算说实话。

她担心自己说出真相，表姐会以为自己脑子不正常。

江禾也不知道秦妙那边具体是如何忽悠的。总之，她这个突如其来的决定不仅没有受到家中长辈们的阻挠，反而得到了长辈们的一致赞扬。

江禾只打算当一段时间的助理队医，待帮助纪衍避开危险后，就找机会离开。听了长辈们的夸奖，她只得暗自告诫自己一定要掩饰好心思，免得长辈们一把年纪还来个透心凉。那可就太不孝了啊！

九月底的某个下午，通过组织层层审核的江禾拉着行李箱出现在了北城体育大学。

在全国体育专业类院校里，北城体育大学处于绝对领先地位。同时，它也是国家运动队的训练基地之一，高山滑雪集训队也是这里的常客。

这天虽是周末，但校园里依然随处可见正在锻炼的男女们。作为一名医学生，看到这么多美好的肌肉线条后，江禾忍不住发出一阵阵没见过世面的赞叹。

等她一回神，她发现自己倒霉地迷路了！

唉，早知道她就不拒绝姨父要来学校大门口接自己的好意了。

江禾盯着手机导航看了一会儿，长叹一口气，选择去问路。

半个小时后，她靠着自己的厚脸皮以及不耻下问的精神，顺利地站在了姨父秦诚阳的面前。

秦诚阳看着眼前完好无缺的外甥女，松了一口气："小禾苗，下次还是姨父来找你吧。不然姨父这一颗心七上八下，早晚得吓出个心脏病来。"

江禾虚心接受："好的，好的。不过话说回来，就您这身体素质，与这满校园跑的小年轻们绝对有得一拼啦。"

秦诚阳被她逗得直乐呵。这学校里随手抓个学生都有可能是个运动员，他这一把老骨头哪里能和他们比哟？

"走吧，先跟我去办公室吹吹空调，然后我再带你去保障处报到。"北城体育大学设有一个国家运动队保障处，专门负责全体驻训队伍的具体事宜。

"好嘞！"江禾望着眼前这陌生的新环境，心头莫名有些感慨。万万没想到，回国后，她人生的走向竟然会因为一个吻而改变……

人生还真是处处充满了惊险与刺激啊！

等办理好一切报到事宜，太阳已经西斜，整座校园都被镀上了温柔的橙色光晕。

秦诚阳领着江禾前往附近的运动员公寓，在路上突然想起一件事："对了，小禾苗，下周五集训队出发去海外进行上雪训练了。你的申请也通过了，到时候跟大部队一块儿走。"

江禾来当助理队医最主要的目的就是这个。因此，听到好消息，她立即激动地握拳："耶，太棒了！谢谢姨父！！！"

秦诚阳摇头失笑，又关心道："行李都带齐全了吗？特别是保暖的衣服要多带点儿。不过入队后，会给每个人发专门的羽绒服。"

"放心吧，您别看我这箱子不大，特别能装东西。"

"那就好。"秦诚阳看了看时间，语气和蔼道，"等下到了宿舍，你把行李放好就下来。姨父带你去餐厅以及周围转悠转悠，顺便认认路。"

江禾点点头，忽然又想起有些不对，连忙一本正经地纠正道："秦医生，职场无亲友，接下来的三个月，请叫我小江医生。如果我做错了，您就公事公办，该批评就批评，不然我咋成长呢？当然啦，我做得好的地方也别忘记表扬我啊。"

虽然江禾今年已经二十四岁，但是作为家族里年龄最小的女孩，长辈们一直对她宠爱有加，将她当小孩看待。

秦诚阳从小看着她长大，听了她一番宣言，立即笑呵呵地拍了拍她的头："好的，小江医生。那咱们现在去放行李吧。"

江禾笑嘻嘻地弯腰伸手做了个礼让的姿势："秦医生，您先请。"

二人说说笑笑来到公寓楼下，秦诚阳被一个寻求帮助的滑雪运动员截和了。正事要紧，江禾看出姨父有些担心自己，连忙道："秦医生，那您先去忙吧。等会儿咱们在餐厅会合。"

秦诚阳勉强放下心来，与运动员结伴离开。

江禾找到自己住的那间单间后，兴奋地拿出手机抓拍了一张窗外的照片，用微信发给了章正尧："正尧哥哥！猜猜看，我现在在哪里？！"

可惜，直到她整理完房间以及自己的行李，也没有收到对方的回复。

她颇有些失落，收起手机，在单人宿舍里研究了一下餐厅所在的位置，随后出了门。

学校里有专门面向驻训队伍开放的运动员餐厅。

其实这个餐厅就在公寓A座里，正常人都不会迷路。可惜，江禾属于极少数不正常的那一列。

她左手拿着地图，右手开着手机导航，眼看目的地近在咫尺，谁知一不留神导航就提示她已经偏离了路线。

试了两次之后，她只好放弃，乖乖请教路人。毕竟书上说了，真正的强者敢于接受自己的不完美嘛。

缘分来得早不如来得巧！

江禾一抬头，就看到了前方距离自己几米远那道熟悉的身影。她眼前一亮，三步并作两步奔至对方面前，中气十足道："偶像！"

纪衍只觉得一阵风扑面而来，定睛一看，眼前多了一个女孩。他看清来人的面容，下意识后退了一步："你怎么在这儿？"

不能怪他大惊小怪，实在是与眼前之人的几次相遇都太过戏剧了，导致他对她印象十分深刻。

江禾假装没看到他令人扎心的反应，笑得天真无邪："一定是特别的缘分啊。"

纪衍觉得……孽缘还差不多。

机场初遇时他还以为对方是个算命的，后来发现好像是个热心肠的粉丝，现在……他也有点儿搞不懂了。

"偶像，你是要去餐厅吗？捎上我呗。"

纪衍听到她的话，扫了一眼不远处显而易见的"运动员餐厅"几个大字，不知怎的脑中突然想到了某种可能性——对方这是，追星追到训练基地来了？

他素来反感饭圈那一套，对假借各种明目来训练基地与自己偶遇的粉丝，更是没什么好脸色。一想到这种可能性，他眉毛一皱："抱歉，不顺路。"

纪衍冷声说完，越过江禾，径自朝前方走去。

江禾并不知他心里将自己当成了私生粉，没将他的冷脸放在心上，迅速跟在了他身后。

纪衍则对身后的小尾巴视若无睹，反正运动员餐厅并不对外开放，对方进不去自然会知难而退。

然而，两分钟之后，纪衍震惊了！

因为，对方竟然神通广大地通过了运动员餐厅门口的人脸识别机器，顺利进入了餐厅！

纪衍心情复杂地移开目光，打好饭菜后，端着餐盘独自寻了个空位坐下。

江禾打好饭菜，立即厚着脸皮跟了上去："偶像，请问这里有人坐吗？"

纪衍睨了她一眼，缓缓道："已经有人坐了，你没看到？"

江禾没有被他的幼稚恐吓吓跑，反倒煞有介事地对着身旁空空如也的座位说："大兄弟，麻烦往旁边挪一挪，谢谢啦。"

纪衍本来还有点儿罪恶感，觉得这样吓人不太好，但听到她的话，嘴角忍不住抽了抽。眼前这家伙，果然不是常人。

江禾说完，一屁股坐了下来，好心解释道："偶像，你别怕，我没恶意，也没带任何杀伤性武器，我今天也不是来找你签名的……今天纯粹是偶遇。"

纪衍忍不住反问："所以，之前都是故意为之？"

江禾摇摇头："那倒不是。你知道不？缘分这种东西，挡也挡不住啊。说得文艺点儿就是，该相逢的人总会相逢的。"

纪衍无语地看了眼前这张越发灿烂的笑脸两秒钟，忽然反应过来自己可能脑子有病。明明不打算搭理对方的，怎么还聊上了呢？

他深呼吸一口气，低下头开始吃饭，打定主意无论接下来对方说什么，坚决不再接话。

相对比纪衍吃饭的速度，江禾就显得悠哉多了。

她盯着眼前把自己当空气的某人瞅了一会儿，好心提醒道："科学研究表明，吃太快会增加胃的负担，造成胃部肌肉疲劳，使胃动力下降。"

纪衍吃饭的动作微微顿了顿，下意识放慢了速度。

江禾见状，抿着嘴无声偷笑。转念，她想起自己脑中闪现过的那个惨烈的画面，犹豫了一下，拐弯抹角道："偶像，能不能请教你一个问题？"

纪衍感觉自己要是一开口，对方的话只会更多。于是，他选择了把她当空气。

江禾本来就没指望他会回答，自顾自道："如果有一天，你提前知道……"

她的问题还没说完，身后突然冒出一道熟悉的男声："阿衍，原来你在这儿啊。"

江禾听到这道声音，飞快地转过头去，果然对上了章正尧那张温润含笑的脸。她看到心心念念之人，眉目一下子生动起来，脸颊上的梨涡绽放，那一句"正尧哥哥"就要脱口而出。

岂料，剧情的走向让人迷惑。

章正尧仿佛不认识她一般，视线平静地从她脸上滑过，重新落在她面前的纪衍身上。相逢的喜悦就那么僵在她脸上，随后化成了错愕、不解以及浓浓的失望。

纪衍没发现这一幕。他抬头瞥了一眼队友，语气不怎么热络道："有事吗？"

章正尧对于他的态度见怪不怪，心平气和地解释道："若微找你，说打你电话没人接。"

章正尧口中的若微，是指高山滑雪队的"一枝花"沈若微。纪衍听到队友口中那个名字，冷淡地应了一声"哦"，不再有多余的反应。

章正尧见他低头继续吃饭，无奈地笑笑，转身去打饭。旁边有相识的男女与之打招呼，他都好脾气地一一回应，似乎唯独忘了身后盯着他的背影没动的江禾。

纪衍吃了几口饭，察觉有些不对劲。他抬头看了一眼扭着头不知在看什么的小粉丝，终于明白哪里不对劲了。

一直叽叽喳喳的人忽然安静下来，确实让人有那么一点儿不太适应。

他很快收回目光，专注自己眼前的食物。

不久之后，江禾终于从极度错愕与低落的情绪里缓过来。让她坐以待毙，那是不可能的！

她拿出手机，打开微信，给章正尧发了一排心碎的表情图："正尧哥哥，你快看看我！是我啊！江小禾啊！！你刚刚居然没认出我来？太让我伤心了！"

末了，她又将自己此刻所在的地理位置发给了对方。

章正尧打好饭菜，留意到手机的振动，点开看了一眼，眼里闪过一丝轻笑。只是他没立即回复，而是收起了手机，端着餐盘，朝纪衍与江禾的方向走去。

江禾没收到回复正郁闷，紧接着就看到章正尧走了过来。她当下心头一喜，待对方坐下，立即主动出击："哇，滑雪队的颜值都这么能打的吗？哥哥你好，我是你的忠实粉丝，可以请你等一下帮我签个名吗？"

章正尧笑容温和地点点头："好。"

江禾一扫之前的低落，开心地说道："谢谢哥哥！"

正在吃饭的纪衍听到二人的对话，忍不住抬头瞥了江禾一眼。只见对方正眼冒金光地望着自己身旁的章正尧，压根儿没分一丝一毫的注意力给自己。他的心情，莫名就有些复杂。

这棵墙头草，怎么风还没吹就倒了？

所以，私生粉什么的，一定是自己想太多了吧……

章正尧暗自留意纪衍刚才的举动，心中对于江禾与纪衍之间的关系很是好奇。

因为，他记得当年参加滑雪训练营时，江禾与纪衍一直相看两相厌。自那之后，二人也都没有交集，此刻怎么会面对面吃饭？

于是，他装作不经意道："阿衍，这位是你朋友吗？"

纪衔还没答话，江禾急于为自己辩解，已经脱口否定：“当然不是！”

话音刚落，江禾就收到了两道完全不同的目光。

一道带着温和笑意，另一道没有任何情绪，却让人心头一惊。

她一下子反应过来，干笑道：“呵呵呵，那个，我就是一个小粉丝，一直都在关注咱们高山滑雪队的比赛。今天在这里，纯属偶遇……”

纪衔将她心虚的模样纳入眼底，没说话，漠然收回目光。章正尧解了心头困惑，也没再多问。

此刻，已经吃完的纪衔从位子上起身，端着餐盘径自走开。

江禾好歹没忘记自己来当助理队医的主要目的，看到纪衔离开，她连忙朝她的背影喊了一声：“偶像，明天见！”

纪衔听到身后突然冒出来的声音，差点儿脚底一滑，同时心中冒出一种不祥的预感。对方这话，意思是以后会经常碰面？

“偶像，你看着点儿路，千万别受伤，不然我们会心疼的。”如果不是对方自己站稳了脚，江禾都想冲过去来个美女救英雄了。

纪衔听到江禾关心的话语，又注意到周围一大票顿悟的目光，脚步微微一滞，随后加快了脚步。

江禾笑嘻嘻收回目光，发现章正尧正在看着自己。她想起自己刚刚喊的那声“偶像”，顿时有些心虚。

“你是纪衔的粉丝？”章正尧的笑容里带着一丝揶揄。

不是！没有！我有苦衷的！

可惜苦衷不能说。江禾急中生智，轻咳了一声，一本正经地回答：“严格来说，我是爱国青年。所以，千千万万为祖国争光的运动健儿，都是我的偶像！”

章正尧听到她伟光正的宣言，笑意深了几分：“哦，原来如此。小粉丝，你好。”

江禾厚着脸皮回敬：“偶像您好，偶像您辛苦了，偶像，等会儿能请您给我签名吗？”

章正尧忍不住摇头失笑。

餐厅大门口，纪衍忽然被身后的小师妹张悦叫住。他回头的时候，顺势瞥了一眼自己刚才坐的位子，看到江禾与章正尧谈笑欢声的画面，蓦地有些怀疑自己自作多情了。

这家伙，怎么看都更像章正尧的迷妹。

第三章

实习助理队医

江禾有心想和章正尧多相处，特意放慢了吃饭的速度。等对方吃完饭，她才跟着放下筷子了。

其实，她一直在等着章正尧开口询问自己为何会出现在这里。可对方不知是不是疏忽了，直到这顿饭结束，话题压根儿就没往这上面提。她准备好的回答以及互动，就这么胎死腹中了。

此时，江禾正沉浸在自己的思绪里，突然听到章正尧喊了一声："秦医生好。"

她一抬头就看到了姨父秦诚阳，立即学着章正尧的口吻与自家姨父打招呼："秦医生好。"

"你们好。"秦家素来与江家走动密切，秦诚阳自然也认识章正尧，所以看到二人在一起吃饭也没觉得惊讶。他还谨记着与小外甥女的约定，一本正经道，"小江医生，都安顿好了吗？"

章正尧听到秦诚阳的话，有些意外地看向江禾："小江医生？你是新来的队医？"

他的反应，让江禾心里稍稍满意了一点儿。她还以为他对于自己的出现真的无动于衷呢。她没回答他，而是朝自家姨父点点头，装模作样道："都安顿好了，谢谢秦医生关心。"

秦诚阳调到高山滑雪队虽没多久，但截至目前，他对章正尧这个年轻人的印象很好。于是，他笑着说道："正式给你们互相介绍一下。正尧，这个是我们滑雪队新来的实习助理队医江禾。江禾，这位是咱们高山滑雪队的主力队员之一，章正尧。"

江禾一边在心里给姨父点了个赞，一边主动朝章正尧伸手："你好，我是新来的助理队医江禾。"

章正尧按捺下心头疑惑，与眼前的小丫头握手。

秦诚阳替双方互相介绍完，又想起小外甥女貌似喜欢眼前这个小伙子，于是有心撮合，说："正尧啊，你现在有空吗？能不能麻烦你帮我带小江医生熟悉一下周围的环境？"

"好。"章正尧正好也有话想问江禾，遂一口应下。

一走出餐厅，江禾立即恢复了往日与章正尧相处时的模式。

“正尧哥哥，这么久没见，有没有想我呀？我这次回国还给你带了礼物，在宿舍，等下拿给你。你最近训练怎么样？怎么都没时间更新朋友圈……你刚才是不是真的没认出我啊？难道是我最近变漂亮了……”

面对她的“十万个为什么”，章正尧避而不答，反倒直击重点：“小禾，你怎么会来滑雪队实习？”

“呃，就单纯想为祖国的滑雪事业添砖加瓦，出一份力。”江禾怕自己说出超感官知觉的秘密后，他会扭头把自己送去精神病院。

章正尧当然不会相信她的鬼话。看着她心虚的模样，他心里已经先入为主地认定她是为了自己才来高山滑雪队当实习队医。

他当下眉头一皱：“江禾，你太任性了……”

江禾从小最怕他生气，赶紧保证道：“正尧哥哥，你别生气。我只是来实习三个月，攒攒经验，实习期一到立马就撤退。”

章正尧还想说什么，口袋里的手机适时响了起来。他一看到来电显示，眉宇间的不悦立即烟消云散。

他接通电话，语气和缓道：“怎么了？”

电话那端的人不知道说了什么，他立即笑道：“有空，我现在就去。”

一旁的江禾凭着女性的直觉，对该不知名来电人士产生了一丝警惕。只是下一秒，她就发现是自己想多了。

因为章正尧结束这通简短的通话后，直接对她说：“小禾，抱歉，我得帮队友带点儿东西。你自己一个人可以吗？”

队友？江禾先入为主地以为是男性队友，所以立刻把心放了下来。她乖巧地点点头：“好的，那……明天见。”

章正尧准备离开，忽地又顿住，温和地说道：“小禾，可以请你答应我一件事吗？”

江禾问都没有问，开心得一口应下：“好啊。”

“在你实习期间，能不能对外保密我们之间的关系？”

“为什么？”

“我担心对你的工作开展不利。”章正尧看她闷闷不乐的样子，叹了一口气，伸手习惯性想揉她的脑袋瓜，手举到半空，忽然想起刚才接的电话，立即又收了回去，“还有秦医生是你姨父这件事，你也不要对外说。对你影响不好。”

江禾听完他的解释，心情好转了一些。下一秒又听到他略显迟疑地说：“毕竟，你知道的，这里凭的是实力，最忌讳靠关系……”

“可是我……”江禾想解释自己虽然获得了推荐，但其实是通过了专业考核才进来的。可没来得及把话说完整，就被对方打断了。

“那就这样，我先走了，明天见。”章正尧伸手亲昵地揉了揉她的发顶，快步转身离去。

江禾站在原地，望着章正尧离去的背影，起伏的情绪又一路低了下去。

喜欢一个人啊，真是件令人苦恼的事情。有时候，会觉得他离自己很近，与自己心意相通。有时候，却感觉他远在天边，琢磨不透。

江禾没有直接回宿舍，而是独自漫无目的地行走在愈渐昏暗的校园里。

四周热闹的欢声笑语传入耳朵里，看着不远处大操场上或运动或散步的人，感受着那拂面的轻柔晚风，她心头的烦闷一扫而空。

她在大操场的台阶上随意找了个地方坐下，回想了一下章正尧说的那番话。她觉得装作不认识也没什么大不了的，反正只是表面上嘛。

最重要的是，她不能忘了自己来实习的初衷啊！与章正尧佯装不熟，还能避免她被纪衍戳破真实身份，也算是好事一桩吧？

算了，这三个月就勉强把纪衍排在第一位吧。

回宿舍的路上，江禾不可避免地再次迷路。

她随手抓了个女孩问路，没想到运气爆棚，对方居然正好是这次参加国家高山滑雪集训一队的成员之一。她之前翻看过集训队相关成员的资料，认得眼前这位短发女孩叫张悦，今年二十一岁，刚被招进国家队没多久。

张悦加训结束，此刻正准备回宿舍，第一眼就认出江禾就是晚上与自家师哥纪衍一起坐在自己隔壁桌吃饭的那个姑娘。

听说江禾要去运动员公寓，张悦立即热心地说道："我正好也去那里，我们一起走吧。"

江禾道了谢，看到她大汗淋漓的模样，忍不住道："你们训练好拼啊，周日都不让休息的吗？"

如果她没记错，这次集训的时间安排是一、三、五力量训练，二、四、六则以提高身体柔韧性、协调性和核心力量训练为主，周日貌似是休息一天的。

"不是啦，我自己开小灶，哈哈。那个，小姐姐你……是哪个队的工作人员啊？"张悦原本想问江禾是不是运动员，但她借着路灯光上下打量身旁之人，心想，这体格看起来不大像同道中人？

而且她吃饭的时候听了一耳朵，貌似也是纪衍师哥的粉丝？嗯，可是能入住运动员公寓的人，基本都是来北城体大训练的国家各大运动队，既然不像运动员，那就只能是工作人员了。

"我和你一样，是高山滑雪队的。"

"啊？真的假的？我读书少，你别骗我啊！"张悦怀疑了一下自己的记性，很快又反应过来，"哎，不对啊，你咋知道我是高山滑雪队的？哎嘿，原来我已经这么出名了吗？我都没自我介绍呢。"

"张悦，二十一岁，连续两届全国高山滑雪锦标赛女子青年滑降组冠军。作为咱们高山滑雪队的新生力量，妹妹你未来可期哟！"

张悦被江禾这么一夸，顿时有些不好意思，咧着嘴笑道："哪里哪里，还是得多努力训练，向队里的师哥师姐们看齐。说起来，队里的纪衍师哥才叫厉害哩！无论是速度项目还是技术项目，都表现得非常出色！"

江禾虽然不是纪衍的粉丝，但是她不得不承认纪衍确实很优秀："嗯，他的实力确实非常强劲。正式自我介绍一下，我叫江禾，高山滑雪集训队新来的助理队医。"

"啥？？小姐姐你居然是新来的队医？"张悦听到江禾的身份，猛地呛了一口气，她迟疑了一下，没忍住心中的好奇，问道，"江医生，请问你也是纪师哥的脑残粉吗？”

江禾听到“也”字，顿时虎躯一震。她瞅着小姑娘天真的眼神，觉得欺骗对方也太不厚道了。于是，肯定的回答到了嘴边立即变成了否定：“不，我是黑粉。”

张悦了然地朝江禾眨眨眼：“我懂。”

“嗯？我说我是黑粉。”江禾觉得剧本有点儿不太对啊。

“明白，明白。”张悦看着江禾口是心非的样子，抿嘴直笑。

“你明白了什么？”江禾纳闷。她说了啥？她只说了五个字啊。

“江医生你放心，我都了解！”毕竟是队医嘛，要做到一视同仁，不然容易给偶像招黑。张悦心领神会。

江禾觉得自己真的太难了！这种时候，解释等于掩饰，沉默等同于默认，说啥都是错。算了算了，误会就误会吧……

江禾怀着复杂的心情回到宿舍小单间后，很快就将这个小插曲抛诸脑后了。

她重新整理了一遍行李，和亲友团报备完毕之后，睡前翻了一遍章正尧的微信朋友圈，发现章正尧的朋友圈改成了三天可见模式，只得遗憾地收起点赞和评论的心思。

其实在章正尧已经隐藏的那些为数不多的朋友圈动态里，每一条都有江禾点赞和评论的痕迹。对于江禾的热情，章正尧则表现得若即若离。

江禾并没有因此气馁。在她看来，从小到大，章正尧待自己永远不同于旁人。不说其他，单单就冲章正尧加入国家集训队后，每年训练再繁忙都会卡点给她发生日祝福和提前寄生日礼物来说，这就足够说明，她于他而言是特殊的存在啊！

窗外的夜色慢慢沉寂下去，加入高山滑雪集训队的第一个夜晚，江禾睡得特别香甜。

上岗第一天，江禾起了个大早。

训练期间，运动员的日常作息都很规律，早饭时间一般是七点左右。

所以，她下楼晨练了一会儿，等到时间差不多，才去餐厅。

运动员餐厅里已经满是身着运动服的男女，江禾还看到了好多张在各类运动比赛里经常见到的熟悉面孔。

不知道是不是错觉，她总觉得自己一走进来，就收到了好多关注的目光。或许因为她是生面孔？总不能是因为她长得好看吧？

饶是江禾脸皮再厚，这会儿也有点儿不自在。

幸好，餐厅都是自助的形式。她打好饭菜，正要找位子坐下，忽然听到了一个女声高喊："江医生，坐这边呀！"

她循声望去，发现昨晚刚认识的张悦正在朝自己招手。张悦和一个绑着马尾辫的女孩子坐在一块，桌子对面还有空位。她没犹豫，端着盘子走了过去。

"江医生，你早上是不是去晨练了？我先前去你宿舍喊过你，但是发现你不在。"张悦因为肤色偏黑，又穿着一身统一的黑色队服，所以显得一口牙特别白。

"不好意思啊，我早上出门瞎溜达了一圈。"江禾主动说道，"如果你方便的话，那明天我们一起？"

"没问题。"张悦说完，主动向桌上的两个人互相介绍了起来，"哦，对了，江医生，这位是我师姐孙琳琳，和我一样练速度的。师姐，这位是咱们新来的助理队医江禾。"

孙琳琳的性格也是属于外向型，当下朝江禾伸出友谊之手："江医生，欢迎你加入我们这个大集体！以后有什么不懂的，可以随时问我们。"

"好嘞，谢谢小姐姐，以后请多多关照哈。"江禾笑着和她握手，"不过，你们要是不介意的话，可以直接喊我的名字，或者叫我禾苗也行。"

友谊的小船立即起航。孙琳琳豪爽地说道："禾苗，你可以叫她小悦，叫我琳姐。我觉得我们三个人当中，我完全可以不要脸靠年龄取胜。"

江禾忍俊不禁道："那可不一定，我今年二十四岁。"

对面两个人闻言顿时震惊了！

孙琳琳盯着眼前甜美的酒窝少女，怀疑道："真的假的？我读书少，你可别忽悠我啊。你长得跟未成年似的，如果不是队里不收未成年队医，我都要猜你今年十七岁了！”

江禾乐不可支：“姐妹，你也太会夸人了吧！这得多谢爹妈会生……”

孙琳琳追问之下，得知江禾虽与自己同岁，但是小自己三个月，心里总算得到了一点儿安慰。随后，三人闲聊了一会儿，又互相加了微信好友。

训练基地的饮食全部是为运动员们特别提供的，不仅营养均衡，口感还很好。昨晚那顿，江禾的心思都在纪衍与章正尧身上，压根儿没留意到这些。

她吃到一半，终于忍不住道：“原来基地的饭菜这么香！我之前一直误以为你们过得都很苦，是我太没见识了……”

两位小伙伴听到江禾的感慨笑得难以自抑，自我调侃道：“我们平常除了刻苦训练还是训练，业余生活什么的压根儿就不存在。这要是再不给我们整点儿好吃的，谁熬得下去啊！”

江禾因为章正尧，深知运动员们荣誉背后的艰辛，听了她们的话，心头有点儿酸涩。她端起牛奶，认真地说道：“谢谢你们！这杯我干了，你们随意！”

恰好此时，餐厅门口进来一个人，身姿挺拔，五官精致，气质冷峻，宛如高岭之花不可攀。

张悦一看到来人就忍不住犯花痴。

孙琳琳虽然入队时间久，但每次见到来人，也依然不能免俗。

江禾豪迈地一口喝完杯里的牛奶，忽然就见同桌的两位小伙伴目不转睛地盯着某个地方，舍不得移开视线。她纳闷道：“你们看什么呢？”

孙琳琳一脸神秘地凑近江禾，小声说：“我们基地可不仅有美食，还盛产美男。你快往身后看，滑雪界的万人迷，十亿少女的梦……”

江禾被她们提起了好奇心，转头一看，才发现孙琳琳口中的美男指的正是纪衍！她心情复杂地“哦”了一声：“是纪衍啊。”

孙琳琳有些意外：“原来你也认识？”

张悦主动接过话茬："那可不！禾苗也是纪师兄的真爱粉！为了能够近距离接近偶像，努力成为滑雪队队医什么的，太甜了！我已经默默脑补了一百八十万字……"

孙琳琳听了一脸惊讶："我去，太励志了吧？"

江禾听到她们的话，回头的时候差点儿扭到脖子。但是她又不太好解释，只好委婉地说道："我学医纯粹是因为喜欢，来当队医也是因为喜欢高山滑雪。"

张悦点头："嗯嗯，我懂。"

江禾："……"听到这熟悉的台词，她就知道眼前的妹子没懂！

不过，这都不重要。眼下最重要的是先和纪衍拉近关系。

这人吧，有时候好运气来了，真是挡也挡不住。这不，她刚思考着要如何接近纪衍，自家姨父就出现了。这可真是瞌睡碰着枕头——求之不得啊！

看见姨父秦诚阳端着餐盘坐到了纪衍对面，江禾立即起身，清了清嗓子，说："那个，你们慢慢吃，我先过去和秦医生打个招呼。"

"应该的，应该的。"两师姐妹早注意到江禾数次投向纪衍的眼神，所以此刻都表示理解。

江禾一看她们的表情就知道她们想歪了！但是她什么都没说。因为解释也无用，倒不如先借借东风，趁机拉近和纪衍的距离，至于其他的，时间会证明一切啦。

江禾端着餐盘，脚步轻快地来到秦诚阳身旁，一本正经地打招呼："秦医生，早上好！我可以和你们一块儿坐吗？"

秦诚阳看到江禾，和蔼地说道："小江医生，早上好啊。快请坐，昨晚休息得怎么样？还适应吗？"

江禾笑眯眯地点了点头："适应，适应，这里不仅食物好吃，人还养眼，这一趟实习太值了！"

秦诚阳听到她的回答，顿时失笑。

一旁的纪衍原本没在意来人，但听到那个熟悉的声音以及秦诚阳那句“小江医生”后，下意识抬起头。他的目光平静地从眼前笑容甜美的酒窝女孩脸上扫过，又收回，低下头继续吃早饭。

江禾正苦恼着怎么和纪衍打招呼，一见纪衍这副不认识自己的样子，立即就来了斗志。

她这人就是这样，明知山有虎，偏爱向虎山行！他越不想与自己有瓜葛，她就越想让他印象深刻。

于是，她嘴角一咧，露出标准的八颗牙：“偶像，早上好，又见面啦。”

面对自己如此亲切的问候，对方无动于衷也就罢了，竟然连头都没抬一下。这赤裸裸的蔑视，令江禾当下斗志昂扬。

她努力让自己的笑容更加真诚了一点儿：“偶像，你打算害羞到什么时候？就算你一直不抬头，我也不会消失的。”

这年头，最怕空气忽然安静！

秦诚阳瞅了瞅笑容逐渐僵硬的小外甥女，又瞅了瞅置身事外，慢条斯理吃饭的纪衍，觉得有必要让冷掉的场子暖和起来。虽然他也好奇小外甥女的偶像什么时候换了人，但眼下打破这尴尬的氛围好像比较重要一点儿。

“小江医生，原来你和纪衍认识啊，那我就不多此一举再替你们相互介绍了。我本来还担心小江医生初来乍到会不适应接下来的随队生活，有熟人在就好。”秦诚阳笑呵呵说完，又亲切地交代纪衍，“纪衍啊，那小江医生接下来三个月的实习期，就麻烦你多多照应一下了。”

“秦医生，您误会了……”纪衍被点名，终于抬起头。

只是，当他望向面前这个弯着眉眼，眼中隐隐透着期待的女孩，想起她为了心中热爱拼尽全力，最终以另一种身份站在自己面前的励志之举，心头忽地一软。他将那未说出口的后半句“我和她不熟”咽了回去，回了一个字：“好。”

江禾听到这个字，整个人都震惊了！

她一度怀疑自己的耳朵出了毛病。因为，纪衍居然妥协了？

震惊过后，她看纪衍的眼神越发炽热："偶像你放心！我绝对不会因为自己对你的迷恋而影响工作的，也不会给你造成任何困扰的。那接下来的三个月，一起愉快相处吧！"

她快速说完，主动朝对方伸出友谊的魔爪——微信二维码！

纪衍听到江禾不靠谱的保证，正后悔自己刚才一时的心软，紧接着就看到她动作麻利地从口袋里掏出手机，将微信二维码摆在了自己面前。

他的目光从手机屏幕上一点点儿移到她脸上："有话好好说，别一言不合就亮二维码，我害怕。"

江禾脸上灿烂的笑容瞬间垮掉。这家伙怎么不按套路走呢？还有，他这表情哪有半点儿害怕的样子？最关键的是，旁人要是听了这话，还以为她要当场对他行什么不轨之事……

她收回手机，重新调整好面部表情："也是，不拒绝几次，怎么能显露出我偶像的高冷呢。"

纪衍听到她的话，嘴角忍不住微微抽了抽："我怀疑你在内涵我。"

江禾连忙朝他做了个捧心的动作："偶像，你看到了吗？"

纪衍不解。

"一颗爱你的真心。"

纪衍："……"

一旁被二人忽略的秦正阳，默默当了一回吃瓜群众。

他看着二人，突然产生了一种小外甥女其实是为了纪衍才来当助理队医的错觉。

上午八点半，国家训练馆里，教练徐勋正式向此次集结的国家高山滑雪集训一队的成员们介绍了江禾的身份。

江禾主动向大家打完招呼，眼神不受控制地溜向队伍第二列的章正尧身上。

然而，章正尧脸上挂着礼貌得体的微笑，表现得好像他们真的只是初识。她收回目光，掩下心头的低落。

集训队的队员们在听了介绍后，纷纷鼓掌欢迎江禾，这其中当数张悦和孙琳琳鼓掌鼓得最起劲。

江禾朝她们悄悄眨了一下眼睛，谁知一抬眼，恰好对上了站在张悦身后的纪衍的视线。

纪衍依旧冷着一张脸，表情无惊无喜。她也不管纪衍的脸有多冷，回了他一个灿烂的笑容。

这次参加集训一队的运动员一共有十二个，男运动员六名，女运动员六名。这些人里，有新入队的青年队员，也有经验丰富的老队员。

在一众不靠颜值且常年训练的运动员们里，集训一队的颜值水平因为纪衍和章正尧这两个不同类型的帅哥而整体拉高了很多。

除了这两个长得好看的帅哥，还有一个女孩也吸引了江禾的注意力。那就是站在章正尧前面的马尾辫女孩。这女孩五官秀丽，大概因为常年训练，肤色呈健康的小麦色。

江禾当然知道对方是高山滑雪队的“一枝花”沈若微，令她惊讶的是，沈若微本人竟然比电视转播里看到的更漂亮！

留意到江禾的视线，沈若微大方地朝她报以了微笑。

江禾反倒有些不好意思了起来，心里却忍不住感慨，高山滑雪队的“一枝花”果然如外界传言那般又美又随和。

由于高山滑雪对于身体综合素质要求极高，在日常训练中就要包含各类力量、灵活度、柔韧度和稳定性训练。

所以，在简单的介绍过后，特聘的外籍体能教练David（戴维）开始指导全体队员进行拉伸和热身。

待队员们的身体进入状态后，一群人转战力量房，进行卧推和引体向上两个动作测试。这两个测试结束后，全组又进入了循环组的训练当中，项目包括前深蹲、臀桥和划船等。

运动员训练期间，除了教练、康复师和队医，还有科研人员等人紧随。

江禾跟在主队医秦诚阳身旁，一边听他耐心讲解工作的基本内容、注意事项，一边留心观察着运动员们的训练。

上午的训练持续到了将近中午十二点才结束。

才一个早上，江禾就感同身受了一回运动员的辛苦。

吃午饭时，章正尧、沈若微以及纪衍坐在了一起。那张饭桌还有一个空位，尽管她很想凑过去，但理智将她拉了回来。毕竟下午还要训练，倘若因为自己影响了纪衍的训练，她良心难安。

她也怕自己在面对章正尧的时候，藏不住小心思，露了馅。

下午三点左右，训练又拉开了序幕。

江禾继续聆听姨父秦诚阳传授的经验。虽然她只准备待三个月，初衷也只是想帮助纪衍避开危险，但既然加入了这个集体，她想努力做到最好。

当一整天的训练终于结束，江禾看着这群汗流浃背，不惧艰苦，为国奉献青春的运动员们，心中越发敬佩。

吃晚饭时，江禾正准备瞅一瞅纪衍坐在哪里，然后去他面前刷一刷存在感。

怎料，身旁的秦诚阳没察觉到小外甥女的小心思，在小外甥女准备迈步奔向纪衍那一桌时，喊住了她："小江医生，跟我一起坐那里，互相熟悉交流一下。"

秦诚阳指的那桌坐了包括教练组、医疗组等在内的工作人员。江禾此时已经搜寻到目标人物的所在，却不得不遗憾地收起自己的虎狼之心："好的。"

这个时间点，运动员餐厅正是用餐高峰。

孙琳琳一马当先，占领了一张大圆桌，随后呼朋引伴，热情地将打好饭菜的沈若微等人全喊了过来。

沈若微刚坐好，立即听到张悦低声问："微微姐，我看到纪师哥在找位子，你要不邀请一下纪师哥？我尿……"

男队员孟天赋与张悦年龄相仿，更是来自同一个省队。这两个人以前就爱互相斗嘴。此刻，孟天赋一听她的话，立即嘲笑道："瞧你那点儿出息！纪师哥又不是毒蛇猛兽！”

张悦挤对他：“你行你上。”

孟天赋张嘴想要喊人，看着从不远处走来，全身上下写满“生人勿近”的纪衍，话到嘴边咽了回去：“哎，我认尿……”

沈若微扑哧一声笑起来：“你们要不要这么夸张？不过我也不确定我的面子够不够大哎。”

她说完，抬头望向纪衍，很快又收回目光。

集训队成员里资历最老、年龄最大的钱凯听了她的话，立即说：“微微，要我看来，队里从上到下，掰着手指头数，大概也就你和正尧两个人与纪师弟的关系最好了。”

其他人闻言，纷纷点头。

沈若微与章正尧在队里是出了名地人缘好。一个是女队的主力，开朗又漂亮；一个是男队的主力，温润帅气。两人在队里被默认为金童玉女。

相对比天赋异禀、实力强劲却待人疏离清冷的纪衍，队里的师兄弟姐妹更喜欢平易近人、脾气温柔的章正尧。毕竟，天人，只可远观，不可靠近啊。

章正尧和沈若微见状，不由得摇头失笑。

章正尧温和地解释：“阿衍只是看起来不大好相处，其实人很好。”

张悦和孟天赋颇为难得地站在同一阵营：“对对对，找纪师哥请教关于上雪训练的问题时，师哥每次都知无不言。”

只可惜人和人的天赋实在有差别……

与沈若微同寝室的刘萌持相反的意见。她撇了撇嘴，不赞同道：“说好听点儿是高冷，说难听点儿可不就是没礼貌？”

刘萌的资历排在钱凯后面，其他人听她这么说，也不好意思反驳。唯有沈若微亲昵地挽起她的手臂，笑着打圆场：“幸好咱们萌萌姐大人不计小人过，从不和他计较……”

如此聊了几句，话题的主人公已经近在咫尺。

沈若微的余光一直留意着纪衍的动向，此刻，她再次望向距离自己仅仅几步之遥的纪衍，大大方方地邀请道：“阿衍，要不要一起坐？师弟师妹们特意给你留了一个座位。”

纪衍脚步微顿，视线扫过那张已经坐了N个人，稍显拥挤的大圆桌，发出了一句来自灵魂的拷问：“不热吗？”

他说完，也没有在意队友们的表情，径自绕过大圆桌，直奔旁边那张空着的小桌子。

就运动员们的体魄而言，普通的十人桌，坐七八个运动员就差不多了。更何况又不是真的一个空位都没有……

章正尧听到这个直白的拒绝，与身旁的沈若微对视了一眼，两个人都从彼此眼中看出了无奈。

在高山滑雪队里，沈若微几乎没有被人拒绝过，只除了纪衍这个意外。

在开口邀请之前，她心底早预料到会被拒绝。尽管如此，她还是有点儿郁闷。但她没有表现出来，甚至笑着帮纪衍解释：“阿衍是担心他加入的话，桌子太挤，大家用餐不方便。不过，坐哪儿都一样，我们开动吧！训练这么辛苦，不多吃一点儿对不住自己……”

有沈若微活跃气氛，众人又恢复了说说笑笑，心里对于沈若微的好感度，又加深了许多。

餐厅一隅，江禾瞅见独坐的纪衍，忍不住暗自感慨了一下，这家伙果然还是一如当年那般不合群。不过，她倒觉得合不合群并不重要，毕竟人生是自己的嘛，只要自己觉得自在就好。

这天晚上，江禾与一众前辈坐在同一桌，获悉了两个讯息。

第一，为了便于管理，高山滑雪集训队的队员们都住在运动员公寓A座里，楼层不同而已。说是公寓，其实类似酒店，设施一应俱全。除了落单的她，其他人都是双人间。

第二，集训队有一个专用的微信群。

为了方便工作与联络，她也被拉进了群！

这个微信群里全是实名制。

江禾备注好自己的名字后，第一时间找到纪衍的名字，发送了一条好友申请。令她诧异的是，纪衍的微信头像竟然是一张少年时代的照片。

照片里，左手戴着手套的少年纪衍坐在生日蛋糕前许愿，脸上是掩饰不住的笑意。

江禾的目光落在他左手的手套上，忍不住多看了好几眼。

想当年，纪衍在滑雪训练营里被称为“手套少年”。她还以为他左手有什么丑陋的疤痕之类的，所以才会一直戴着手套。后来才发现，是自己想多了。

不过，当年他的左手为何一直藏在手套里，至今她都没想明白其中的缘由。

在集训期间，休息日除外，每天晚上七点半到十点有两个半小时是固定的伤病治疗时间。医疗队会针对每个运动员的伤病情况进行针对性的治疗，以便运动员能够更好地进行后续的训练。

当天晚上，医疗室里，秦诚阳与康复师等人熟练地给运动员们进行针对性治疗。刚加入团队的江禾则乖乖地跟在秦诚阳身旁打下手。

大抵是彼此还未熟悉的缘故，男队员们在江禾面前显得有些拘谨。例如老将钱凯，以往在针灸治疗腰背的时候，二话不说直接就脱衣服躺在治疗床上了，这次却保守地撩了个衣服。连一向大大咧咧的孟天赋，在面对江禾时也扭捏了起来。

江禾将这一切看在眼里，于是主动请缨先去帮其他等候的女队员进行治疗。

秦诚阳知道小外甥女的真实水平，很放心地点了点头。然而听到他们对话的队员们都不了解内情，见江禾初出茅庐，难免有些别的想法。

这不，江禾刚走到离自己最近的女队员刘萌身旁，还没开口，就被拒绝了。不过刘萌没有明说，只委婉地说道：“江医生，我得先去一下洗手间，你先帮其他人治疗吧。”

江禾脚步一拐，准备朝正在闲聊的张悦和孙琳琳走去，谁知刘萌直接一手拉一个："走走走，一起上洗手间去。"

一旁正在接受康复师治疗的纪衍，无意间注意到这一幕，微微皱了皱眉。迟钝如江禾只当是巧合，并未放在心上，转身继续给主队医打下手。

对于高山滑雪运动员来说，运动损伤的部位相对集中在肘、膝、踝等关节和腰背部。

即使看过资料，对每个运动员身上的伤病情况有了心理准备，晚上亲眼看到运动员们身上大大小小的伤病时，江禾的心中依然五味杂陈。

这一瞬，她突然就理解了当年在滑雪训练营纪衍让自己放弃滑雪时的心情。

通向荣誉的路上，并不铺满鲜花。所有荣光的背后，是汗水，也是初心。

当晚临睡前，感触良多的江禾给章正尧发了一条微信语音消息以及一个比心的表情图。

禾苗要努力："正尧哥哥，我会一直为你加油的！"

至于纪衍那边，江禾原本也想表达一下自己的崇敬之情，奈何对方一直没有通过自己的好友申请。

与纪衍同寝室的章正尧收到江禾那条消息时，刚结束与沈若微的微信聊天。

他一时不察，顺手点开了那条语音，江禾的声音刚响起，洗手间的门正好被推开。看到纪衍从洗手间出来，他立即关掉了未听完的语音消息，掩饰性地收起手机，并伸手关掉了自己那边的床头灯道："阿衍，我先睡了，你也早点儿休息，晚安。"

纪衍隐约听到那句"正尧哥哥"，只觉得女孩的声音很耳熟，却未深想，只是狐疑地看了自己的室友兼队友一眼，回了一声："晚安。"

等他拿起手机，看到微信里那条等待自己通过的好友申请，忽然反应过来为何刚才会觉得从队友手机里传出的女声耳熟了。

这个猜测太过离谱，纪衍选择了忽略，连同那条好友申请也一并忽略了。

第四章

这个误会可真大

第二天，江禾睁开眼看到安静如鸡的微信，只觉得扎心！

虽然正尧哥哥说在实习期间假装不熟，但没必要连微信消息都不回吧？

纪衍就更绝情了！再怎么说，大家都是战友，怎么连个微信好友申请都不通过？有必要防她如防狼吗？她只是个平平无奇的小粉丝而已，小粉丝能有什么坏心眼呢？

郁闷归郁闷，一到运动员餐厅，见到正在吃早餐的纪衍，江禾顿时又振作了起来！她手脚麻利地打好饭菜，直奔他而去。

“偶像，早上好！我可以坐在这儿吗？”问归问，她手里的餐盘已经率先放了下来。

纪衍看了她一眼，没有回答。因为对于眼前之人，拒绝明显不管用。

江禾笑眯眯地放好餐盘，瞥了一眼纪衍空了的饮料杯，快速转身去了饮料区，倒了一杯热牛奶和一杯橙汁。其间，她见到正在倒豆浆的沈若微，礼貌地冲对方笑了一下。

沈若微报之一笑，视线在江禾手中的两杯饮料上稍稍停顿了一下，却没有多说其他。只在看到江禾走向纪衍那张桌子时，抬脚跟了上去。

江禾回到座位上，第一时间将手里的热牛奶放在纪衍面前：“偶像，给！来自真爱粉的心意，不用谢。”

纪衍盯着杯子反复打量，然后怀疑地看了她一眼：“真爱粉？”

江禾看他一副怀疑自己是黑粉的表情，立即自证清白：“偶像！你这多疑的毛病能不能改一改？我对你的爱不仅像拖拉机上山一样轰轰烈烈，还像能量守恒一样永不消逝！”

江禾表白的话音还未落地，已走到二人桌旁的沈若微扑哧一声笑了出来：“江医生，阿衍不喝牛奶哟，他有轻微的乳糖不耐症。”

遭遇尴尬现场的江禾瞬间裂开了！

“阿衍，你喝这杯豆浆吧。”沈若微用自己手里的豆浆换掉了桌上那杯热牛奶，随后看向江禾，“江医生，原来你是阿衍的粉丝啊？不过阿衍有乳糖不耐症这件事，我记得百度百科词条上写了哟。”

江禾原本还想挽救一下场面，听了沈若微的一番话，不得不放弃“手误”这个借口。她面红耳赤，恨不得当场拿出手机恶补关于纪衍的一切信息。

“嗯，也可能是我记岔了。那先不打扰你们用餐了。”沈若微看出她的尴尬，笑着转身离开。

差点儿穿帮的江禾苦哈哈坐在座位上，顿觉餐盘里的食物都不香了。她偷偷瞥了一眼继续用餐，似乎没将这个插曲放在心上的纪某人，默默拿出手机开始恶补知识。

一查相关词条，她整个人都不好了！

哎，失误失误，真爱粉怎么会忘记与偶像相关的一切呢？！都怪她疏忽大意，忘了提前做功课了……

餐厅另一隅，章正尧、沈若微、刘萌和孙琳琳坐在同一桌。

刘萌对新来的助理队医充满了好奇，主动问沈若微：“你刚才和新来的江医生在聊什么呢？”

“江医生不知道阿衍有乳糖不耐症，帮阿衍倒了一杯牛奶，所以我刚才顺手和阿衍换了一杯。”沈若微解释完，有点儿纳闷，“我听说江医生是阿衍的粉丝，怎么会不知道这件事？”

刘萌一向嘴巴不饶人，凉凉地说道：“正常，现在很多女孩子都只看脸。纪师弟那张脸太会骗人了。”

孙琳琳听到这个话题，顿时起劲了。她匆忙咽下口中的馒头，加入进来：“你们不知道，禾苗……就是江医生，她可励志了！她是纪衍的真爱粉，为了能够靠近自己的偶像，通过自身的努力，成功加入了咱们滑雪队！”

“真爱粉？”章正尧听到这个词，只觉得好笑。

江禾那小丫头确实是为了偶像来的，不过那个人不是纪衍，而是自己。他不太在意地朝江禾的方向看了一眼，随即收回了目光。

孙琳琳误以为他不明白真爱粉的意思，好心解释了一遍，然后一脸八卦道：“话说回来，你们觉不觉得可爱漂亮的江医生和高冷的纪衍很般配？每次看到他们坐一块儿的画面，都觉得赏心悦目。可爱的小粉丝和高冷的偶像，妥妥的小甜文啊！”

刘萌瞥了一眼远处与纪衍同桌的江禾，语气中透着几分酸意：“纪师弟实力出众又眼高于顶，怎么可能看得上江医生？”

章正尧没有接这个话茬。沈若微也没有表态。在她看来，江禾是纪衍的粉丝大概只是江禾的托词。身为真爱粉，怎么可能连纪衍有乳糖不耐症都不知道？

粗神经的孙琳琳没察觉刘萌有些不高兴，继续道：“一切皆有可能啊，你们不觉得纪衍对江医生有些与众不同吗？”

章正尧闻言，再次看向江禾，莫名就觉得江禾与纪衍坐在一起的画面有些刺眼。不过他有绝对的自信，江禾不会喜欢上纪衍。

刘萌将手中的饮料杯重重地往桌上一放，板着脸道：“琳琳，你没事少看点儿小说，别净脑补一些乱七八糟的东西，多想想怎么提高训练成绩吧。”

沈若微见孙琳琳还想说话，立即偷偷拉了拉她的衣角，示意她别继续讨论这个话题，免得闹不愉快。

在队里，刘萌资历老，脾气冲，最不喜欢师弟师妹们和自己顶嘴。她见孙琳琳没顶嘴，脸色缓和了一些：“现在的年轻人很少能忍受得了咱们这种枯燥的训练生活，谁知道江医生会在队里待多久？不过她这种年纪轻轻又没经验的助理队医，居然会在这个紧要关头加入集训队……你们不觉得有点儿奇怪吗？之前也没听说公开招聘队医的消息啊。”

刘萌的话，或多或少戳中了在场几人的内心，也令原本没有多想的沈若微与孙琳琳忍不住扩散了一下思维。

至于章正尧，他本就认定江禾是靠关系进队的，所以一时也沉默了。

“还有啊，说到漂亮，那个江医生哪有咱们微微好看？”刘萌夸完沈若微，立即点名道，“师弟，你说对不对？”

章正尧毫不犹豫地点头站队：“那当然，萌姐你一向眼光独到。”

孙琳琳挤眉弄眼道：“章师哥，在你眼里，还有比小微更好看的女孩子吗？”

章正尧遵从内心，回了两个字：“没有。”

沈若微脸颊微红，用手肘碰了碰队友：“琳琳，你就别给师哥挖坑了。”

刘萌看着眼前十分般配的师弟师妹，戏谑道：“要不我今天就去把民政局给你们搬来吧？”

沈若微的笑容有些无奈：“萌姐，怎么连你也开玩笑……你忘了队里的恋爱禁令了吗？”

国家运动队有一条不成文的规矩，运动员谈恋爱几乎是被禁止的。因为在教练组看来，谈恋爱会引发事业与情感冲突，而情感起落对于运动员状态影响很大。

这个规定虽不近人情，但确实取得了一定的效果。

刘萌不在意地摆了摆手：“哎呀，那都是以前啦，现在教练组没那么古板，只要成年，不影响成绩就行。遇到对的人，可别轻易错过啊。”

沈若微没有正面回答这个问题，轻声道：“目前我只想努力提升成绩，争取在即将到来的家门口的冬奥会赛场上拿到一枚奖牌。至于其他的事情，等以后再说。”

她顿了顿，看向旁边注视着自己的男人：“师哥，你会不会觉得我……”

章正尧摇摇头，举起牛奶，笑容一如既往地温柔：“这个时候，好像应该为梦想举个杯？”

沈若微松了一口气，举起牛奶，与众人碰杯。

其实眼前之人，一点儿都不比纪衍差。可就像歌里唱的那样，得不到的永远在骚动……

在四人举杯之时，远处，正在临时抱佛脚刷百度词条的江禾终于抬起头。她看向放下筷子的纪衍，补救道：“偶像，虽然我现在什么都不说比较好，但你知道我为什么会犯如此低级的错误吗？”

纪衍没说话，静静地看着她表演。

江禾对上那双仿佛洞悉了一切的眼睛，差点儿编不下去，但最后关头，忍住了！

“一切要从昨晚我发给你的那条好友申请说起……有没有看到我的黑眼圈？昨晚熬夜等消息的结果……”江禾惨兮兮地伸手指了指自己不明显的黑眼圈，“科学研究表明，睡眠不足对大脑造成的损伤是无法通过补觉来修复的，熬夜不仅会引起脑供血不足，还会引发神经衰弱等情况，令人头昏脑涨、记忆力减退、注意力不集中、反应迟钝，等等。”

纪衍见她编得这么辛苦，终于大发慈悲给了一个回应：“所以？”

江禾激动地搓了搓手，按捺住颤抖的心：“所以要是偶像你能现在通过我的微信好友申请，那我肯定不会再出现刚才的失误啦！”

纪衍端着空餐盘起身，脸不红心不跳道：“抱歉，手机坏了。”

江禾：“……”

巧合竟来得如此恰如其分？

十分钟后，滑雪集训队的微信群里，管理员发布了周五出发去机场的具体时间以及相关的行程安排。

群成员看到消息纷纷冒泡。江禾拿起手机刚准备吱声，紧接着就看到群里刷出一条新消息——

纪衍：“收到。”

江禾盯着这条消息，用力握拳！人与人之间最基本的信任呢？

她靠近他的一切初衷，不过是想帮他避开即将发生的危险，他有必要避她如蛇蝎吗？作为良心界的扛把子，她太难了……

此时的江禾还不知道接下来几天，她将体会一把社会人的艰难。她坚强地拿起手机，再次给纪衍发了一条好友申请。

纪衍吃完早饭回房间，看到微信通讯录上显示的小红点，顺手点开——

扎心的禾苗：“捞一下我自己TAT（哭泣表情）。”

章正尧推开房门走进来，意外撞见室友竟然对着手机屏幕在笑。他犹如见到新大陆：“在看什么呢？笑得这么开心？”

纪衍愣了一下，敛去自己都不曾察觉的笑意：“没什么。”

章正尧听出他语气中的冷淡，热情被浇熄了一大半，转念想起刚才吃早饭时孙琳琳说的话，试探地再次开口：“早上看到你和江医生一起吃饭，你们以前就认识吗？”

“不认识。”纪衍惜字如金。

章正尧有些担心纪衍认出江禾，会给自己追求沈若微造成困扰，听到这个回答，瞬间安心了。他想了想，拿出手机，找到江禾的微信，回复了一条消息：“谢谢小禾妹妹，一起加油！PS：说好的礼物呢？”

江禾正在等待纪衍回复，却不料收到章正尧的微信消息，瞬间秒回：“礼物在宿舍，正尧哥哥你看看什么时候方便，然后再把接头的时间、地点告诉我！”

章正尧回了一个“OK”的表情图：“那你今晚带到医疗室，私下给我，我也有个小礼物送你。”

江禾收到消息后，快乐地抱着手机在床上打滚。她就说嘛，正尧哥哥怎么可能会真的不理自己，不过是嘴硬罢了。

两相对比，纪衍那家伙实在是太无情了！

这样一来，江禾反倒被激发了斗志，越挫越勇。她当下决定，从现在开始，利用空余时间翻遍纪衍的新闻报道和采访！

毕竟，知己知彼才能百战不殆！

晚上七点十五分，医疗室所在楼层的楼梯间里，江禾手握着一个漂亮的小礼盒期待着章正尧的出现。

江禾与章正尧约定好在此互相交换礼物。只是，令她始料未及的是，她等的人还未出现，安静的楼道里突然有脚步声与说话声自上而下传来。

她下意识想离开，却意外听到了自己的名字——

“哎，你们觉得新来的江禾医生怎么样？”

“人很可爱，性格看起来也很好。”

“谁说这个啊？我说的是她的工作能力！”

“可以说实话吗？这么年轻，看起来有点儿不太靠谱的样子。”

“大学刚毕业，能有什么经验……”

“呃，我觉得大家才刚相处，不好下评论……”

“身体是运动员负重前行的本钱，还是慎重一点儿吧。我现在只希望等下秦医生不要让她来帮我进行理疗，要不然我只能再次尿遁了……”

江禾当然听出这个说话的声音来自刘萌，也听出刚才保持中立的是张悦和孙琳琳。她压根儿没料到原来刚认识的这些战友是这么看待自己的，亲耳听到她们议论自己，她明显愣住了。

就在这个时候，她听到了沈若微的声音：“江医生虽然刚毕业，但能入选医疗队，专业能力应该是有的，只是需要一点儿时间成长……”

听到沈若微为自己辩解，江禾颇觉意外。不过脚步声与说话声越来越近，她只得抢在双方正面撞上之前逃离了楼道。

她没发现的是，往下一层的楼梯间里，纪衍正静静地倚靠着墙壁。一直等到江禾与刘萌等人都离开楼梯间，他才缓步往上走去。

江禾一口气跑进医疗室，第一时间将手里的礼盒藏了起来，随后拿出手机给章正尧发了一条消息，表示现在不方便，改天另约时间交换礼物。等做完这一切，身后的大门立即就被推开，一群人走了进来，男女皆有，打头的正是刘萌。

刘萌见到江禾倒没觉得尴尬，语气如常道：“江医生你来得挺早啊。”

江禾可以理解运动员的担忧，可亲耳听到自己被议论，难免心头有些不自在。所以面对刘萌，她礼貌性地笑了笑，没说话。不过在对上沈若微的视线时，笑容明显灿烂了几分。

此时，医疗室的大门又一次被推开，纪衍独自走了进来。

江禾打招呼的手刚举起来，沈若微已经率先热情地迎了上去：“阿衍，晚上好。我们刚才下楼的时候电梯在维修，你也是走楼梯下来的吗？

怎么没见到正尧师哥？我还以为你们在一块儿呢。”

“没有。”纪衍简洁地回了最后一个问题，目光投向不远处讪讪放下手臂的女孩，很快收了回来。

沈若微对于纪衍的态度习以为常，脸上依然保持着笑意：“那我给正尧师哥发消息吧。”

纪衍没说什么，而是越过沈若微，径自朝江禾那边走去，然后在她旁边找了个位子坐下。

沈若微见到这一幕，微怔了一下，随即若无其事地收回目光。

江禾本来没什么想法，见纪衍自投罗网，索性老话重提：“偶像，能不能问你一个小问题？”

纪衍扫了一眼问题全写在脸上的某人，慢悠悠道：“别问，问就是没有。”

江禾被噎了一下：“那我就……等下再问。”

周围的人听到他们没头没尾的对话，只觉得满头雾水。

沈若微虽然正拿着手机给章正尧发消息，但仍留心着他们的动静。在听到二人的对话后，她忍不住抬头望过去，却刚好捕捉到纪衍嘴角一闪而过的笑。那一瞬，她心中生出一种从未有过的危机感。

与此同时，章正尧与家人结束通话，正准备收起手机出门下楼。

看到沈若微发来的那条询问他怎么还没去医疗室的消息时，他脸上的笑意一下子荡开，快速回复了一句：“马上下来。”

然而，当他看到江禾发来的那条消息时，笑意立即淡下去。回想起刚才那通电话里父母叮嘱他要多加照顾江禾的那些话，他心里就涌起一种莫名的烦躁。他没有回消息，不耐烦地将放在桌面上的那一小瓶香水重新放回抽屉，转身出了房门。

章正尧踩着点来到医疗室，一进门就看到原本正与人说话的酒窝女孩目光晶亮地看向自己，眼睛仿佛会说话。他视而不见，搜寻到沈若微所在的位置，大跨步走了过去。

见到章正尧的反应江禾愣住了。回过神后，她的目光追随着章正尧的身影，看着他与旁人言笑晏晏的模样，酸涩漫上心头。

虽然二人之前已经说好要装作不认识，但是于她而言，这件事真正实施起来真的太难了……因为，每次见到他，她总是没办法控制住自己那颗欢欣雀跃的心。

墙壁上的时钟已经指向七点半，江禾没空再伤春悲秋，调整心情投入到工作当中。

医疗室里，运动员们正通过专门的理疗仪器、设备进行简单的疲劳恢复。江禾没有忘记刘萌等人在楼道里的对话，这一回她没有再自告奋勇，而是安安静静给主治医师打下手。

不知情的秦诚阳只觉得小外甥女这晚太过安静，心里也没有多想。他此刻正在帮沈若微进行诊疗。

沈若微最主要的问题，是膝关节的旧伤。秦诚阳刚开始帮她在受伤的部位进行中医推拿，立即就听到了一声很轻的闷哼声。他当下皱眉："小沈，你这个膝关节的旧伤平日一定要再多加注意，接下来这两天你必须暂停训练！要不然后期的上雪训练只会加重伤情……"

沈若微故作轻松道："谢谢秦医生，我保证接下来乖乖听话。那个，等会儿麻烦您给我开点儿止疼药。"

江禾看过沈若微的伤病记录，知道她膝关节旧伤的严重情况，也看出她此刻在强忍痛楚，于是忍不住插嘴："一直吃止疼药治标不治本，其实最好的办法应该是……"

沈若微打断江禾的话，声音有点儿沉："那样太耽误时间。"

江禾一时哑然。做手术之后要复健，万一恢复情况不良好的话，说不定职业生涯就此结束。对于职业运动员来说，确实既耽误时间又有风险。

秦诚阳默默记下沈若微的情况，等着晚点儿和教练组那边进行报备。等他开始对沈若微进行无痛针刺疗法后，周围有一些队员已经结束简单的机器理疗，正在等着后续看诊。

他觉得小外甥女待在自己身旁属实浪费人才，于是开口道："小江医生，我这里暂时不需要帮忙，你先去帮其他队员诊疗一下，如果有不明白的地方再找我们。"

江禾："好的。"

江禾环视了一圈，眼下空闲的人除了刘萌、孟天赋、张悦、王斌，还有纪衍。

她想了一下，主动朝张悦走了过去："小悦，有没有觉得哪里不舒服？我先帮你看看？"

刘萌与张悦是隔壁床，刘萌内心对江禾的专业水平一百个不信任，因此在张悦开口前，抢先道："江医生，你先帮孟师弟瞅瞅，我们这边暂时不急。孟师弟今天下楼梯没注意，好像有点儿扭到腰了。"

张悦原本是要点头的，谁知被刘萌抢了话头。她担心刘萌生气，只好满怀歉意地朝江禾笑了一下。

江禾回了张悦一个安抚的微笑，转头看向孟天赋。

孟天赋并没有质疑江禾的专业水平，只是有点儿害羞，毕竟是要撩衣服的事情。他扭捏地看着江禾，脸色微红道："江医生，那个，其实……我现在也不怎么疼，要不我还是等一等吧……"

惨遭滑铁卢的江禾静默了几秒，就在她决定放弃之际，忽然听到纪衍犹如天籁般的声音："江医生，能不能请你先帮我看一下？我觉得腰背有点儿不太舒服。"

江禾条件反射性看向纪衍。他的神色一如往常那样冷峻，却令她觉得万分亲切。她步履轻快地走到他身边，摆出专业的姿态："大概哪个位置？从什么时候开始觉得不舒服的？"

刘萌等人难以置信地看向纪衍，就连沈若微与章正尧也朝纪衍望去。

纪衍却没有理会旁人的目光，径自撩起衣服，随手指了指腰背某一处："今天训练结束后。"

江禾没有被眼前完美的肌肉线条所迷惑，伸手在他比画的部位进行轻微按压，寻找正确穴位："是不是这个位置？"

纪衍趴在治疗床上："嗯，有轻微的疼痛。"

"考虑轻微的劳损。高山滑雪运动员长期保持一个姿势训练，很多人都会有这个情况。你这一块肌肉有点儿僵硬，需要多做放松训练。我先帮你推拿一下。"江禾一边动手帮他推拿，一边继续道，"大运动量训练后，人体肌肉会出现早起或迟缓性酸痛和僵硬。这是由于代谢产物堆积和少量肌纤维断裂共同造成的。这种情况如果不能及时处理，逐渐积累就会发展为软组织损伤……"

江禾说了一堆，手中的动作却没有停。她手法专业，穴位精准，再加自幼习武的缘故，力道掌控恰到好处。纪衍只觉得耳边传来的声音仿佛有催眠的功效，再加上僵硬的身体肌肉以及紧绷的神经得到舒缓，整个人有点儿昏昏欲睡。

江禾一直没有得到回应，后知后觉道："啊，不好意思，我的话是不是有点儿多？"

"不会。"纪衍顿了顿，补充了一句，"谢谢江医生你专业的讲解，今后我会多留心。"

"不客气！"江禾得到认可，嘴角的笑意再也抑制不住。

刘萌等旁观者一直关注着纪衍这边的动向。听到二人的对话，大部分人心里对江禾的专业能力依然存疑。他们认为纪衍是看在江禾是粉丝的分上，才会主动帮其解围。

江禾这会儿早就将旁人的目光抛诸脑后，专心投入工作。每次纪衍有疑惑，她都能用自己的专业知识进行解答。

因为有纪衍出头，张悦的胆子也肥了。待纪衍结束诊疗后，她不再顾忌刘萌的眼色，主动请江禾帮忙。

江禾工作认真，解答得也耐心。当晚的治疗时间结束，周遭人看江禾的目光顿时就不太一样了。

医疗室里，队员们陆陆续续离开。

江禾有心想向纪衍道谢，遂时刻留意着纪衍的动向。眼见纪衍走出大门，她有些急了，假装不经意地走到门口，朝外一看，发现他就站在门外，正与孟天赋低声说着什么。她侧耳细听，隐约听到他说："专业没有性别之分……"

她忍不住翘起嘴角，在对方抬眸望来之际迅速扭头，继续进行收尾的工作。

等设备全部收整归位，纪衍已经快一步离开。

江禾匆忙与同事们道别，迅速拿起自己的东西追了出去。她的方向感素来糟糕，在这一刻竟然没有出错，只是医疗室外的走廊已经空无一人，原本在检修的电梯已经可以通行，两部电梯的数字都在往上攀升。

江禾也不知道自己当时是怎么想的，脚步一拐，直奔楼梯间。

她一口气跑到纪衍所住的楼层，其间感觉好像有小飞虫进了左边眼睛，她无暇顾及，只时不时伸手揉一揉。

待出了楼梯间，恰好见到纪衍独自一人走在略显安静的走廊里。她心中一喜，毫不犹豫地开口："纪衍——"

话音未落，又有一只万恶的飞虫逮住时机，溜进了她右边眼睛里。这次反应太大，眼睛里有异物的不适感导致眼睛睁不开，眼泪更是一直流个不停。最正确的处理方法是立即用水冲洗眼睛，可前方的人已经停下脚步，她顾不得其他，揉着眼睛，赶紧朝对方小跑过去。

纪衍听到喊声望过去的时候，只见暖黄灯光下，女孩一只手揉着眼睛，一只手拿着系了蝴蝶结的礼盒朝自己跑来。待距离近了，他才发现女孩眼睛红红的，还有眼泪挂在眼角，整个人看起来娇弱可怜。

"有事？"

"今晚谢谢你……"江禾说着，放下揉眼睛的手，可是眼泪又不受控制地涌了出来。她只好伸手擦眼泪，奈何越抹越多。

"你哭什么？"纪衍看着她的眼泪，语气微软。

"我……"江禾想解释自己的状况，一时不知从何开始。

"我收下还不成吗？"纪衍看看哭得惨兮兮的女孩，又看看她手里的礼盒，回想起今夜楼道里她孤寂的身影，无奈妥协。

江禾一时没反应过来，直到拿着礼物的手一空，她才回神。然而误会她来意的某人已经拿着礼盒转身离开了。

江禾被这个神转折惊呆了！

谁说她是来送礼物的啊？现在冲上去把礼物拿回来，还来得及吗？

不远处，一扇房门被打开，章正尧探出头，目光落在门口纪衍手里的礼盒上，再往纪衍身后一扫，看到呆若木鸡的江禾，瞬间敛住笑容。

江禾看着那扇门被关上，默默放下揉眼睛的手，低头一瞅，果然有一只飞虫的尸体黏在手指上。

噢！这个误会可真大……

纪衍收到礼物之后，压根儿没拆开，放到一旁就没再关注了。

不过，他总觉得自此之后，小粉丝看自己的眼神有点儿奇怪。虽心里疑惑，但也没问，直到前往海外上雪集训的前一天晚上，他方明白了原因。

当时，纪衍正在收拾行李箱，行李收拾到一半，突然听到室友章正尧用略带惊讶的口吻说："这不是江医生送你的礼物？包装得很可爱。"

纪衍下意识望过去，目光落在章正尧手中那个绑着可爱蝴蝶结的小礼盒上，这才记起它的存在。只是，看到这个礼盒，他脑中莫名就浮现出那晚江禾泪眼婆娑的模样。

纪衍还没出声，就见章正尧拿着礼盒轻轻晃了晃，语带揶揄："你不拆开看看吗？辜负小粉丝的一番心意不太好吧？要不我帮你代劳？"

"不用……"纪衍话音未落，做事素来守分寸，知进退的章正尧却不知怎的已经动手拆开了礼盒。

章正尧假装没看到纪衍不悦的神色，看清楚礼盒里的物品时，语气不自觉多了几分阴阳怪气："某大牌最新款？有心。"

纪衍面无表情走过去拿回章正尧手里的物品："刚刚的行为，我希望不会再有下一次。"

"抱歉。"章正尧垂下眼帘遮住了眼里的讥笑。

其实作为队友与对手，这么多年以来，章正尧对纪衍的感情一直都很矛盾。一方面，他羡慕纪衍的天分与能力；另一方面，却又因纪衍处处压了自己一头而嫉妒，不满。只是，他在人前从未流露过半分负面情绪，并常为纪衍这个好友自豪，所以众人也就以为他并不在意这些。

可是人就会有七情六欲，他将纪衍当作好友，对方却未必与自己一样。

回想起刚刚看到的礼盒里的物件，想到从小到大永远追在自己身后的小丫头似乎也成了纪衍的粉丝，他心中只觉得失望不已。

呵，她对自己的喜欢，也不过如此。

纪衍并不知道章正尧心中所想。

他看着手里打开的大牌眼镜盒，盯着里头的男士太阳镜，恍然大悟。难怪江禾每次看到自己那副欲言又止的模样，大概是想问自己是否喜欢这个礼物吧？

他拿起手机开始查询这款墨镜的价格。查完价格后，快速点开微信，找到那条即将过期的好友申请，选择了通过。紧接着，他发出了添加江禾为好友后的第一条消息。

此刻，住在运动员公寓另一层的江禾正在与父母视频聊天。

江氏夫妇知道女儿第二天要随队出发去海外，特意打了视频电话过来叮嘱了一堆注意事项。江禾安慰了他们好一会儿，劝阻了父母明天要去机场送机的想法。

此次海外集训时间为期近两个月，之后，几名获得国际雪联高山滑雪世界杯参赛资格的运动员会开启海外参赛模式，秦诚阳作为医疗组成员会陪同参赛的运动员一同前往，江禾这个助理队医当然也要一同前往。

一结束视频聊天，江禾就发现了纪衍通过了自己好友申请这一大喜事！她好奇纪衍发了什么消息给自己，点开一看，傻眼了。

什么情况？纪衍竟然给自己转了一笔巨款？

江禾怀疑，不是自己眼睛出了毛病，就是纪衍脑子进了水。

她一动不动地盯着屏幕看了好一会儿，确认自己的眼睛没问题后，缓缓举起手指在聊天框里打出了一个问号。

纪衍迅速发了一张太阳镜品牌官网的价格截图以及一句话："太阳镜的费用。"

江禾被对方的操作搞蒙了。

纪衍很快又发来一句解释："多余的是代购费。"

江禾脸上挂满了问号，怎么还有人把收到的礼物折合成钱还回来的？还奉上代购费？真不知该夸这家伙正直还是该夸他脑回路清奇……

江禾平复了一下自己的心情，重新组织语言："偶像，你这样就见外了啊！礼物贵不贵无所谓，最重要的是你喜欢呀！就算你要天上的星星和月亮，我也可以想想办法。只有一个请求，千万不要给我打钱！凭我们的关系，打笔巨款还不如嘘寒问暖来得实在。"

那边显示正在输入，然而她等啊等，等啊等，最后只等来一阵沉默。

出发前往机场这天清早，天空飘起了细雨。

约定的时间还未到，江禾第一个拖着行李箱出现在大巴车上。她选了个靠窗偏后的位子，拿出备好的面包和草莓牛奶慢悠悠吃了起来。

过了一小会儿，陆陆续续有同伴到了。大家简单地打过招呼，各自挑选了舒适的位子坐下。

江禾时刻留意着章正尧的身影，奈何一直没见到人。

待面包吃到一半，她无意间往窗外望去，瞬间眼前一亮。然而下一秒，眸光就黯淡了下去。

只见细雨里，她喜欢了很多年的人与别的女孩共撑一把伞慢步走来，脸上是鲜少对自己露出过的温柔笑意。

忆起几天前那个送错礼物的晚上，他朝自己瞥来的那冷漠眼神，她就忍不住郁闷。自那晚之后，她有心想找他解释却苦于找不到机会。因为他一直对自己视而不见，比陌生人还不如。

章正尧与沈若微上车后，挑了个前排的位子，并顺势与沈若微坐在了一块儿。两个人都没有往后看，江禾准备好的腹稿就这样胎死腹中了。

她收回目光，垂下脑袋瓜，只觉得草莓酸奶的酸味盖过甜味，几乎要和柠檬一样酸了。就在她自怨自艾之际，一道身影挡住了旁边的光线，紧接着，有人在她身旁的空位坐下。

“早饭？”纪衍的目光落在她手里的食物上。

“嗯，有没有兴趣来一个？昨晚睡得还好吗？”江禾没料到纪衍会主动坐在自己身旁，一扫哀愁，动作麻利地从包里掏出一个全麦面包。这恰好是纪衍唯一会吃的面包。

“谢谢。”纪衍想起自己昨晚因为眼前这小粉丝的话做了一整夜的噩梦，于是将拒绝的话咽了回去，毫不客气地接过面包。

他咬了一口面包，拿出手机点开微信聊天框，看了一眼未被收下的转账，催促道：“收钱。”

二十四小时不收钱，系统会自动退回，此刻时间已经过半。

江禾却误会了他的意思：“啊？一个面包而已，不用给钱啦。”

“我说的是那笔巨款。”

“呃……我更喜欢嘘寒问暖。”

“想得挺美。”

江禾盯着纪衍打量了几秒，突然想到了一个可能性，心情顿时复杂了起来。她迅速打开微信聊天框，发出了来自灵魂的拷问——

“偶像，你是不是怕我对你有企图啊？”

“我对天发誓，我没有！”

“我只是一个单纯的小粉丝而已。”

“我已经有喜欢的人了！”

纪衍看着那一连串辩解，慢动作地看向身旁的女孩，神色有点儿一言难尽。那天晚上收下礼物，只是因为心软。给她转账，纯粹是因为不想欠人情罢了。

他没有回复微信，而是当面一板一眼道：“你是不是想得太多了？”

江禾闻言，瞬间笑起来，一脸轻松道：“你这么说，那我就放心啦！”

纪衍：“……”

他怎么有种自己被小粉丝嫌弃的错觉？

滑雪集训队人员到齐，大巴车缓缓启动，朝机场驶去。

纪衍莫名有点儿心酸，便选择戴上眼罩补觉，江禾则戴起了耳机。他们不知道的是，刘萌正在微信里和沈若微八卦他们的关系。

绝不卖萌：“我敢打赌纪师弟和江医生之间绝对有猫腻！”

我是VIVI：“啊？怎么说？”

绝不卖萌：“纪师弟平常会主动和女生坐一块儿吗？他们还一起分享面包，怎么看都觉得不对劲。”

我是VIVI：“江医生毕竟是阿衍的粉丝，大家又都在同一个集训队，应该只是基本的礼貌而已。”

绝不卖萌：“微微你太单纯了！爱情的萌芽往往是从细节开始的！你还记得周二那天晚上治疗时间，纪师弟主动替江医生解围一事吗？事后他还教训了天赋那傻小子一顿。啧啧，果然男生这种生物都喜欢会装可爱，会卖萌的女生……”

我是VIVI：“江医生确实很可爱，阿衍会喜欢她也很正常啦……”

沈若微没有再继续八卦，扭头朝江禾与纪衍的方向看了一眼。见他们一个睡觉，一个戴着耳机望着窗外，她有些纷乱的心平静了几分。

她轻轻伸手碰了碰旁边的章正尧，将手机里的聊天记录递给他看，悄声说：“萌姐刚刚说，江医生和阿衍之间有猫腻。”

章正尧快速扫了一遍聊天记录，装作不经意道：“有可能，我前几天看到阿衍收下了江医生送的礼物。”

沈若微吃惊地看着他：“真的吗？”

章正尧只觉得她这副模样可爱极了，心中那点儿因江禾而产生的不快消散了不少。他拿出手机里的截图：“这个。”

沈若微盯着图片里某大牌最新款男士太阳镜以及那一行价格，不停地咋舌。

她没想到，江医生大学刚毕业，居然随手一送就是好几位数的墨镜。

更令她出乎意料的是，纪衍竟然会收下粉丝送的礼物。思及刘萌说的那个可能，她好不容易平静的心湖又乱了。

一个小时后，大巴车顺利抵达机场。

领队拿着众人的证件去办理了值机手续，随后领着众人前往候机大厅等候。

到了候机大厅，队员们大多挨着坐在一块儿。江禾原本是想和张悦她们一块儿坐，不过旁边没有多余的座位，所以就选择坐在了另一排。

女队员们交头接耳讨论着机票上的座位号，江禾看了一眼手里的机票，发现自己的座位与她们都不搭边，便没有加入话题。

她将机票与证件收进小挎包里，拿起手机开始玩游戏。

三连败之际，表姐秦妙的视频电话打了进来。江禾果断退出游戏，接通视频。

视频里，秦妙身穿白大褂，一如既往地靓丽。

“嗨，喵姐！我们刚在候机大厅坐下。”江禾说着，切换镜头，特意对准了自家姨父的方向。

秦妙看到镜头里正在与人交谈的父亲秦诚阳，脸上露出笑意。只是待镜头切换回来之后，她漂亮的蛾眉微蹙：“小禾苗，你怎么穿得这么少？换季节早晚温差比较大，别着凉。有没有备一件厚点儿的外套？机上冷气有点儿足，注意保暖。我查过奥地利西部的天气，只能用一个字来形容，那就是冷……”

江禾听着自家表姐关心的念叨，心里暖洋洋的：“喵姐你放心吧，我背包里放了一件厚点儿的外套。你近期有没有什么想买的化妆品，我到时候帮你带呀。”

秦妙霸气地说道：“不用，你专心工作，照顾好自己。我过阵子也要出国参加一个研讨会，你要是有什么想要的，抽空把清单发过来，我买了送你。”

“哈哈哈，喵姐威武！立即把喵姐 YYDS 打在屏幕上！”

“别贫，实习怎么样？开局还顺利吗？”

“呃，还好……”面对表姐的关心，江禾迟疑了一下，起身将背包托付给离自己最近的一个男队员，拿着手机走到一个偏僻的角落，说出了自己的苦恼，“我刚加入集体，然后一些队员对我的专业能力可能有些质疑，就是不太愿意让我上手帮忙诊疗。我有一次听到她们私下讨论，说我刚毕业，没什么经验，可能是靠关系进队的……总之就是有一些顾虑……不过也有一个人用行动表示相信我……”

“摸头，咱们问心无愧就成，不要被外界说法干扰。姐姐等着你用实力让所有质疑你的人闭上嘴巴。你说的那个替你撑场子的人是不是你的正尧哥哥？”秦妙笑眯眯地问。

“不是，是纪衍。我报到那天，正尧哥哥让我对外保密与他关系，他担心对我影响不好。”

视频里，秦妙听了小表妹的话直皱眉，暗自嘀咕了一声“狗男人”，随后正色道：“既然章正尧那小子这么说了，你就听他的话。反正你是为了祖国的体育事业才去当队医的，又不是为了男人。至于你那救命恩人倒是不错，好好和人家相处。好了，我要先去忙了，回头再聊。有事随时和我说，或者找老头，我们是你永远的后盾！”

“嗯嗯，喵姐么么哒。”

江禾结束视频通话，沿原路返回，朝帮自己看管背包的男队员道了谢，重新找了位子坐下来继续玩游戏。

而北城另一端的秦妙并没有立即投入工作，反倒给自家老头打了一个电话，言简意赅地转述了小表妹的遭遇，同时提了一个合理的解决办法。

于是，当天排队登机之际，集训队的微信群里，管理人员正式公布了一份江禾的简历。

消息一出，队员们立即炸开了锅。特别是刘萌，看到江禾那份简历上公布的毕业院校，当场受到一百万点暴击，整个儿一个大写的“蒙”！

因为那上面赫然写着——她本科毕业于哈佛大学分子与细胞生物学，博士毕业于哈佛医学院临床医学！

江禾的手机由于玩游戏而耗尽电量自动关机，没看到群里的消息。她排在登机队伍的前端，没有留意到身后队员们的异样。

此刻，排在队伍末端的孟天赋在看到简历后，惊得下巴都快掉了！他肥着胆按住自己前面的纪衍的肩膀，将手机举到纪衍面前，激动地说道："哇！师哥你快看群里的简历，太牛了！二十四岁就博士毕业，妥妥的天才学霸！"

纪衍看到简历上的照片，下意识拿过孟天赋的手机往下翻看。在看到某一处时，他的视线微微一顿。

孟天赋在旁边继续感慨："没想到江医生竟然这么厉害啊！师哥你批评得对，在专业这件事情上没有性别之分！我为自己感到羞愧……"

纪衍看完简历，将手机还给他，淡定地说道："术业有专攻，江医生要是和你比滑雪，肯定也比不上你。不过你上雪训练时有个毛病，在转换的时候，身体过去得过多，髋关节没有往里进，滑行的时候只是靠身体往外拽，造成弧线，压弧的角度不够，力量的角度特别小。这次训练好好纠正。"

孟天赋听了自家师哥的前半段话正感激涕零，听到后半段立马蔫了："遵命。"

江禾登机后，找到了自己的位子，发现恰好又是靠窗，简直是意外之喜。她每回坐飞机都喜欢选靠窗的位子，除了可以欣赏美景，还可以趁机补觉。

此次上雪集训的目的地，是位于奥地利蒂罗尔州的 TUX 小镇。从北城出发的话，最便捷的方式是先直飞瑞士苏黎世国际机场或德国慕尼黑国际机场，然后再乘坐火车前往。不过因为各方面的原因，他们这次选择了直飞维也纳再换乘。

江禾在自己的座位上坐下没多久，发现情况有点儿不太对劲。有好几个队员从自己座位旁经过时都主动和她打招呼，打过招呼后，这些人还一副欲言又止的样子。她一询问，他们立即就摇头走了。

刘萌经过江禾的座位时，虽然没有主动打招呼，但眼睛一直盯着江禾瞧，搞得江禾不由得掏出小挎包里的小镜子自照。

当纪衍在身旁的空座位停住时，江禾犹如找到了救星！她一把抓住他的手臂，压低声音道："偶像，你快帮我看看，我脸上有没有哪里不对劲？"

纪衍有些不自在地抽回手臂："有话好好说。"

江禾连忙将刚才的情况讲了一遍："是不是很诡异？我都快产生自我怀疑了。"

纪衍一听，了然道："你打开手机微信群就知道了。"

江禾"啊"了一声："我的手机刚才没电了，正准备上飞机后再充电呢……要不……你将手机借我看一眼呗？"

纪衍睨了她一眼，拿出手机，打开微信群，再将手机屏幕移至她面前。

江禾这才恍然大悟，同时明白过来，自家表姐一定在这里头发挥了作用，所以才会有在群里公布简历这一出。

"搞了半天，是因为这个啊……那他们刚才看我的眼神，可能是想说'江医生你有点儿东西'？"

纪衍被她的自我调侃逗笑，从善如流道："嗯，年轻人，你确实有点儿东西。"

江禾哈哈大笑，将手机双手奉还："谢谢。"

谢谢他的解围，也谢谢他的尊重与信任。

第五章

意外掉马甲

乘务人员在广播里不断提醒着乘客们尽快入座。

作为滑雪队唯一落单的人员，沈若微的座位是在中间位子，一排四个座位相连，都是不认识的陌生人。

她拿着机票反复确认了一番，神情有些郁闷：“我自己一个人坐这儿啊？得坐十多个小时呢……”

章正尧刚帮她把背包放上行李架，听到她的话，正想提议她与自己交换座位。他的座位在往后一点儿，虽也是中间，但两边都是熟人。只是，他还没有开口，就看到沈若微艳羡地望向坐在同一排靠窗位子的江禾：“好羡慕靠窗的小伙伴啊……”

章正尧的目光落在江禾身上，略微沉吟了一会儿，说道：“你先等等，我去请江医生帮忙换个座位。”

沈若微有些犹豫，小声询问：“这样好吗？感觉江医生可能不愿意换，毕竟旁边是她的偶像……”

“换个座位而已，有什么关系？她应该不至于这么小气。”章正尧安慰完她，朝江禾的位子走去，脸上挂着礼貌的微笑，“江医生，能不能请你帮个忙？”

江禾正试图让手机开机，听见章正尧的声音，瞬间抬起头，想都没想就应下：“好啊，什么事？”

“能不能麻烦你和小微师妹换个位子？她比较喜欢靠窗的位子。”

江禾闻言怔住，一时没说话。迟钝如她，此时也隐隐觉得章正尧对沈若微的态度似乎不太一般。

章正尧见她沉默，下意识皱起了眉头。

江禾回过神，生平第一次拒绝了章正尧的请求：“抱歉，我不想换，我也喜欢靠窗。”

况且，她没有忘记自己加入滑雪集训队的初衷。与纪衍坐一块儿的机会难得，她打算趁机好好提醒一下纪衍注意训练的安全问题。

章正尧被当面拒绝，脸上无光，又想起之前礼物一事，语气不悦：“如果不同意，一开始请不要答应得那么干脆。”

被喜欢的人当场责难，江禾只觉得难过又委屈。她垂下头，抿着嘴，没有再说话。

因为实在不知该说些什么，她按了好几次开机键，结果一直没能成功将手机开机。

一直没有说话的纪衍忽地摘下降噪耳机往小桌上一放，二话不说拿过了她的手机，帮她开机。

手机离手的一瞬间，江禾猛然想起了自己的手机屏保与墙纸都是章正尧的照片……

她连忙出手，迅速拿回手机，往衣服兜里一揣。希望某人刚刚没有留意到这一切，不然她的马甲就要捂不住啦！

纪衍微微挑了挑眉。动作如此利落，看来战斗力还在，不用担心。不过，刚才他似乎在她的手机屏保上看到了一个熟悉的面孔？

沈若微虽留在原位，但时刻关注着事态进展。

留意到纪衍的举动，她立即满脸歉意地开口："哎呀，没事，没事，我就坐这儿好了，反正十个多小时，挺快的。师哥你快回去坐好，我没关系的。"

"有事随时找我们。"章正尧不希望沈若微为难，听从她的话，转身回自己的座位。

江禾低垂着脑袋瓜，侧着身体缩在角落里，没有去看章正尧，而是争分夺秒偷偷将手机屏保和墙纸更换了。

待章正尧走后不久，绝大部分乘客都已入座，原本嘈杂的客舱内变得安静了许多。

沈若微却忽地解开安全带，从座位上起身，走向江禾，向她道歉："江医生，对不起，刚才让你为难了。都怪我不好，能不能请你原谅我？正尧师哥人很好，刚刚的事，能不能请你也别放在心上？"

换座位一事，江禾只是为章正尧的态度赶感到伤心，压根儿没怪过沈若微。而且于她而言，这事刚才就已经翻篇了。

她抬起头，看向落落大方的沈若微：“哦，没关系，我没放在心上。”

“那就好。”沈若微笑着朝她伸出手，摊开手心，露出一颗彩色的糖果，“喏，请你吃颗糖。”

“谢谢。”江禾欣然接受对方的善意。

“那就不打扰你和阿衍啦。”沈若微转身返回自己的位子。

纪衍听完二人的对话，望向沈若微离去的背影，忍不住皱了皱眉。

二人的交谈飘到周围一些队友的耳朵里，感觉却有点儿变了。在他们看来，这个新来的学霸江医生为人有点儿小气。换个座位而已，多大点儿事？搞得好像受了莫大的委屈一样。

沈若微太善良了！这事明显不是她的错嘛。

江禾并不知旁人心中所想，吃着糖果，笑嘻嘻道：“我觉得改天我可以去某乎上回答一下，如何评价滑雪女神沈若微。人美心善气质佳，犹如天使在人间。粉了粉了。”

纪衍审视的目光落在她脸上：“你对天使，是不是有点儿误解？”

“啊？”

“要不要给你推荐一下眼科？”

“我从小到大视力都很好。”

“建议你抽空去检查一下。”

“啊？”

飞机上开始播放安全须知视频，两个人都没再说话。

直到飞机起飞后好长一段时间，江禾才后知后觉反应过来，旁边这家伙好像是在影射自己眼神不好？

到了午饭时间，空乘人员推着餐车询问乘客是否需要饮品和食物。

江禾选择了一份意面和一杯冰橙汁。纪衍也要了一份意面，饮料则选择了矿泉水。

两个人打开意面后，不约而同拿起了叉子，下一步，挑出番茄。呃……对于这个神同步，二人忍不住对视了一眼，随即若无其事地转开头。

江禾本来打算趁午饭时间拐弯抹角聊一下此次上雪训练的安全问题，结果被这个开头的小插曲一打岔，忘了聊。

吃完午饭，江禾口渴，又要了一杯冰橙汁。可是没过多久，她就觉得肚子有点儿不舒服。下一秒，她突然想起被自己遗忘了的生理期貌似就在这一两天？！

罪过，罪过。这几天忙着适应新环境，把大姨妈给忘记了！她小心翼翼地从座位上起来，偷瞄了一眼座椅，没发现异常之后，悄悄松了一口气。

“偶像，不好意思啊，借过一下。”待纪衍起身让开，江禾道了谢，打开座位上方的行李架，准备拿上姨妈巾。

纪衍出于绅士风度提出帮忙，江禾连忙一口回绝。

背包最外面放了一件厚外套，占据了很多空间，还有一包准备在路上吃的零食。江禾原本是想直接拿卫生巾，其他东西不动。尴尬的是，由于背包里东西太多，外加身高限制，她踮着脚伸手在包里摸索了几下，姨妈巾没找到，小腹忽地又生出不适。她只好改换策略，先把那件外套拿出来。

社死现场发生的那一刻，往往都是毫无预兆且寂静无声的！

将外套从包里扯出来的瞬间，好几件物品随之掉落，包括几包小零食、一本小型的日记本。江禾伸手想捞，捞了芝麻，忘了西瓜。

令她永生难忘的一幕就这么发生了！

只见一小包粉色的卫生巾掉下来，好死不死砸到了纪衍的肩头，然后掉进了他怀里。

纪衍拿起怀中的东西，面不改色地将它递还给故作镇定却红了脸颊的女孩。

江禾连谢谢都没说，拿着卫生巾快步奔向洗手间。如果不是飞机没办法中途停下来，她一定会选择当场下飞机。

好消息是，“大姨妈”是在她进了洗手间之后，才真正大驾光临。

坏消息是，走出洗手间之后，她要面对纪衍。

呜，她只想当一只躲在洗手间永远不用出去的鸵鸟。

江禾离开后，纪衍注意到脚边被主人遗忘的一包小饼干，随即弯腰去捡。就在他捡起那包饼干之际，他突然注意到座椅下方遗落了一张三寸左右的照片。

他顺手捡起，却在看清照片的瞬间，犹如被定格了一般，呆住了！

这是一张用拍立得拍出来的老照片。照片里，十几岁的少女与少年并肩站在滑雪场，女孩挽着男孩，笑容璀璨，男孩脸上则是含蓄的笑容。两个人身上都穿着北城市某青少年滑雪训练营的队服。

久远的记忆扑面而来，电光石火之间，他一下子明白过来，为何每次相处，江禾总给他一种熟悉的感觉。

原来，竟是年少时的故人。

而他居然一直没认出她！看来，他才是需要挂眼科的那位。

真的勇士敢于直面惨淡的人生！

不知自己已经掉马甲的江禾，磨磨蹭蹭许久，还是板着小脸回到了座位，努力将“只要我不尴尬，尴尬的就是别人”的精神发挥到极致。

纪衍注意到她视死如归的小表情，贴心地没有再提刚才的那一幕。他坐下之后，拿起旅行枕，戴上耳机和眼罩，开始了新一轮的补觉。至于那张合影，他犹豫了一下，没有归还。

遥想当年在滑雪训练营，二人一见面就斗嘴，外加当年他还要求对方别再碰高山滑雪，他想不通有了这样的前情，多年之后对方怎么还会成为自己的真爱粉？

这件事怎么看都透着诡异。

眼见纪衍似乎已经睡着，江禾暗自长松一口气，轻轻拉下了遮光板。由于喝了很多开水，外加特殊时期，她总想上洗手间。其间，她忍无可忍，跑去上了两次厕所，后来怕打扰纪衍休息，她便没有再喝水。

旅途漫长，她听着轻柔的音乐，不知何时也入了梦乡。

身旁的脑袋瓜无意识歪过来的时候，纪衍有所察觉。

他下意识想避开对方的接触，但下一瞬脑中闪过先前砸到自己的那包小粉红以及那张旧照片，最终没有动。

维也纳时间比北京时间晚了六个小时，飞机抵达维也纳机场时，下午的阳光正热烈。接下来，一群人还要换乘航班转至因斯布鲁克，接着再乘坐大巴前往 TUX 小镇。

在候机大厅里，江禾看到纪衍时不时活动单边肩膀，心虚地摸了摸鼻子。

她在飞机上一觉醒来，发现自己居然靠着纪衍的肩膀，貌似睡了很久，惊得瞌睡虫当场跑光了。幸好他当时没有醒，她连忙摆正脑袋瓜，佯装无事发生。

不过这会儿，她看到纪衍有些良心不安，慢吞吞踱步到他面前："你是不是肩膀不舒服？可能是因为姿势不对引起的，要不要我帮你按一下穴位？按一下应该会缓解症状。"

"哦，原来是姿势不对。一觉醒来，我还以为自己被千斤顶给压着了。"

江禾觉得自己好像被影射了。

坐在纪衍旁边位子的沈若微听到二人的对话，忍不住想起在飞机上看到的那个画面。她越发肯定，纪衍与江禾之间绝不是单纯的粉丝与偶像这么简单的关系。

她语气亲昵地加入话题："阿衍，哪有像你这么说女生的？先前在飞机上，江医生又不是故意靠在你肩膀上睡着的。"

不知为何，沈若微这话听着是在帮自己，江禾却只觉得尴尬。

"那什么，偶像你要是有需要的话，随时喊我哈。"她干笑着说完，立刻脚底抹油，开溜。

沈若微望着江禾的背影笑道："江医生真可爱。"

纪衍看了沈若微一眼，像是想说什么，但最终什么也没说。

TUX小镇是奥地利蒂罗尔州的常年滑雪胜地，全年三百六十五天开放，雪场规模虽不算特别大，但海拔高，且雪况极佳，夏季的时候会有很多国家的队伍来此训练。中国与奥地利之间除了音乐交流，还有密切的体育交流，中国国家高山滑雪队的长期外训基地就设在这里。

抵达预订的酒店时，天色已黑。这里早晚温差很大，所有人都穿上了统一分发的羽绒服。

虽然近年来国家集训队都会来此地训练，但当一群穿着中国国家队队服的运动员出现时，依然引发了不少人的关注。

酒店里的客人除了各个国家的高山滑雪集训队，还有来自世界各地的滑雪爱好者。此刻，有初次前来TUX的游客认出人群里那个即使有些疲倦仍难掩帅气的亚裔面孔，正是这几年在国际雪联积分排名榜上上升迅猛的中国高山滑雪运动员纪衍，立即兴奋地掏出手机进行借位自拍。

孟天赋见了这一幕，感慨道："啥时候我也能像纪师哥一样粉丝遍全球啊……"

领队徐勋教练伸手赏了他一记栗暴："你小子想什么呢？这天才刚黑，就开始做梦了？"

孟天赋捂着压根儿不痛的脑袋瓜控诉："教练……白日梦不让做也就罢了，咋天黑了还不让人做梦？不是有句话叫美梦成真吗？"

张悦适时接过话茬："你是不是忘了另一句话？"

孟天赋毫不设防："什么话？"

张悦："梦是反的。"

孟天赋："……"

其他人听到这两个冤家斗嘴，纷纷被逗乐。

预订的晚餐已经备好，众人办好入住手续，放好行李，随即前往餐厅集合。待吃完晚饭，抵不住旅途疲惫的众人选择了早早歇息入睡。

此次住宿安排依然是两个人一间。江禾因为人数问题，又成了剩下的那一个，独自睡一间。她和家人报完平安，躺在床上回顾了一下这一天的事情，差点儿没把大腿拍断！

本来想趁这难得的机会，拐弯抹角地提醒一下纪衍注意上雪训练的安全问题……谁知因为飞机上的意外，她竟然把这么重要的事情给忘了！

第二天，是集体休整日。

江禾因为例假来势凶猛，精气神不太足，一觉睡到了下午才醒。她刚洗漱完毕，就听到了敲门声，开门之后，发现来人竟是住在自己隔壁房间的沈若微。

“江医生，下午好。不知道有没有打扰到你休息？”沈若微绑着简单的马尾辫，脸上略施脂粉，整个人显得精神奕奕。

“没有没有，我正好刚睡醒。”江禾解释完，意识到此刻的时间点，顿时有些赧然，连忙直奔主题，“请问有什么事吗？”

“我听阿衍说你身体不适，现在好些没？这是我刚泡的，你趁热喝。”沈若微将手里拿着的保温杯递给江禾，补充了一句，“是红糖水。”

沈若微一向深谙说话的艺术。其实纪衍只是在午餐时分面对众人的疑惑时，说了一句“江医生可能身体不适在休息”，到了她口中就变了一番味道。

不明就里的江禾第一反应是：这姑娘太贴心了！她接过保温杯，礼貌道了谢，并表示会把保温杯洗干净再还给对方。

沈若微闻言，大方地说道：“不用，你到时候直接给我就行了。你多注意休息，有什么需要可以随时喊我。”

江禾再三道了谢，回到房间就将保温杯里冒着热气的红糖水倒到纸杯里慢慢喝了起来。甜味在唇齿间弥漫开，直抵心怀，小腹的不适似乎也缓解了不少。

其实，中、西医对于红糖水缓解痛经的理论一直持不同意见。

痛经是因为前列腺素含量高，造成子宫平滑肌强烈收缩，血管挛缩，子宫缺血缺氧。西医认为缓解痛经的不是红糖，而是热水。热水促进血管舒张，促进盆底肌血液循环，从而代谢掉多余的前列腺素。中医认为红糖性温味甘，有益气补血、温经通络、止痛等功效，有助于子宫废物排出，能缓解腹胀等症状。

江禾倒是觉得两者都有道理。不过，中医有很多科学解释不了的东西，红糖水有没有效果因个人体质而异。

江禾慢悠悠喝完一杯红糖水，后知后觉回味过来一件事——纪衍和沈若微之间的关系原来这么亲密？居然连这种事情都会交流？

她忽然想起之前在网上搜索纪衍的相关信息时，看到有很多粉丝高举他与沈若微的情侣大旗，剪辑了很多关于这两个人糖分超标的相处合集。嗯，照这么看来，这一局极有可能是情侣粉获胜！

在海外集训期间，原则上不能随意外出，要出门得先获得批准。

江禾望着窗外被皑皑白雪覆盖的山脉，心中蠢蠢欲动。可对于出门几乎等于迷路的她而言，多一事不如少一事，还是别给集训队添麻烦了。

这家酒店是私人经营，一共有七八十个房间。酒店内设有餐厅，可以选择送餐到房间，也可以直接去餐厅用餐。江禾纠结了几分钟，决定下楼去餐厅觅食。

然而，悲剧的是，走出房门，才拐了一个弯，她就把自己绕晕了。

彼时，纪衍受秦诚阳的委托，正拎着秦诚阳特意给江禾打包的食物来到了六楼。

他出现的时候，正好看到江禾从房间里走出来，她只消一抬头，就能看到他。但他万万没想到的是，对方一出门就来了一个错误的转身，绕去了另一个方向。

他心下有了猜测，不紧不慢地跟了上去。

江禾绕了不知道几圈，最终发现自己站在了一部货梯面前！

屈服于这无可救药的方向感，江禾再次认命地决定去找人求助。谁知，一抬头，就看到不远处倚着一个熟人……

“呃，好巧，你也走错啦？”江禾一展愁眉，“看来是酒店设计有问题，不能怪我。”

“你还真是一如既往地……阿Q。”纪衍忍不住调侃。

江禾没听出他话中真意，只听明白他的出现不是巧合，倒也没觉得丢脸，反倒笑嘻嘻道：“你知道快乐的终极奥义是什么吗？阿Q精神。”

“走吧，阿Q，我先送你回房。”

“能麻烦送我去电梯口吗？我打算下楼去吃东西。不过，偶像你找我什么事啊？”江禾忍了忍，没忍住开口，“话说回来，偶像你手里拿着什么？太香了！”

“秦医生让我把这些捎上楼给你。”纪衍示意了一下手里的袋子。

“哇！姨……”江禾差点儿暴露，生硬改口，“感谢秦医生救我一条狗命！”

纪衍狐疑地瞥了她一眼。

江禾立即岔开话题：“偶像，会不会太重？要不我来拎吧？”

自己拎的话，还能顺便提前吃一点儿解馋。

纪衍：“在你眼里，我连这点儿绅士精神都没有？”

江禾：“我随便说说，您别当真！”

纪衍没再说话，只是在身旁之人垂涎的目光注视下，默默加快了脚步。

重回房间门口后，江禾拿到了食物。她一进房间就迫不及待要关门。忽然，她又想起明天就是上雪训练，顿时脑抽，晃了晃手里的食物，冒出一句：“偶像，约吗？”

江禾开口的同时，隔壁的房门被人从里面打开，这句简洁有力又充满误解的邀请就这么飘进了隔壁之人的耳朵里。

沈若微看着那对男女，难掩一脸惊诧。

没想到江医生看起来很清纯，原来这么开放？

更令她震惊的是，纪衍与江医生竟然已经进展到这个地步了？

江禾的本意是两个人一起分享食物，然后顺便聊一聊训练的安全问题。她相信纪衍不会误会自己的意思，但耐不住这狗血的巧合啊！

想起沈若微与纪衍之间的关系，江禾连忙越过纪衍的肩头看向对沈若微，解释道："姐妹，你千万别误会！我只是单纯邀请他进屋吃东西。"

"是吗？"沈若微笑得有点儿勉强。在她看来，江禾现在的行为叫作欲盖弥彰。

"当然了！我发誓我对纪衍绝无非分之想！你千万别多想啊！"江禾就差举双手双脚一起发誓了。

"有什么好解释的？"纪衍听了江禾的话直皱眉。

于他而言，沈若微只是一个普通的队友，仅此而已，毫无解释的必要。他觉得碍眼的，反倒是此刻江禾极力撇清彼此关系的模样。

虽然当年在滑雪训练营他曾救过她性命，但这些年来，他一直对她心存感激。因为，当年救了她，他因祸得福，彻底摆脱了那个从小到大困扰着他的噩梦。所以，在他看来，他与她的关系自然比沈若微这个外人更亲近。

江禾一看沈若微的脸色不太好看，就觉得不妙："偶像，话怎么能这么说呢？我们明明清清白白的，让人误会多不好呀。"

江禾脑中灵光一闪，冒出一个极佳的主意！她朝沈若微伸出了一根超粗的橄榄枝："姐妹，要不咱们一起吧？"

纪衍听到她的话，嘴角微微抽了抽，在沈若微还没给出回应之前，直接伸手将她的身体往后一转，将人推进了房间。下一秒，"嘭"的一声，从里面关上了门。

一扇门隔绝了沈若微的视线，她垂在身侧的手慢慢捏握成拳。她在门外站了一会儿，最后离开了走廊。

房间里，江禾一边将袋子里的西式餐点一一摆在桌子上，一边叹气：

"偶像，你这样就不对了！拆人CP，天打雷劈，我怕遭报应啊！"

"什么CP？"纪衍进门后就倚着门，没有再往前。

"你和沈若微呀。"江禾答完，忍不住拿起牛肉汉堡咬了一口，还不忘招呼他，"趁热吃，别客气。"

纪衍直接忽略她没头没脑的前半句话，瞥了她一眼，语气不冷不热："运动员对饮食要求有多严格，你忘了？"

江禾记起这一茬，连忙道歉："哦，对不起。"

纪衍不再绕弯子，直奔主题："说吧，找我什么事？"

江禾想起那个画面里糟糕的天气状况，拐弯抹角道："嗯，其实也不是什么大事。就是，明天不是开始上雪训练了吗？我想问一下，在天气恶劣的情况下，你们是不是也要继续训练？"

纪衍微微挑眉，有些意外于她的问题："当然。"

"啊？那安全怎么保障？"

"上雪训练经常会遇到天气不好的情况，可以少滑，但是不能不滑，适应就好。万一比赛遇到这种情况，难道要选择退赛？"

"哦……那你们以前训练的时候有没有遇到过什么危险？"

"嗯，你问这个干吗？"

"没什么，就是关心一下嘛。我研究了一下近期的天气，都不太妙。上雪训练不可控因素太多了，很多运动员就是在训练的时候受伤的……"

纪衍听到她的话，额头直冒黑线："说重点。"

"你训练的时候一定要多注意安全，另外训练之前最好检查检查滑雪设备，争取把一切风险扼杀在摇篮里，千万别掉以轻心！"

纪衍没说话，审视地看着眼前情真意切，隐约又有些紧张焦虑的女孩，只觉得她有些奇怪。他起初以为她是想问那张合影的事情，谁知她绝口不提，似乎还没发现照片丢失一事。

他静默了几秒，问道："你想说的就是这个？"

江禾点点头，见他似乎没将自己的话放在心上，就差奔过去把一颗真心掏出来给他看："训练受伤可大可小，只要提前多加注意，我觉得完全有可能避免。偶像你别听听就过了，安全问题是重中之重，一定要上心啊！”

纪衍琢磨不透她的行为，不过他能感受到她此刻的心意。所以，他点了点头，打开门准备离开。

只是，一脚踏出房门之际，他忽地想起一件事，转身朝里头之人说了一句话：“好好休息。”

不知道是不是错觉，江禾觉得纪衍对自己的态度，与在国内相比，好像有些不太一样？

解决完所有餐点，她也没想出个所以然，索性不想了。

傍晚时分，江禾把保温杯洗干净后，敲响了隔壁的房门。

沈若微下午去了位于酒店内部的体能训练中心，此刻刚洗完澡，头发还没吹。她接过保温杯，主动发出邀请：“要不要进来坐一下？”

江禾想起下午那令人误会的一幕，没有拒绝：“好呀。”

“身体好一点儿没？”沈若微倒了一杯热水给江禾，主动提起了下午的事情，“抱歉，下午打扰到你和阿衍了。”

江禾正思忖如何开口，听对方率先提起，连连摆手：“没有没有，你别误会，我和纪衍之间比小葱拌豆腐还清白！我下午就找他聊了一下关于上雪训练的安全问题。”

沈若微扑哧一声笑出来：“江医生，你别紧张，承认被优秀的人所吸引又不是什么难以启齿的事情。像阿衍这样的人，很少会有女孩子不喜欢的。”

“真没有！”对方一番话让江禾莫名生出几分愧疚，“我已经有喜欢的人了！”

“啊，我还以为……”沈若微面露诧异，“所以你和阿衍……”

“只是纯洁的偶像与粉丝的关系！他不是我喜欢的类型。”

沈若微得到了想要的回答，心下暗喜，笑意更真诚了几分：“江医生，你这么优秀，能被你喜欢，那个人一定也很优秀。”

江禾想起章正尧，唇边的笑意一下子溢开：“他确实很厉害！”

“江医生……”沈若微顿了顿，忽然问，“我可以叫你小禾吗？”

“可以啊，那我就叫你若微啦？”

“没问题。”

由于沈若微准备吹头发，二人便没再闲聊，不过相约晚上一起下楼吃晚饭。

此后的一段时间里，沈若微每逢吃饭必定拉上江禾同行，俨然和她友谊深厚，关系密切的样子。

滑雪集训队的队员们在海外集训期间，一般只在两个地方用餐。一个是酒店内的餐厅，一个是滑雪场山脚下一家专供各国运动员们饮食的西餐厅。

酒店内设的餐厅依然是自助餐的形式。沈若微与江禾结伴出现在餐厅时，集训队多数人已经到了。

张悦与孙琳琳有心想喊江禾一起坐，但是一想起江禾那份高大上的简历，一时有些迟疑。等江禾取好食物，她们才出声叫住江禾：“禾苗，要不要一起坐？”

江禾已经和身旁之人约好，只得婉拒她们的邀请：“不好意思呀，我和若微约好了。”

“佳人有约，姐妹们下次请早。”沈若微在一旁笑着打趣完，拉着江禾朝章正尧所在的方向走去。

章正尧与刘萌坐在一张四人位上，看到她们一起出现，脸上闪过一丝讶异。刘萌见到江禾，心中很是别扭。主要是她一直对这位新来的江医生的专业水平有所质疑，没想到人家简历一贴出来就闪瞎她的眼了。

章正尧与刘萌身旁各留了一个位子。沈若微征询江禾的意见，江禾偷偷瞅了一眼章正尧，不想错过这难得的相处机会，于是主动在章正尧身旁落座。

章正尧微微皱了皱眉，没说话。

沈若微对于江禾的选择稍稍有些意外。她在刘萌旁边坐下后说起了天气。

江禾对天气的话题十分感兴趣，立即道：“我看了一下近两周的天气预报，有一半时间天气状况都不太好。当地的天气经常这样时好时坏吗？”

章正尧像是没听到她的话一般，笑着对沈若微说：“记不记得去年我们来的时候？天气好像也和今天差不多。”

沈若微敏锐地察觉章正尧与江禾之间好像有点儿什么，但面上丝毫不显，笑吟吟地解答江禾的疑惑：“小禾，你不能按照一般的标准来看。只要不是非常严重的风雪、大雾等天气，对于我们来说都算正常。”

一旁的刘萌看了一眼恍然大悟的江禾，突然问：“江医生，能不能问你一个比较私人的问题？”

江禾没多想，点头：“可以呀。”

刘萌：“你怎么会来当助理队医？不觉得有点儿大材小用吗？”

面对这个问题，江禾顿觉汗颜。毕竟，她只打算三个月的实习期结束就撤。她笑着打哈哈：“为祖国滑雪事业尽一份力怎么能算大材小用呢？”

“别打官腔了，是因为纪师弟吧？”刘萌朝她挤眉弄眼。

“当然也有一部分原因是……”江禾控制住看向章正尧的冲动，意有所指，“我的偶像。”

刘萌露出一副“我就知道”的表情。

沈若微因傍晚与江禾简短地聊过，知道江禾对纪衍并无男女之情，听到江禾的回答时，心情很平静。

唯有章正尧，在听了江禾的话后，心情一下子糟糕了起来。直到这顿饭吃完，他都没有施舍江禾一个眼神，聊天时也会自动忽略江禾的话。

江禾不免有些发愁！她有心想私下和章正尧说话，并将自己偷偷备好的另一份礼物送给他，奈何一直找不到独处的机会。发消息给他，他也一概不回……

唉，她知道他肯定是因为那晚撞见自己送礼物给纪衍，所以才生气的。虽然她很高兴见到他为自己吃醋，但他都不给自己一个解释的机会，那这要咋和好啊？

第六章

一切意外都叫缘分

早上八点左右，集训队一行人带着滑雪装备等抵达滑雪场。

这座位于 Zillertal 山谷尽头的滑雪场，被评为世界级冰川雪场。它的一大亮点是“冰川环路”滑雪线路，该线路总长七十五公里，垂直海拔差累计约为一万五千米。

国家高山滑雪集训队的训练点是在滑雪场三千二百米左右的高度，需乘坐第一段缆车抵达两千一百米的位置，然后再转乘到两千六百六十米的位置，最后再继续乘坐缆车抵达顶峰。

由于运动员们在开始训练之后，会从顶峰滑到两千六百六十米的位置。所以，随行的队医在两千六百六十米这个位置等候即可。

不过初来乍到，江禾等人还是选择随队员们一起前往顶峰。她一向身体素质不错，为了预防高反，还在出发前几天就开始服用红景天。因此，站在三千多米的高度时，适应还算良好。至于滑雪集训队的那些队员们，不仅和平日无异，甚至因为可以进行久违的上雪训练，个个都很亢奋。

天地间白茫茫一片，山河万物银装素裹。

江禾感受着眼前大自然的鬼斧神工，心情一下子就宁静了。那些困扰着她的人事物，仿佛都消弭无踪。

她无意间对上纪衍的视线。不知何故，他脸上竟难得带了浅淡的笑意，令她有那么一瞬间，想起十年前参加滑雪训练营的时光。

他们其实也并不是一直都针锋相对。至少在他们组队搭档参加训练营内的比赛时，相处很愉快。

她朝纪衍咧嘴一笑，握拳做了个加油的手势。随后又看向另一个方向，章正尧正在和队友们说笑，一脸的意气风发，只是没有注意到她。她倒没有失落，收回视线前，贪婪地多看了章正尧几眼。

纪衍将江禾的举动看在眼里，心中的困惑如雪球般越滚越大。

如果他没记错，当年江禾去滑雪训练营是为了章正尧吧？而且他们还是青梅竹马，现在这相处模式是什么情况？难道是被章正尧拒绝，所以追到集训队来了？

教练开始讲述上雪训练的注意事项。

纪衍收回思绪，戴好专业滑雪镜，将这个问题暂且放到了一旁。

高山滑雪起源于欧洲的阿尔卑斯山脉地区，所以又被称为“阿尔卑斯滑雪”。在一九三六年德国举行的第四届冬奥会上，被列为比赛项目。它是以滑雪板、雪鞋、固定器和滑雪杖为主要用具，从山上向山下，沿着旗门设定的赛道滑下的雪上竞速运动项目。

它主要分为两种，一种是速度类项目，一种是技术类项目。速度类项目又分为滑降和超级大回转，比赛按一次滑行成绩决出名次。技术类项目分为大回转和回转，比赛名次按两次成绩合计计算，其中大回转第二轮滑行可以在同一场地进行，但旗门得重新设置，而回转的第二轮比赛须在不同场地进行。再加上滑降与回转合二为一的高山滑雪全能以及国家团体赛，高山滑雪比赛项目有十一个小项（包含男、女子组）。

在这些项目中，滑降是赛道最长，落差最大，地形最复杂的，危险性当然也是最大的，男子组比赛的起终点高标差为八百米到一千一百米。

纪衍主攻的是速度项目两项外加全能，而章正尧主攻的也是速度两项，沈若微则专攻技术两项。

此刻，徐教练交代完训练前的注意事项，队员们开始进行热身活动。

江禾虽然连业余选手都算不上，但深刻明白这项运动的危险性。回想起那日通过超强第六感看到的关于纪衍训练受伤的惨烈画面，她的心情一下子沉重起来。

即使今日的天气与惨烈画面里的天气对不上，她一颗心仍然高高悬起。

好在她私下特意请教过教练组，知道在训练期间，教练员身上都备有对讲机，每个运动员都配备耳机，在运动员训练过程中前后各有一名教练保驾护航，且无论如何，训练都以运动员的安全为先。

一系列热身活动结束后，队员们便开始投入紧张又刺激的训练当中。江禾等人则下撤到两千六百六十米的位置。

雪道上，一个个矫健的身影从上飞驰而下，开启了一天的雪上训练。

教练组制定的今日训练计划是大回转的旗门练习。在大回转中，两个上下门的旗杆最小距离不得少于十米。沈若微因为旧伤问题，被教练组要求只能进行基础的滑行训练。

沈若微一再表示自己没问题，教练组却不为所动，让她这几天先只进行基础的滑行训练，等医疗组评估出来后会适当修改训练计划。

每天的上雪训练时间一般为两到三个小时，下午则回酒店内部的力量训练房进行体能训练。教练组会在队员们每次上雪训练结束后，一一对其动作进行点评。

孟天赋是第一个被点名的。徐教练说的话，与纪衍曾经的点评一模一样："你的问题还是在转换的时候，身体过多的过去，髋关节没有往里进，滑行的时候只是靠身体往外拽，造成弧线，压弧的角度不够，力量的角度特别小。"

孟天赋虚心受教，趁教练点评下一名队友时，朝队伍一侧那个眉目清冷的纪师哥投去敬佩的目光。

徐教练点评了几个运动员之后，视线落在章正尧身上："外侧脚的重心不太够，身体的外压角度还要再加大一点儿，这样转的弧线会更深一些，力量会更好一些。"

章正尧点头表示下次训练会注意改正。他以为徐教练也会对纪衍的动作进行点评，却见徐教练笑了笑，说："纪衍一向很稳，我就不多说了。至于其他的很多队员，滑得也都不错。不过在下次的训练当中，大家要多体会外脚的重力和交换重心的上升、下降……"

章正尧瞥了纪衍一眼，心里暗暗较起了劲。

在纪衍没有加入国家队之前，他是国内男子速度组第一人，不仅多次获得国内比赛的第一名，还曾在国际雪联高山滑雪世界杯比赛中刷新我国高山滑雪男子组的最好成绩。只是，这一切在纪衍入队后，都变了。

竞技体育就是这么残酷。

但早晚有一天，他会超越对方，重回巅峰！

结束上午的训练，从山上下来，已经到了午饭时间。

一行人来到山脚的特定西餐厅吃饭。一路上江禾都被沈若微拉着说话，到了餐厅，又被沈若微拉着热情分享餐厅内的美味排行榜单，于是便没有多想，与沈若微坐在了一起。

餐厅内基本都是六人卡位。刘萌早在进餐厅前就约了孙琳琳等人一起坐，加上沈若微与章正尧，正好够数。她以为江禾会坐其他桌子，一见江禾不走，心里顿时有点儿不太高兴。这种小事，如果当面提出来，会让人觉得太过小气，不提心里又不太舒服。所以，她假装没看到江禾，喊了其他人就座。

如此一来，最后进来的章正尧就没了位子。章正尧正好心情不好，远远地瞥了一眼，径自去了其他桌子坐。

沈若微看着章正尧的背影欲言又止。刘萌则看着江禾，心里默默给江禾贴了一个“厚脸皮”的标签。

江禾并不知道章正尧与沈若微经常同进同出，只当他们是感情很好的队友。她当时正忙着看菜单，没看到这一幕，也不清楚别人肚里的小九九。反正上午的训练结束后，她先松了一口气，连带中午的胃口也变好了。

因为，纪衍安全度过了一天。

不过，江禾觉得这个悬在脑袋瓜上的定时炸弹也不知道何时会炸，这样提心吊胆的，总也不是办法啊。

她冥思苦想，一个不着调的想法忽地冒了出来！

只要与纪衍发生亲吻，她就会通过超感官知觉感应到他即将遭遇的危险。那么是不是可以制造一下机会？如果那个画面再次出现，说不定她就能得知更确切的信息，借此有效制止事故的发生？

可这样的话，她的牺牲也太大了吧……

万一，纪衍再次误会她对他有非分之想可咋办？

江禾还没想好要不要行动，她与章正尧之间的关系突然缓和了！

某天晚上临睡前，她难得登入手游，竟意外看到章正尧在线！

作为一起长大的青梅竹马，她知道章正尧只要心情不好，就会玩这款英雄竞技类游戏解压。当初她为了与对方有共同话题，特意下过一番苦功夫，把等级从青铜升到了王者，好争取一起排位。

她想都没想，第一时间发送了组队邀请，等了一小会儿，那头没动静，再一看，已经开局了。

她没气馁，选择了观看比赛。章正尧选了个擅长的射手角色，结果己方辅助是个来练英雄的大坑，开局就送了五个人头。不仅如此，辅助还全程在喊口号乱带节奏，一局游戏十分钟就崩了。

游戏一结束，江禾再次发送组队邀请。大概是上一局实在是一言难尽，所以章正尧接受了邀请。

章正尧选了马可波罗，江禾立即心照不宣选了瑶妹。二人在游戏里倒是配合默契，连胜四局！第一局章正尧拿了三杀，第二局拿了超神，第三局和第四局都拿下了超过十五个人头，获得 MVP。

四局结束，窗外的夜色已经很深了。

江禾刚点了准备键，突然看到章正尧在队伍里说话——

热爱滑雪的 Z：“还不睡？”

天下无敌喵喵喵：“你还想玩吗？我陪你呀！”

热爱滑雪的 Z：“明天还要继续训练。”

天下无敌喵喵喵：“哦，那哥哥你早点儿休息，晚安。”

热爱滑雪的 Z：“安。”

章正尧说完，直接关掉了游戏界面。几秒后，他的微信收到一条新消息——

扎心的禾苗：“正尧哥哥，你看窗外的星，总有一颗是你的！”

章正尧望向窗外，看着那些闪烁的星斗，无声笑了起来，连日来因为训练成绩没达预期产生的烦躁与阴郁，似乎都在这一刻消失了。

他恍然想起少年时代，某次他在比赛中失利，与奖牌失之交臂，躲在房间里熬夜玩游戏，不想见人。江禾仗着自己会武术，半夜偷偷爬上他家二楼，敲开他房间的窗户，然后指着窗外璀璨的星星，弯着眉眼豪气万丈道：“正尧哥哥，要不要一起看星星？这都是我为你打下的江山！”

思及那些温馨的时光，他脸上的笑意越发深了。他收拢思绪，时隔好几天之后第一次回复她的微信消息——

热爱滑雪的Z：“知道了，小丫头，快去睡觉吧，明天见。”

还发了一张摸头的动态表情图。

江禾收到章正尧的回复，一个鲤鱼打挺从床上坐了起来。

她咧着嘴角，在回复框里删删改改，最后什么字都没写，而是发了一个手捧爱心的表情图。

等了一小会儿，见章正尧那边没有再回复，她便退出了对话框。正准备关微信，目光落在排在聊天列表第二位的纪衍的名字上时，立即又改变了主意。

她点开纪衍的微信，看着对话框上中晚上发过来的转账，顿时有些头疼。早上她就已经拒绝了两次了，没想到他还没死心。

她正准备点“退还”，一瞅手机左上角的时间，立即收回手，决定等明天再点退还。

躺回床上，脑中想着纪衍发来的那笔巨款，她就忍不住叹气。

这家伙，还真是……锲而不舍。

自这一夜后，江禾与章正尧恢复了私下的交往。

对于之前引发两个人误会一事，章正尧没提，江禾自然也不会傻得再说起，心里却打消了对纪衍下手的不靠谱念头。

尽管如此，她仍会在每天早上定点给纪衍发一条关怀的短信，内容都是叮嘱他注意训练安全问题的。虽没有时刻在他身旁晃悠，但她每次开会都会仔细记下教练组的详细训练计划，并提出一些安全相关的问题。

除此之外，江禾与沈若微越走越近。

一方面，是因为沈若微的主动靠近。在江禾看来，多交个朋友也不是坏事，更何况沈若微为人体贴，又善解人意，丝毫没有架子，二人又年龄相当，没代沟。

另一方面，则是因为江禾发现章正尧与沈若微等人私下关系确实很好，吃饭的时候常常坐在一块儿。能够借此机会与喜欢之人多相处，何乐而不为呢？

这天吃早饭之际，沈若微忍不住好奇地说道："小禾，你这几天心情好像很好哦。"

容光焕发的江禾用余光偷偷瞥了一眼同桌的章正尧，嘴角上扬："我喜欢的人终于理我了。"

江禾一说完，在座几人不约而同望向了她。

刘萌的反应最大，惊呼道："哇！江医生，你有男朋友啦？男朋友做什么的啊？也是医生吗？帅不帅啊？有没有你男朋友的照片？让我们欣赏一下呗……"

江禾笑嘻嘻道："还不是男朋友，正努力把他变成我男朋友。"

沈若微想的却是，刚才她与江禾邀请纪衍一起入座却被拒绝了。结合江禾的话，那么可以彻底排除江禾喜欢的那个人，确实不是纪衍？！

她悄悄松了一口气，笑着祝贺："恭喜，恭喜！小禾你这么可爱，谁舍得生你的气啊？我要是个男生，我一定主动来追你。优秀又可爱的女孩子，谁不爱呢？！"

江禾忍俊不禁："我要是男孩子，我就来追若微你这样可盐可甜的大美女！"

章正尧噙着一抹淡淡的笑，看着她们笑闹，没有加入话题。

刘萌看她们亲昵的模样，却莫名有种被人抢了好朋友的感觉，心情有点儿不爽，半真半假道："喂，我说你们够了啊！给全天下的异性一点儿机会好吗？你们看章师弟都不敢说话了。"

江禾与沈若微齐齐看向章正尧，见章正尧无辜地朝她们耸耸肩，纷纷笑出声来。

坐在餐厅另一隅的纪衍看到这一幕，百思不得其解。

倘若不是因为知晓江禾的身份，清楚她对章正尧的迷恋，在连续收到来自江禾的定点关心短信后，他差点儿就要以为当年那个与自己不对盘的少女被自己的魅力折服了。

俗话说，事出反常必有妖……

纪衍望着江禾，陷入了深思。

彼时，孟天赋与张悦、孙琳琳二人在楼道碰上后，孟天赋与张悦这对冤家才说了两句，又斗上了。

孙琳琳听着二人斗嘴，习以为常。但是，一脚刚踏进餐厅，她就震惊了！她伸出两只手，一把拉住师弟、师妹，压低声音道："快看纪师哥！"

两个人齐刷刷望向目标人物，犹如发现了新大陆般，瞬间闭上了嘴！

天哪，他们家纪师哥居然又在发呆？顺着纪衍的视线一瞅，果不其然，纪师哥是在看江医生！最近他们都抓包好几回了！

都说人多好壮胆！三个人对视一眼，默契地直奔纪衍所在的位子。

纪衍只觉得眼前的光线一暗，一抬头，目光定定地看着面前冒出来的三人组，等着他们主动开口。

孟天赋最先绷不住，不打自招："师哥，你咋一直偷看江医生？你是不是也觉得江医生很可爱？"

张悦忍不住掐他："不会说话就闭嘴！"

孙琳琳："……"

纪衍无语地扫了三人一眼："你们很闲？"

孟天赋与张悦有些尿了。孙琳琳与纪衍同龄，不过入队晚，所以得叫纪衍一声师哥。她见纪衍此刻并没生气，八卦之火熊熊燃烧，索性把心一横，肥着胆子道："师哥，你和江医生是不是在……那个？"

纪衍将手里的筷子往桌上一放，好整以暇地看着她："哪个？"

孙琳琳努力组织语言，准备说得委婉一点儿："就是……"

孟天赋发现这题自己会，抢先回答："搞对象啊！"

孙琳琳与张悦当场沉默。头脑简单，四肢发达，说的可能就是她们身旁的小孟同学……

纪衍差点儿被呛到。他盯着小师弟看了好几秒，视线又扫过另外两位师妹，语气异常平静："我觉得今天有必要和教练提一下建议，让他好好地给你们加大一下训练强度。"

三人组立刻苦瓜脸："师哥，你误会了……"

纪衍皮笑肉不笑："如果不是训练太轻松，那怎么还有心思操心别人的闲事？"

三人组："……"

聊八卦不会要人命，但聊纪师哥的八卦会要命！三人组流下悔恨的泪水。

不过谁也没想到，峰回路转，当天下午他们就翻身把歌唱了！

这件事得从江禾吃完早饭后，突然收到一张纪衍发过来的图片说起。

那是一张公益捐赠的网络证书图片，证书上的捐赠金额异常眼熟，而上头的名字更不用说了，赫然就是她自己的名字！

江禾惊得一蹦三尺高，连忙给纪衍拨了个微信语音电话，可没人接！

她决定等会儿出发的时候去找纪衍问个清楚。然而诡异的是，纪衍后脑勺仿佛长了眼睛。每每她要凑过去问话，他都正好在与人说话，一直到集训队开始新一天的上雪训练，她也没与他搭上话。

江禾一早上等得抓心挠肺，就想逮住纪衍那家伙问一下，捐款这个神操作，是几个意思？就算要捐款，那也要以他自己的名义啊……

好不容易等到中午集训队收工，江禾准备凑到纪衍身旁时，天公变脸，阵雨倾盆而至。一群人迅速前往缆车乘坐点，她打算与纪衍同乘，结果一只脚刚要踏进去，发现满员了。她只得苦哈哈换到另一台缆车，再次换乘时，也没能如愿。

从两千一百米左右换乘到一千五百米处后，众人得继续往山下走一段下坡路。此时阵雨初歇，江禾不再迟疑，迈着大跨步急匆匆朝前方的纪衍奔了过去。

由于跑得太快，重心太朝前倾，再加上强大的地心引力作用，江禾刹不住脚，整个人不受控制地朝前冲去。纪衍近在咫尺，倘若她拽住他，自己会暂缓下冲的势头，可他也有很大可能会因此受伤。她果断放弃了这个念头！

集训队众人见状连忙惊呼，路上的人们下意识避开。

纪衍只听到身后传来此起彼伏的惊呼："江医生小心——"

他抬头一看，江禾已经冲到了自己前面……

江禾避开纪衍后，还没想出避免自己受伤的好办法，前方就出现了令她始料未及的一幕！在奥地利，学滑雪都从娃娃抓起，此刻路中央恰好就有一群金发碧眼，穿着滑雪服，抱着小小滑雪板的小娃娃……

眼看就要撞上这些异国的花朵，她急得满头大汗，心一横就准备往布满积雪的路旁边滚去。

电光石火之间，肩上忽地一重，紧接着一股很大的力道将她往后拽去，她在惯性下转身，下一秒落入了一个宽厚的怀抱里。

人生的剧情总是充满了狗血，说不定什么时候就洒在你脑门上了。

江禾在慌乱之中抬头，恰好纪衍也低下头想看她是否受伤，于是在低头与抬头的瞬间，两个人的唇就那么刚刚好亲在了一起……

江禾只觉得唇上一软，脑中还没来得及冒出任何旖旎与幻想就涌进了一幕幕熟悉的惨烈画面。不同于上一次的是，这回多了一些新的画面。

她看到他不小心打翻了一杯果汁，果汁溅到手机屏幕上，他拿起手机擦拭的时候，手机屏幕亮起来，显示了时间和日期！

恰好就在三天后！

江禾傻在原地，纪衍愣了几秒后，率先回过神。他有些不自然地后撤一步，迅速拉开了二人之间的距离，确认她站稳后，便收回了手。

不过，看到眼前之人一副还没回魂的样子，他下意识皱起了俊眉："你有没有哪里受伤？"

见对方没反应，纪衍忍不住伸手在她眼前晃了晃："江医生？江禾？江禾？"

江禾听到叫唤，终于从刚才的猛烈刺激与震惊中回过神，一对上他担忧的神色，立即怔了怔，紧接着一把抓住了他的手：“偶像，谢谢你又救了我一次……我……”

江禾企图趁机暗示眼前之人几句，可惜集训组众人在短暂的石化过后，已经回过神，纷纷围上前来嘘寒问暖。关心的话语一下子就将江禾的话堵住了，江禾只得遗憾作罢。

至于纪衍，在众人围过来之际，已经默默抽回手，退至一边。

到了山脚下的餐厅，江禾端着餐盘准备去找纪衍，半路却被沈若微拉住了。

沈若微佯装不知她的意图，拉住江禾，笑吟吟道：“别走错了啊，正尧师哥已经找好位子了。”

江禾只得婉拒对方的邀请：“抱歉啊，我有事想和纪衍说，咱们晚上再一起坐呀。”

沈若微一听江，脸上的笑顿时有些挂不住。她开玩笑似的抱怨：“有异性没人性的家伙，算了算了，那你去吧。我就不当那个照亮你们小情侣的闪亮电灯泡了……”

江禾见沈若微误会，有心想解释：“我和纪衍不是你想的那样……”

刘萌冒头打断了江禾的话：“江医生，保密工作做得很可以嘛！我之前都没看出来原来你和纪师弟是一对，你这是压根儿没把我们当朋友啊？这都瞒着。”

江禾也不知道是不是自己的错觉，总觉得刘萌的话中带刺。她好脾气地解释：“我和纪衍不是一对，刘萌姐你别误会。”

“哟？你们不是男女朋友啊？”刘萌顿了顿，感叹道，“现在的年轻人真是……”

未尽的话语总是惹人遐想，周围有好几双耳朵默默竖了起来。

江禾一脸黑线，刚要开口自证清白，沈若微抢先一步道：“萌姐，你别开玩笑啦，小禾脸都红了。走了，走了，我们不要挡在这里，快开始吃饭吧，我的肚子都快饿扁了。”

沈若微朝江禾表露出歉意，拉着刘萌离开。毕竟接下来还要朝夕相处很长一段时间，沈若微不想让局面变得尴尬。只是她大概也没料到，自己本意是帮江禾解围，却起了反效果，加深了旁人对江禾的误解。

江禾一门心思惦记着即将会发生的事情，没空关注其他。她没将这个插曲放在心上，端着餐盘径自走向纪衍。

周围那些听到她们对话的集训组成员，默默发散了一下思维，在看到江禾主动朝纪衍走去时，眼里更是满含兴味。

江禾还没走到纪衍面前，孙琳琳、张悦以及孟天赋三人组就率先在纪衍对面的椅子上坐了下来。

"师哥，你今天的英雄救美可太帅了！"孟天赋一副迷弟样，"说实话，师哥你是不是学过跆拳道什么的？身手够利落！"

张悦难得赞同："对对对，幸好你出手，不然江医生这么一摔，后果不堪设想咧！"

孙琳琳的关注点与他们不太一样。她这双火眼金睛可是亲眼看见了两人那一吻以及牵手的小细节啊！那一吻可能是意外，可牵手绝对不是！

她实在按捺不住自己的好奇心，试探道："师哥，我刚才看到你和江医生手牵手哟。"

"你看错了。"纪衍若无其事地夹起一块鸡胸肉放进嘴里。

"就在你们短暂的kiss（接吻）之后，江医生先下的手。"孙琳琳说完，张悦与孟天赋立即震惊地张大了嘴巴。

纪衍听到kiss一词，差点儿被鸡胸肉噎到。他觉得十分有必要解释一下："那是意外。"

孙琳琳发现一向高冷的纪师哥居然没有丝毫生气的迹象，就觉得自己大概率猜对了。她肥着胆子，揶揄道："我听说过一句话，一切美好的缘分都叫意外。师哥，你和江医生之间的缘分一定很深！"

张悦默契地接过话茬："我也听过一句话，有缘千里来相会，三笑徒然当一痴！"

孟天赋慢了几拍，听明白两位队友的话中之意后，一拍大腿："哎呀，你们绕那么多弯，我差点儿没转过来！你们就直接说师哥和江医生在搞地下情呗！"

孙琳琳和张悦听到猪队友的神总结，一口气儿差点没上来。

纪衍则当场黑了一张脸。

已经走至四人面前的江禾，听到这句无中生有，猛地一脚急刹车："我不是！我没有！同学你别胡说啊！"

"江医生，你别激动，你说我错了我就是错了，快坐下，快坐下。"孟天赋贴心地将她手中的餐盘接过来，顺势放在了纪衍身旁。

江禾觉得说不通，无奈地将目光转向孙琳琳和张悦。

"呵呵呵，禾苗，你不用解释，我们都懂！"孙琳琳与张悦动作齐整地给自己的嘴巴拉上拉链。

江禾只好看向另一个当事人，希望他自证一下清白。

"你觉得，她们现在听得进去吗？"纪衍的语气略显无奈。

江禾的视线从表情保持一致的吃瓜三人组的脸上一一滑过，自暴自弃地一屁股在纪衍身旁坐下。

不过，纪衍话是这么说，还是递了一个警告的眼神给三人组，他语气严肃道："江医生有喜欢的人，你们别乱造谣！"

三人组一听，脑补了十万字师哥爱而不得的悲惨剧情，乖巧点头，然后埋头吃饭。

江禾听了纪衍的话，觉得不对劲："你怎么知道我有喜欢的人？"

纪衍反问："你没有吗？"

江禾下意识答："有啊。"

但重点貌似不是这个？

她还没来得及细究，就听到纪衍另起话题："找我什么事？"

江禾被他一打断，忘了这一茬，表情认真了起来："纪衍，今天真的太感谢你了！算上这一次，你一共救了我……"

纪衍眉梢微挑，等着她自己掉马甲。

谁知江禾意识到自己差点儿说漏嘴，及时打住，生硬转移话题："等你什么时候有时间，我请你吃饭呀，地点你随便挑。"

在明知有可能受伤的情况下，他二话不说出手相帮，倘若不是条件有限，她肯定给他送锦旗。

"不客气。"纪衍掩下心头的遗憾。话说回来，都过去这么多天，她竟然一直没发现照片丢了？

江禾等了几秒，见他没再说话，又碍于周围有三个吃瓜群众，只得压下心中头等大事。她掏出手机，打开那张公益证书图片，摆在他面前："请问，偶像你知道这是什么情况吗？"

"折现你不是不收？"

"那我也没让你以我的名义捐啊，你做好事还想不留名？"

"因为，"纪衍盯着她，语气幽幽道，"我总觉得，你的礼物好像是送错了。"

江禾吓得差点儿从椅子上弹跳而起！她怎么有种自己已经暴露的错觉呢？

就在这紧张的气氛下，一直埋头吃饭却高高竖起耳朵的三人组，终于忍不住扑哧一声笑了出来。

万万没想到，高冷的纪师哥也会有摇身一变成醋王的这一天！

这绝对是爱情好吗！

纪衍睨了吃瓜三人组一眼，语无波澜道："别脑补，你们该吃吃，该喝喝，等会儿回训练房，我会提醒教练……"

三人一听这熟悉的句式，立即求饶："师哥，千万打住！我们现在就撤！"

江禾看纪衍将吃瓜三人组治得服服帖帖，抿着嘴偷乐。

待吃瓜三人组端着餐盘撤退后，纪衍收回目光，余光瞥见女孩脸上甜美的笑，心脏蓦地漏跳了一拍。

他觉得可能是受到了中午的突发状况影响，导致此刻还有些没缓过来！他居然觉得旁边这丫头笑起来很好看……

江禾没有发现他的异样，而是抓紧机会，麻利打开手机天气界面，然后往他身边凑过去："偶像，我又研究了一下这几天的天气预报，三天后不仅多云有大雾，还有大风，请问这种天气有没有可能暂停雪上训练呢？"

纪衍在短暂的时间里已经收敛好自己的思绪。面对江禾的问题，他言简意赅："没有。"

江禾瞬间郁闷了！她盯着手机屏幕苦恼了一会儿，又问："那如果运动员有特殊原因，能不能请假？"

"那得看教练批不批。"纪衍微顿，想起在青少年滑雪训练营江禾对章正尧的热情，一下子误会了她的意思，以为她想擅自做主帮章正尧请假，给章正尧准备一些惊喜。

他的心情莫名复杂了起来，沉默两秒，还是于心不忍，于是变相劝说道："入选海外集训的机会很难得，大家都十分珍惜，除非身体原因不被允许上训练场，否则没有人愿意留下来。"

"可是训练诚可贵，生命价更高啊！"江禾苦着脸，将手机往桌面上一扣，"偶像，你确定不考虑请个假吗？"

"我？"纪衍没想到话题会绕到自己身上，一时没明白她的意思。

"对啊！这种天气危险系数都很高，我刚掐指一算……"

纪衍听到"掐指一算"四个字，额角微抽，抢在她蹦出什么不吉利的话语之前说道："江医生，不要乌鸦嘴。"

江禾未出口的后半句预警就这么硬生生卡在了喉咙里。

虽然这次对话以失败而告终，但江禾并没有气馁。

当晚，她先是以纪衍的名义捐了一笔相同数额的钱给爱心基金会，然后把网上的证书截图发给了纪衍。送出去的礼物，泼出去的水，即使是送错了，也万万没有拿回来的道理啊！

纪衍收到消息后，默默回复了一排省略号。

江禾发了一张爱心发射的表情图以及一张天气预报的截图，借此开启话题：“偶像，这种大雾天，能见度太低，风力又强，危险系数很高，你千万别麻痹大意，训练前一定要再三检查装备……”

纪衍收到消息后，盯着那段话反复瞧了数遍，脑中一个不可思议的念头冒出来，下一秒又被他摁了回去。可他最终没能忍住，问了出口：“你好像特别关心我的安全？”

“那必须的啊！粉丝关心自己的偶像安危，有什么问题吗？”

纪衍默默在心里回了一个字：有。

因为，她的偶像从来都不是自己。

他不死心，追问了一句：“仅此而已？”

“不然呢？”

“哦。”纪衍收起手机，不再纠结。

酒店房间里江禾盯着纪衍逐渐变短的回复看了许久，脑中突然惊雷炸响——纪衍那家伙该不会又误会了吧？

第七章

分享秘密

江禾不知道的是，纪衍没误会，但其他人误会了。

当晚刘萌甚至还私下拉了个小群，好好说道了一番。

“你们想想看，这要是没点儿问题，今天吃饭的时候，江医生会主动缠着纪师弟吗？纪师弟还和她相谈甚欢，一改平日的高冷。我就问问，咱们这些师兄弟姐妹，谁能有江医生这么大的面子？”

沈若微心里不愿相信刘萌的猜测：“毕竟江医生是阿衍的粉丝，换成队里任何一个人，阿衍也会及时出手相帮的。”

刘萌：“下山的时候是意外，下山后总不可能是了吧？我要是和异性不小心接吻，之后都要尴尬死了，哪里还会主动往前凑啊？微微你就是把人想得太单纯了！你看你中午和晚上喊人家一起吃饭，她都没理你，就你还傻傻把人家当朋友。”

小群里有的人听了刘萌的话，立即信了七八分。

沈若微回想起这一天江禾的举动，发了一个脸红却又无奈的表情图：“萌萌姐，我哪里傻了？我明明很聪明好吗！我只是觉得江医生看起来不像是……”

刘萌：“知人知面不知心啊！孟师弟、琳琳、悦悦，你们中午不是去八卦了吗？快分享一下。”

一直插不上嘴的吃瓜三人组被点名，立即为江禾澄清：“江医生和纪师哥没谈恋爱，江医生有喜欢的人。”

被拉到群里凑人数的章正尧刷到这条消息，动作一顿，随后又若无其事地继续往下滑动屏幕界面。

群里的消息更新得很快。有人因为吃瓜三人组的话而摇摆不定，刘萌则坚信自己的猜测：“你们好天真啊，也许那个喜欢之人就是指代纪师弟呢？”

吃瓜三人组解释：“纪师哥也说是谣言，让我们别传谣。”

其他人纷纷道：“如果不是男女朋友关系，那江医生的司马昭之心也太那个了吧……”

群里的风向一时变成了对江禾人品的质疑。八卦三人组实在看不惯其他人的言论，在群里努力为江禾辩驳。

眼看双方就要吵起来，沈若微适时充当和事佬，站出来息事宁人：“好啦好啦，咱们就不要乱猜测啦。其实江医生如果真的喜欢阿衍，可以坦诚一点儿的，毕竟两个优秀的人互相喜欢是人之常情嘛。大家早点儿休息，明天还要继续训练呢，别因为这点儿事情伤了和气。”

沈若微这话说得漂亮，看似在劝和，实则那句“其实江医生如果真的喜欢阿衍，可以坦诚一点儿”颇有引导的意味。

江禾一边说有喜欢的人，一边却纠缠着纪衍。倘若她喜欢的人就是纪衍，又将沈若微当作朋友，实在没必要在这件事上藏着掖着。若江禾喜欢的另有其人，那她纠缠纪衍的举动就很有问题了。既当又立，品行堪忧。

群里许多人想到这一层，对江禾的印象顿时差了些，不由得又是一顿非议。章正尧自然也想到这一点，自嘲地笑了笑，关掉了讨论组。

沈若微在发完那段消息之后就后悔了。刚才那一刻，对江禾的嫉妒心占据了上风，才发出了那段看似含沙射影的话。等她清醒过来时，消息已经过了可以撤回的时间。她看群里的舆论风向不对，只得私下去找刘萌：“萌姐，要不咱们这讨论组解散了吧？万一传到当事人耳朵里变了味，容易影响队里的团结。”

刘萌一听在理，立即解散了讨论组，但关于江禾与纪衍的八卦已迅速传开了。

江禾一觉醒来，发现集训队的绝大多数队员看自己的眼神都不太对劲。之前队员们亲和的笑容一夜之间消失得一干二净。她主动与他们打招呼，只得到一个礼貌又不失尴尬的笑容。

沈若微待自己倒是一如往常地热情，还主动询问她想喝什么饮料，她帮忙一起拿。可一旁的刘萌不知为何说话带刺：“江医生，你怎么没和纪师弟一块儿坐？”

还未等江禾回答，刘萌看了一圈餐厅，自问自答：“哦，敢情是纪师弟还没来呢。”

沈若微扯了扯自家师姐的衣服：“小禾，萌萌姐没有别的意思，你别见外。”

江禾一头雾水，不明白刘萌一大早怎么回事，倒也没计较。可等她端好了餐盘来到沈若微所在的餐桌旁，刘萌突然叫住从旁边经过的张悦和孙琳琳：“悦悦，琳琳，你们去哪儿呢？你们的位子不是在这儿吗？”

张悦望着眼前的四人座，下意识道：“这不够坐啊！我们还是坐其他地方吧。”

孙琳琳也不想和刘萌一起坐，正要拒绝，只见刘萌翻了个白眼：“让你坐就坐，哪来那么多话？”

“萌萌姐……”沈若微面露无奈，满怀歉意地对江禾说，“小禾，这中间可能有点儿误会，我晚点儿再向你解释……”

江禾再迟钝，也看出刘萌针对自己，当下安抚地朝沈若微、张悦、孙琳琳笑了笑，潇洒地端着餐盘独坐一桌。

章正尧和纪衍一前一后走进餐厅，她热情地招呼二人一起就座，结果两个人都冷淡地走开了。

在江禾看来，纪衍的反应很正常，可章正尧不理自己，那就大有问题了啊！明明昨天早上他还与自己亲密互动，夸她的发夹可爱来着，在发现她偷偷借位自拍后，甚至还配合地入镜一起拍照了！

今日天气不佳，不见阳光的踪迹，温度比之昨日，又骤降了不少。即便如此，也阻挡不了人们对滑雪的热情。滑雪场入口，随处可见抱着滑雪装备的男女老少，只要热爱，即使资质平庸，也能让人大着胆子穿上雪板向前冲。

在出发前往缆车乘坐点的途中，沈若微撇下小伙伴，主动跑到落单的江禾身旁解释早餐时发生的不愉快。

“小禾，刚才很抱歉，萌萌姐的做法不太妥当。她这人说话一向有点儿冲，又不太喜欢别人逆她的意……希望你别放在心上。”

江禾完全没将这事放在心上，也清楚这事压根儿与沈若微无关，所以听到沈若微的道歉茫然了一下，随后反应过来，连忙道：“没事，我没在意啦。而且若微你完全不必道歉呀，你又没有错！”

沈若微松了一口气，心里却生出愧疚：“那就好。她这人没什么坏心眼，就是嘴巴不饶人。再加上听了一些关于你的传闻，所以对你有点儿误解……”

江禾的好奇心一下子被提起来：“传闻？我的？”

沈若微有点儿为难。恰好此时身后的刘萌喊她过去，她只得无奈地朝江禾笑笑：“这事一时半会儿也说不完，等下山的时候我再和你说吧。”

江禾点点头，心中对沈若微口中的传闻好奇不已，一心盼着中午快点儿到来。好不容易等到训练结束，刘萌却全程拉着沈若微，让江禾完全找不到机会问她。

不仅如此，下山的时候，江禾但凡一靠近章正尧或者其他集训队的队员，都会有其他人出来打断。江禾被搞得郁闷不已。

最后，她只得厚着脸皮跑去问唯一一个集训队队员们叫不动的男人：“偶像，我长得很像什么讨人厌的阿姨吗？我觉得我好像得罪了整个集训队。”

纪衍也见到了她企图凑近章正尧却没成功那一幕，此时听到她的话，不答反问：“我不是人？”

“啊？”江禾一下子没反应过来。等下了山，她才明白过来，他好像在变相安慰自己？

因为纪衍的一句话，江禾的郁闷一扫而空。

即使一整个白天沈若微都没找她，江禾也没有再因此苦恼。

到了傍晚，江禾收到沈若微发来的邀请，询问她愿不愿意一起吃泡面。

江禾知道集训队的小伙伴们带了很多泡面出国，以防吃不惯当地食物。那时候就可以借此改善一下伙食。她自己也囤了不少。她给沈若微回了一条消息，让对方直接过来，她立即准备开水和泡面。

沈若微来敲门之时，两份泡面正好可以开吃。

江禾搬了椅子让对方坐下，又拿出自己的珍藏：“你要加榨菜还是荷包蛋？”

运动员外出就餐的禁忌太多了，不能吃火腿肠、肉松、午餐肉、莲子、猪牛羊肉等许多食物。

沈若微直接问：“成年人的世界不做选择题，可以都要吗？”

江禾哈哈大笑：“没问题！”

沈若微撸起袖子，狼吞虎咽吃了几口泡面之后，忍不住感叹：“果然泡面才是人间美味！”

江禾看到对方毫不做作的样子，揶揄：“大美女，你好歹是无数滑雪迷心目中的女神，能不能注意一下偶像包袱？”

沈若微直接飙出雪城的口音：“偶像包袱是啥？能吃吗？”

江禾立即朝她抱拳：“是在下失敬了。”

窗外独属于此地才有的雪景搭配手里热气腾腾的泡面，竟然别有一番风味。

两个人就这么一边看风景，一边吃泡面，一边闲聊了起来。

“说实话，女神你要是不开口，一点儿都看不出你来自雪城！”雪城是东北地区重要的中心城市，是重点旅游城市，国际冰雪文化名城。

“其实很多练滑雪的运动员都出自那里，毕竟我们那儿占尽天时地利，从小就接触滑雪，对此习以为常。不像南方的小伙伴，见到下雪兴奋得不得了，甭管冷不冷，先撒丫子跑出去踩几脚再说。”

江禾听到她的形容乐得合不拢嘴，顺口问：“那咱们队里都有谁来自雪城？”

“钱凯师哥、刘萌师姐、孟师弟和张悦师妹。另外，像琳琳、李晴、赵长旭他们则来自我们隔壁。”沈若微说完自己的事情，很自然地问，“小禾你呢？是哪里人？”

“我是北城人。”

“啊？正尧师哥也是北城人，还有阿衍也是。”沈若微顿了顿，忽然抛出一个问题，“你们该不会正好认识吧？听说正尧师哥和阿衍就是以前一起参加青少年滑雪训练营认识的。”

江禾之前答应过章正尧不透露双方关系，外加纪衍一事挺复杂的，所以她一时没拿定主意要不要开诚布公。

沈若微自然看出江禾的为难，没点破，而是主动替她解了围：“不过北城说大不大，说小不小，不认识也很正常，我和萌姐也是进入国家队以后才认识的。”

江禾立即就坡下驴，将话题转移到沈若微与刘萌身上：“但我看你们的交情好像比跟其他人更好一点儿？”

“嗯，我进入国家队以来，她一直挺照顾我的。当然，其他师兄弟姐妹也对我很好。”沈若微说着，脸上忽然露出犹疑之色，随后提起早上的那个话题，“队里不知怎的突然谣传你和阿衍是男女朋友，我辟谣说你有喜欢的人，可有人说看到你经常和阿衍咬耳朵，认为你喜欢的那个人就是阿衍……”

沈若微脸上露出一丝苦笑：“所以萌姐就觉得，如果你喜欢的另有其人，又天天缠着阿衍，可能在对待感情方面不够认真……”

“啊？”江禾第一反应是，她什么时候和纪衍咬耳朵了啊？她的感情问题关别人什么事啊？

“我的表述可能不够准确，要是有说错的地方，小禾你别生气……”沈若微说得小心翼翼，仿佛生怕江禾当场发飙。

江禾怕她误会自己的意思，解释说：“倒也还没到生气的地步。我就是觉得刘萌姐有点儿搞笑，她就因为这些道听途说看我不顺眼？先不说我和纪衍之间什么事都没有，如果我真的有罪，请让法律制裁我好吗？”

沈若微被江禾的最后一句话逗笑：“那就好，我今天一直没想好要怎么组织语言跟你说这件事，那我回去就帮你澄清一下你和阿衍之间只是单纯的……”

江禾听到她一直在为自己着想，感动得眼泪汪汪：“若微，谢谢你一直相信我！嘴长在别人身上，要想完全控制别人说什么，不说什么，是不现实的，随他们去吧。你平常训练就很忙了，怎么能因为这些事耽误你的时间呢！”

沈若微有些不好意思地笑了起来：“那个，我说句心里话，小禾你别笑我。其实，如果不是听你说你有喜欢的人，我可能也会误以为你和阿衍之间……因为我十六岁认识阿衍到现在，还是第一次看到他和一个异性走得这么近……总感觉他对你好像挺特别的，出国那天在飞机上，我看到他很贴心在帮你盖毛毯，他平常不爱与人有身体接触，你不小心枕着他入睡，他也没有主动推开你……”

江禾没料到对方竟然会跟自己推心置腹。毕竟算起来，两人认识的时间很短，真正熟悉起来还是来到奥地利之后。

回想起入队以来，沈若微对自己释放的善意以及她对自己的信任，江禾因为自己的不坦诚，心里生出了愧疚之情。见沈若微情绪似有些低落，她当下脑子一热，话不经大脑蹦出来：“其实我喜欢的人是章正尧！”

空气寂静了那么一瞬间。

沈若微仿佛被惊呆了一般望着江禾，好一会儿才出声：“小禾，你别开玩笑了……”

江禾索性把心一横，转身去找自己珍藏的那张年少时合影。可诡异的是，她翻遍日记本，都不曾找到当初夹在里头的那张照片。这可真是癞蛤蟆长毛，奇了怪了！

沈若微看她翻箱倒柜一无所获的样子，只得出声制止：“小禾，你不用为了安慰我就……”

江禾想起自己手机相册里有存货，于是暂时放弃搜索，拿出自己的手机相册，点开与章正尧的合照。沈若微见到合照，依然不太愿意相信。江禾只得拿出更多的不同年份的合照证据。

“真的是正尧师哥……”沈若微一一看完那些双人合照以及双方家庭大合影，眼底有难以掩饰的震惊，“所以，你、你和他……”

“正尧哥哥就是我喜欢了很多年的人，我们两家是邻居，从小一起长大。”

“原来你是因为他才来的啊……”在这个异国小镇的傍晚，得知江禾与章正尧是青梅竹马，沈若微一时竟不知道该如何形容自己此时此刻的心情。

她既因为江禾与纪衍没有发展的可能而庆幸，又因江禾与章正尧之间的关系而产生出一种危机感，还对章正尧的隐瞒心生不满与失望。

她一直都知道章正尧喜欢自己，也在朝夕相处中被他的体贴与温柔打动过。她曾暗暗想过，如果没办法同自己爱的人在一起，那么选择爱自己的那个人也未尝不可。

她以为在他心里，自己是最特别的那一个。可直到这一刻，她才发现原来不是。

江禾看到沈若微错愕的表情，小心翼翼道："抱歉啊，我怕影响正尧哥哥训练，因此才没有告诉你们真相，就连正尧哥哥也是我来报到那一天才知道的。你没有生我的气吧？"

"没有没有，我就是太震惊了。你和正尧师哥平常的互动还不如你和阿衍多，我是真的没料到你们之间原来是这样的关系。"沈若微极力压下心头复杂的情绪，故作开心道，"正尧师哥确实很优秀，不仅为人大方，乐于助人，专业技能也非常出众，长得还帅，难怪小禾你会喜欢他。来来来，八卦一下，什么时候可以吃到你们的喜糖啊？"

"这个问题就有点儿扎心了，正尧哥哥还没正式答应我的追求。"江禾叹了口气，又自我安慰，"不过他也没有明确拒绝过我。"

"啊，这样啊……没关系，近水楼台先得月，你们现在有更多相处的时间，机会多的是，祝你早日抱得美人归！"沈若微给江禾打完气，又问，"想不想多了解了解正尧师哥在队里的事？我给你讲讲？"

"好哇，好哇！"江禾眼里放光，开始聆听沈若微讲述章正尧的相关趣事。

夜色悄无声息登场，时间就这样不知不觉地流逝。

末了，江禾请沈若微帮自己保守秘密，沈若微欣然答应。不仅如此，沈若微还为江禾支招，让江禾发一条朋友圈，澄清一下与纪衍的绯闻，免得章正尧误会。

江禾很开心，因为自己交到了一位知心好友。

而沈若微在离开江禾的房间后，独自跑去力量训练房加训了很久。只是到了最后，陷入两难的她也没能立刻做出选择……

纪衍收到了一条来自微信朋友圈的提醒，点开一看，才发现江禾发了朋友圈。

那条朋友圈内容很简洁——

扎心的禾苗：“误会！一切都是误会！！！”

配图是，一个傻熊猫人举手指着头顶的一行字：图不重要，看字。

纪衍被这条没头没脑的提醒搞得有点儿蒙，可下一秒他就知道江禾为何会特意提醒自己了。

因为沈若微不仅点了个赞，还在底下发了一条评论：“畅聊三小时，小禾与阿衍之间纯属谣言，吃瓜小伙伴们可以散啦。”

纪衍盯着这条回复，下意识皱了一下眉。他发现每次沈若微一说话，他总能从她的话里解读出另一种意思。

就比如说这条评论，也可以解读为，沈若微是因为听江禾吐露了心声，所以才选择相信江禾的为人。如果后续有什么变故，那也只因为江禾骗了她，她无辜被蒙蔽而已。

即使认识多年，纪衍还是不喜沈若微这种说话弯弯绕绕的性子。

他打开微信聊天界面，找到孟天赋，询问：“队里在传我和江医生的谣言？”

孟天赋吞吞吐吐：“呃，就是那个……昨天刘萌师姐拉了个讨论组，不过后来解散了……”

得到答复，纪衍重新点开江禾的朋友圈，在最新那条澄清微博下点了个赞，并回复了沈若微的评论——

JY：“我和江医生之间有什么事？我怎么不知道？”

看了纪衍的这条评论，集训队的很多队员赶紧收起了准备评论的心思，默默给江禾点了赞。

被江禾特意提醒的章正尧，关注点却不太一样。

他盯着江禾发的那条朋友圈下方，沈若微发表评论的时间，陷入了沉思。因为沈若微这晚一直没有回复他的消息，却在江禾的朋友圈现身了。

在经过一番天人交战之后，他选择放弃在这条朋友圈下回复，并在心里安慰自己，沈若微也许只是没有注意到那些消息而已。

至于江禾，发完朋友圈就滚去睡觉了，没有再搭理人间这些纷纷扰扰。

这天早上起床后，江禾第一时间打开朋友圈，看到沈若微和纪衍的评论，顿时一乐。唯一令她觉得遗憾的是，那条点赞无数的朋友圈，并没有看到章正尧的身影。

她收了手机，起来洗漱。等她洗漱完毕，敲门声恰好响起。

沈若微在昨日的聊天中得知江禾是个路痴，惊讶之余，说要给江禾当指路明灯。江禾还以为她只是开玩笑，谁知打开门一看，竟真的是沈若微。

“若微？你好早啊。”江禾连忙将人迎进门。

“不是说好了要当你的指路明灯吗？我准备下楼吃早饭，要不要一起？你要是没整理好，我再等等，不急。”

“怎么能让美人等我呢！给我十秒钟！马上好！”

江禾一顿操作猛如虎，十秒钟后挽着沈若微的手臂出了门。待二人结伴来到餐厅时，意外发现章正尧正独自在用餐。

江禾与沈若微对视了一眼，主动朝章正尧走了过去。

“早上好。”当着沈若微这个知情人的面，江禾一时没想好应该如何称呼章正尧，最后只得省略了称谓。

“正尧师哥，早上好。”沈若微的态度与往日无异。

“早上好。”章正尧因昨晚沈若微没有理自己，睡得不安稳，所以今天起得特别早。来餐厅前，他还在力量训练房晨练了一会儿。

此时，他见到沈若微与江禾一起亲密出现，身后并不见刘萌的身影，心头有些讶然。转念一想，这两个人昨夜畅聊了三个小时，再加这段时间几乎形影不离，便觉得关系亲密一点儿也实属正常。

“那我们先去拿吃的，正尧师哥你还有没有什么想吃的？我们帮你拿吧。”

“好啊，麻烦帮我带份煎蛋，谢谢师妹。”

一问一答间，章正尧已经消除了昨夜冒出的疑虑。

江禾与沈若微打好饭，一起朝章正尧走去。不过走到中途，沈若微像是突然想起什么似的，将章正尧所需的煎蛋放进江禾的餐盘中：“小禾，我就先不和你们一起坐啦。”

“哎？为什么啊？”江禾不解地拉住对方。

“给你制造独处的机会。”沈若微压低声音，揶揄地朝章正尧的方向使了个眼色。

江禾收到她的暗示，不好意思地挠了挠头，脑子却还算清醒：“这样太明显了，说不定会引起正尧哥哥的反感。”

沈若微轻轻拍了拍江禾的手臂，半真半假地解释说：“开玩笑啦，我是看到萌姐来了，要是不和她一起坐，她估计要吐槽我又抛弃她了。”

江禾顺着她的视线望去，见刘萌正从餐厅入口处走来，便没再多说。明知刘萌不喜欢自己，她再凑过去岂不是自找没趣？

不远处，章正尧时刻留心着沈若微的动向，见沈若微与江禾不知道聊了什么，最后只有江禾端着餐盘回来，便忍不住冒出一丝怀疑，觉得可能是江禾对沈若微说了什么，故意将沈若微支走，脸色便不太好。

江禾将煎蛋放在他面前，正准备坐下后再解释沈若微为何没一起过来，留意到他此刻脸色不太好看，误以为他身体不适，立即关心道：“正尧哥哥，你还好吗？是不是身体哪里不太舒服？”

章正尧冷冷地看着她，语气里夹杂着浓浓的私人情绪：“江医生，你是不是和微微师妹说了什么？”

江禾听到他口中的称呼和他说话的语气，微微愣了一下：“啊？我没有啊。”

“你确定？那她怎么走到一半，绕去了其他位子？”

江禾后知后觉听出章正尧的话中之意，脸上的笑容一僵：“若微担心刘萌姐生气，所以决定和刘萌姐一起坐。”

“刘萌师姐为什么会生气？你对刘萌姐做了什么事，会让她这么反感你？”人在愤怒时，常常口不择言，章正尧此刻便是如此。

江禾压根儿没料到会从章正尧口中听到这些话，难以置信地盯着他看了好一会儿，深呼吸一口气，压下怒气与伤心：“正尧哥哥，我们从小一起长大，我在你眼里是这样的人吗？”

章正尧盯着她看了几秒，没有再出声，而是拿起手机给沈若微发了一条消息。

他也想相信江禾，但种种巧合又让他忍不住怀疑她。

例如昨天她与沈若微聊过之后，沈若微突然就不回复他的微信消息了。刚刚她拉着沈若微不知说了什么，沈若微就坐到其他地方去了……

江禾见他这样，心中那份因为能与之独处而生出的喜悦，一点点儿消散了。可即便如此，她仍心存一丝幻想，为他找好借口：“正尧哥哥，你看到我昨晚发的那条朋友圈了吗？我和纪衍之间什么事都没有，我喜欢的人一直以来都……”

“你喜欢谁是你的事，不用跟我解释。”章正尧头都没抬，只盯着手机屏幕等沈若微的回应。

“哦。”

——可我喜欢的那个人，一直以来都只有你啊。

沉默蔓延下去，这句未能说完的告白，就这样消散在寂静里。此后，再也没有被提起。

餐厅一隅，刘萌正在低声和沈若微抱怨：“你怎么想的？不仅和对方走得那么近，还帮她和师弟制造独处机会，你就不怕章师弟被对方勾走啊？”

“萌姐，这不是那边不够坐吗？而且，我相信江医生不是那种人……”

“以前都够坐，今天怎么就不够坐了？你是喝了她的迷魂汤吧？还是说她刚才和你说了什么？你自己多注意点儿，小心到时候有你哭的！”

“我和正尧师哥又不是男女朋友，喜欢谁是他的事……”

“哼，如果章师弟是那种三心二意的人，那只能说明我们看错了人。不过她今天怎么不纠缠纪师弟了？这是换目标了？”

“说不定一直以来都是我们看错了……”

“啊？等等……莫非章师弟才是某人的目标？信息量好大……”

“萌萌姐，咱们还是别乱猜了，我相信他们。”

至于相信什么，那就只有说这句话的人才知道了。

当天上午，章正尧好几次想找机会与沈若微聊天，奈何总是不凑巧。章正尧更加疑心沈若微是在有意回避自己。

大概是心里藏着事，上午进行上雪训练的时候，章正尧有些微分心，几次滑降训练的成绩都不太理想，被教练私下叫到一旁批评了一顿。

结束训练后，沈若微知道章正尧情绪不高，下午力量训练结束后，主动将他叫到一旁，变着法子安慰他。

章正尧感动之余，打消了之前的疑虑。不过，令他没想到的是，沈若微主动提起了早上之事：“正尧师哥，早上你和江医生在聊什么？好像很投入的样子啊。”

“有吗？你看错了吧？我和江医生明明都没怎么交流好吗！”

沈若微听到意料中的回答，笑容灿烂，调侃道：“为什么？莫非是因为少了我这个重要的纽带？”

他目不转睛地盯着她，佯装不满道：“你不是说去帮我拿煎蛋吗？怎么转头就自己跑了？留下我应付江医生？”

“那个，江医生人很好的啊，长得又可爱，学历又高。师哥你就没有……一点点儿……心动？”

听到她的揶揄和试探，他敛去笑意，严肃地说道：“师妹，下次不要再把我丢给别人了。我喜欢谁，你还不清楚吗？”

沈若微很轻地对他笑了一下，那笑容里掺杂着一丝丝苦涩。她想说些什么，嘴唇微微动了动，最终一言未发。

章正尧敏锐地察觉到不对劲："是不是有人对你说了什么？"

沈若微迟疑了一下，摇头："没有。正尧师哥，训练才是目前的重中之重。其他事情，我们先别想了，好吗？"

章正尧选择了妥协，心里却就此埋下了怀疑的种子。在集训队，有机会在沈若微面前挑拨离间的人，除了江禾，还能是谁呢？

江禾并不知道沈若微与章正尧之间的谈话，也不知道一起长大的竹马哥哥因为心上人的一个迟疑与苦笑，就给自己贴上了"心机女"的标签。

在经历了上午的打击过后，她很快记起了自己此行的目的，于是放下儿女情长，打起了十万分的精神！

滑雪集训队在结束每天下午的室内体能训练后，还有一项日常任务，那就是维修和保养自己的滑雪装备，其中就包括修板刃。

高山滑雪板的组成材质和制作工艺都很复杂。它的外形是前部宽，中部窄，后部宽度居中，侧面形成很大的弧线。中间安装固定器的部分称为"重量台"，两侧镶有硬钢边，俗称边刃，需要每天进行修理维护。板底左右两边各有一条刃，叫底刃。底刃越小，对雪的咬合面越好。一般按照自己的需求设置好底刃后，就不用动底刃了。

板刃的主要功能是控制雪板与雪道间的抓地力。在滑雪板使用一定时间后，锋利的钢刃会变钝，导致雪板在转弯或刹停等过程中变得不灵敏。尤其是高山滑雪赛道与普通的场地不同，必须为"冰状雪"，即雪道表面是一层薄的硬冰壳。

所以，锋利的板刃会让运动员更容易地将板刃切入冰壳，使滑雪板朝正确的滑行方向前进。如果不够锋利就会很危险，轻则会使滑雪者改变滑行方向，重则会因为板刃卡不住冰壳，产生侧滑，导致滑雪者摔倒。

专业滑雪运动员自然人人都掌握修板刃的技能。作为最熟悉自己滑雪板的人，修板刃这种活儿全都自己上手。

为方便国家高山滑雪集训队训练，入驻的酒店专门配备了一间器材维护室给集训队。

这天下午，在尽到助理队医的本分后，江禾没有选择回房间休息，而是去了器材维护室观摩运动员们保养和维护装备。她观摩的重点对象当然是纪衍喽！因为明天就是纪衍遇险之日，她既然没办法劝说纪衍避开训练，那就只得做好万全之策！

上午她在脑中反复复盘纪衍遇险的画面时，忽然发现了一个之前被自己忽略的细节！那就是纪衍的装备，当时似乎是出现了什么问题！

江禾揣着满腹心事出现在器材维护室时，引得众人纷纷侧目。

即使昨天江禾发朋友圈澄清了谣言，纪衍也在底下评论了，但集训队绝大多数队员对江禾的印象并没有因此而完全扭转。

江禾对这些目光并不在意，一律报之以微笑。

孙琳琳、张悦以及孟天赋这个八卦组合则与其他的队友们持相反的态度。此刻，见到江禾来器材维护室，手机还开启了拍摄模式。他们立即摩拳擦掌，想要好好展现一番高山滑雪集训队的风采。

谁知，可爱的江医生语不惊人死不休："不用，不用，理论知识我都熟的，我就是想瞻仰一下偶像的风采。"

偶像其人，除了纪衍还能是谁呢？八卦三人组往自家纪师哥所在的方向一瞅，纪师哥正专注修理着自己的板刃，对外界一切干扰无动于衷。

孟天赋原本也正准备修板刃，有些不太信邪："江医生你对滑雪还有研究？那你知道我手里这个是什么吗？"

"哟，这是要考我吗？"江禾一边将手机摄像头对准纪衍，一边笑嘻嘻道，"你手里的东西，长的那个物件叫锉，另一个是角度尺，都是专门用来修雪板工具。底刃越小，对雪的咬合面越好。一般按自己的需求设置好底刃后，就不用动底刃了。边刃不同厂家设置的角度也不同，一般是八十七度到八十八度之间。"

"说得对，不过这些都是最基本的知识，知道也不稀奇。江医生，你要是能说出自查雪板的三个步骤，我就服你。"孟天赋之前看过江禾踩着滑雪板练习滑雪的画面，那技术实在不咋的。

初学者对于刃的锋利度感受并不明显，因为大都是在用板底滑，立刃角度很小。随着水平的提高，开始学习立刃、刻滑、大小回转、搓雪小回转等高级技术，立刃角度增大，对雪板的控制力要求更高。这时，板刃的锋利与否，对滑行者是否能做出某些技术动作，尤为关键。

“小孟同学，你确定要问这么简单的问题吗？”江禾扬了扬眉，滔滔不绝道，“第一步，观察四条刃上有没有明显生锈的痕迹。第二步，用任意一根手指沿着这四条刃从板头到板尾轻轻滑一遍，如果感觉每条刃都非常均匀，很平整，没凹陷，没有任何尖锐或凸起，那就说明刃的情况还可以。接着就开始进入第三步骤，用食指或大拇指的指甲盖轻放在边刃和底刃形成的夹角上，与之形成约四十五度角，然后轻轻用刃的夹角刮指甲盖。如果能刮去一些指甲，说明刃还足够锋利。如果不能，那就说明刃已经不够锋利，在硬雪上面刻不住雪了。当然啦，从板头到板尾上的每一处刃都需要足够的锋利度，所以这个测试可以在板头到板尾挑六个不同点来进行测试，所有点都锋利才能保证整个板刃的锋利。”

孟天赋听完江禾的回答，早已目瞪口呆。果然学霸就是不一样！这一大串，都不带喘息的！

他回过神后，忍不住追问：“江医生，你这知识储备这么丰富，为啥实操那么一言难尽啊？”

张悦和孙琳琳听到他的话，有些担心江禾生气。却见江禾叹了一口气道：“本来我也是有可能成为冰雪世界里一颗闪耀的明珠的，直到我十四岁那一年遇到了一个人。”

“然后呢？”八卦三人组一下子好奇了起来，就连开始给自己的板子打蜡的纪衍也被江禾的话吸引了注意力。因为她那后半句话，太具有指代性了！

纪衍停下手中的动作，朝江禾望去，恰好与江禾投过来的视线相撞。

她朝他展颜一笑，灿烂无比，动人心弦。他一下子移开目光，努力压下胸口那忽然冒出来的难以言喻的悸动。

江禾收回视线，继续开始瞎编："世界上有那么多滑雪场，滑雪场有那么多人，他却偏偏走进了我心里。从我遇见他的那天起，我所做的每件事，都是为了他，包括放弃高山滑雪这项运动。"

孙琳琳等人总觉得江禾这段话似曾听过，而且越琢磨越不对劲。终于，孙琳琳似是想起了什么，瞪圆眼睛盯住江禾，发出了一句来自灵魂的拷问："你该不会是被 PUA（精神打压）了吧，姐妹？"

"噗——"江禾听到她的话，没绷住，当场笑出声来。

一旁的纪衍正在将除蜡剂均匀喷洒在板面上，听到江禾那些瞎话，手一抖，一不小心喷多了。因为江禾的话，上半段是改编自《卡萨布兰卡》的经典台词，下半段是改编自《艺伎回忆录》里的台词。

江禾余光一扫，眼尖地注意到了对面之人的动作，连忙道："偶像，你稳住！千万别慌！"

纪衍颇为无奈地瞪了她一眼："江医生，下次讲笑话的时候，能不能等我打完蜡？"

论一本正经地胡说八道，眼前这家伙绝对是第一人。他刚刚居然信以为真了……

江禾狗腿道歉："对不起对不起，千错万错都是我的错！偶像您继续！可不能因为我，耽误了手里头的正事哈。"

吃瓜三人组一脸茫然地向纪衍求教："师哥，江医生刚才是在讲笑话？我们咋没听出来啊？"

"知道你们脸上写了什么字吗？"纪衍看着八卦三人组写满求知欲的小脸，"很单纯。"

八卦三人组还想再追问，纪衍已经拿起软棉布开始擦干板面上的除蜡剂，不再理会周围人等。

擦干除蜡剂，雪板需要晾晒三十分钟左右，才能进行打蜡。所以，整个维护的过程要花一到两个小时。

在雪板晾晒的时间里，纪衍摘下手套，转身走出了器材维护室。

江禾倒没有跟上去，而是围着纪衍的雪板转了一圈，然后又晃到了墙边，一一打量着那一排靠在墙壁上的滑雪器材。

等晾晒的时间差不多了，江禾出门去找人。一只脚还没踏出大门，就被人堵住了！她一抬头，发现正好是自己要找的人！

“找我？”纪衍有意无意地遮挡住她的视线。

“对啊。我看了一下，时间好像差不多了，该打蜡了吧？”

“嗯。”纪衍说完站着没动。

门外长廊里，章正尧正张开双臂，以安慰之名，拥抱着因某个原因而情绪低落的沈若微。

江禾不明所以，忍不住多看了他几眼，带着些许疑惑，率先转身。

直到江禾走出好几步，纪衍才慢慢跟了上去。

他无权干涉旁人的人生，可他仍希望，这一刻，她的伤心少一些，笑容停留得久一些。

第八章

蝴蝶效应

江禾心里藏着事，压根儿睡不安稳。

等到天一亮，她推开窗一瞅，果然如天气预报里说的那样，是个大雾天，能见度非常低。冷风从窗户灌进来，她打了一个哆嗦，赶紧关上了窗户。

集训队的微信群里并没有任何通知，那就说明今日的训练照旧。一想到即将发生的事故，江禾就犹如热锅上的蚂蚁，急得团团转。可她人微言轻，整个集训队不可能因为她无凭无据的一句话而改变训练计划，说不定她还会因此被贴上“精神有问题”的标签，从而被劝退。这可真是太愁人了！

沈若微来喊江禾一起下楼吃饭的时候，江禾已经在房间里扎了很久的马步，可惜扎马步也只是让她稍稍冷静一些。

下楼途中，沈若微见她皱着眉头，忍不住询问：“遇到了什么事？要不要说出来看看我能不能帮得上忙？”

江禾点点头，然后又摇摇头，答非所问：“今天这种天气，你们还要继续训练啊？”

“嗯，这种能见度，基本只进行基础的滑行练习。”

“那什么情况下才有可能中断训练啊？”

“天降暴雪？”

“哦，”江禾闻言惆怅不已，叹气，“微微，你能让老天爷此刻下一场暴雪吗？”

沈若微扑哧一声笑出来，还没来得及回答，身后冒出一道熟悉至极的男声：“江医生，老天爷惹你了吗？”

沈若微与江禾齐刷刷扭头往身后看去，只见纪衍与章正尧就在几步之外。

章正尧神色温和，眼中含笑，沈若微轻易就从中看到了深情。至于一旁的纪衍，他的目光并未落在自己身上，而是看着江禾，神色虽如往常，可刚才那语气分明透着熟稔与揶揄。

沈若微一颗心百转千回。

江禾对此全然不知情。她见了眼前的两个人，当下秀眉一展，抬手打招呼："两位偶像，早上好哇！"

章正尧依旧装作不熟，再加对江禾有了心结，又担心另外两个人察觉端倪，此刻只礼节性地笑了一下，没作声。纪衍却一反常态，继续调侃江禾："你也知道现在有点儿早，那你何苦为难他老人家？"

江禾借机吐槽："偶像你咋就不懂我的心呢？我这分明是担心天气状况影响到你们训练好吗！"

电梯门已开，江禾与沈若微率先进去。章正尧紧随其后，直接站在了沈若微身旁。

纪衍默默将这一切收入眼底，再一看眼毫无所察的江禾，忽然有点儿想学她刚才的样子惆怅叹气。

到了餐厅，江禾为了让纪衍在今日的训练中提高警惕，厚着脸皮强行与其拼桌。

沈若微不愿错过与纪衍相处的机会，没有提反对意见。至于章正尧，自然是沈若微在哪里，他就在哪里。

于是，一行四人凑了个整。

不过，令章正尧有点儿介怀的是，在入座的时候，沈若微与江禾换了座位，这样一来，就变成了他与江禾面对面。他总觉得只要有江禾在的地方，自家师妹似乎就在有意无意避嫌。

难道，江禾真的透露过什么？

江禾压根儿不知道，章正尧在心里又给自己记了一笔。

她的关注点都在今日的天气上："你们有没有听过一句话？左眼跳财，右眼跳灾。我今天右眼一直跳个不停……"

江禾的话说到一半，三道目光齐齐射过来。她意识到自己说的话太有误导性，连忙解释："我是想说，像今天这种恶劣天气，你们训练前一定要多检查几遍装备，以防万一。"

"训练之前当然要多检查装备，这不是常识吗？更糟糕的天气情况我们也遇到过，这种天气可算不上什么。"章正尧言下之意即，江禾的担心多余。

江禾没办法言明，又担心自己破坏大家用餐的氛围，立即道：“抱歉哈，我太唠叨了，希望大家别介意。”

她昨天其实还私下找过教练，委婉地提了一些担忧，教练组表示会多加重视……

纪衍已经听江禾念叨过无数次要注意训练安全的问题。然而，他与章正尧不同，看着江禾担忧的脸，心中并没有丝毫的反感，反而越发好奇她这些行为背后的秘密：“不必担心，教练组都考虑周全了，这种天气每个队员都会配备对讲装置。如果真遇到什么事，大家可以通过对讲机互相联系。假如天气实在不适合训练，教练组会喊停的。”

纪衍第一次一口气说这么多，在座其他三人都有些诧异。

沈若微原本假装没听出章正尧话语中的针对性，默默喝着牛奶，没有出声。等纪衍说完后，她才道：“小禾，你别担心了，我们会好好检查装备的。你昨晚教我的舒缓肩颈腰疲劳的动作很棒，谢谢啦。”

“不客气。”江禾接下来没有再提起训练安全问题，她琢磨着等会儿私下再拐弯抹角提醒一下纪衍。

毕竟其他人应该无碍，纪衍才是那个当事人。

所以，就算会惹他嫌，讨他厌，她也得说。

餐厅里陆陆续续有客人来就餐，集训队的成员看到这四人坐在一块儿，立即自发过来打招呼。

孙琳琳忍不住与身旁的张悦咬耳朵：“你不觉得这四位坐一块儿很养眼吗？”

张悦猛点头：“是很养眼！俊男靓女，天造地设。”

走在前面的刘萌听了一耳朵，忍不住打断她们的话：“一大早就开始八卦，能不能让人耳根清净清净！”

孙琳琳与张悦相视一笑，默契地没有再说话。

四人桌前，沈若微开启了新话题：“说起来，小禾你是怎么成为阿衍的粉丝的？”

江禾被她问得脑瓜子一蒙。假话全不说，真话不能说，在卡顿了好几秒后，她才缓慢而又认真地说道：“大概是在很久以前发现他居然是个伟光正的人，所以就成了他的粉丝……”

十年前，她落水，他不顾自身安危毅然而然入水救人。十年后，他数次出手相助。重逢的最初，只是想要报答他的救命之恩。但此刻一回想起来，原来自己早已在不知不觉间被他的人格魅力征服了。

喀，她之前说过绝不可能成为纪衍的粉丝，没想到这么快就打脸了！

听了江禾的回答，纪衍本人脸上可没有被夸奖的喜色：“为什么每次你一发表赞美，我都感觉你好像在骂我？”

江禾真心夸人，居然被误解，郁闷道：“偶像你可以误会我，也可以不相信我，但你不能冤枉我啊！”

“哦，原来是语文不好。”

江禾气结，自我安慰：“算了，算了，偶像能有什么坏心眼呢？”

一旁的沈若微看到二人斗嘴，心里生出几分羡慕。她侧过头，笑着对置身事外的章正尧道：“正尧师哥，你有没有发现他们两个现在这样，特别像幼稚的小学生在斗嘴？”

章正尧原本还没什么感觉，听了这话，再看江禾与纪衍，心里便有些不得劲，嘴上却道：“两位感情真好。”

江禾与纪衍不约而同望向章正尧。

江禾不希望章正尧误会，可一时半会儿又没办法解释清楚，只能在心里干着急。纪衍则不同。他的视线在章正尧与沈若微身上扫过，意有所指：“不及你们。”

章正尧的目光与纪衍的目光在空中交会，他忽然有点儿疑心纪衍认出了江禾。只是思及纪衍与江禾曾经的“缘分”，立即否定了这个猜测。他觉得江禾应该不会蠢到自曝身份的地步……

沈若微也觉得纪衍似乎在影射什么，面上却镇定自如，语气轻松道：

“阿衍，你是在气我和正尧师哥冷落你吗？那以后我们吃饭都喊上你，只要你不嫌弃我们烦人就行。今天基础滑行训练，我们排一块儿吧。”

沈若微这话一出口，立即将纪衍模棱两可的四个字定义为吃醋。

江禾原本觉得纪衍这话透着几分怪异，一时又不知怪在哪里。此刻听了沈若微的回答，立即恍然大悟：“你们感情真好。”

纪衍因为江禾的话受到惊吓，抬起的手不小心碰到了面前的果汁杯……其他人都没来得及反应之时，只见江禾率先一步轻松且精准地扶住了杯子，避免了一场悲剧的发生！

纪衍看到江禾那毫不犹豫的动作，心里的怀疑又加深了不少。那种感觉，就好像江禾早已预料到会发生这一幕似的。

不过，他很快压下心头疑虑，回到眼前的问题上：“江医生。”

“啊？”

“我上次给你的建议，你还记得吗？”

“啊？什么建议？”

“你确实有必要去挂个眼科。”

算了，算了，偶像能有什么坏心眼呢？

待吃完早饭，江禾的目光落在在座三人身上，忽然觉得这样的相处机会很难得。这里面，一个是她喜欢的人，一个是她的旧相识，还有一个是她新交的好友。

“我们四个好像第一次这样坐在一块儿，能和高山滑雪队的各位大佬们一起吃饭，小的何德何能啊？哈哈。请问，可以和你们拍张大合影吗？”

“好啊。”沈若微第一个点头。

江禾见章正尧与纪衍都没发表反对意见，立即喜滋滋地拿出手机，打开了自拍模式，拍下了四人的第一张也是最后一张合照。

照片里，江禾笑容灿烂地比了个胜利的手势，主动朝章正尧靠近。在她身后，沈若微的身体也有意无意地倾向另一侧的纪衍。

至于纪衍与章正尧二人，前者表情冷酷，身体诚实地避开了沈若微的靠近；后者则戴上了温和的假面，面对江禾的主动，不躲不避。

这个风大雾浓的异国早晨，江禾沉浸在一场盛大的欢聚里，未曾发觉，她的欢喜，不过是上帝眼里的笑话。

出发训练之前，所有队员按照惯例检查自己的训练器材。

江禾一直盯着纪衍，见他似乎检查完了所有装备，连忙凑了过去："偶像，你都检查完啦？要不咱们再检查检查固定器、滑雪杖之类的？小心没大错。"

纪衍看了她一眼，二话不说重新开始检查装备，意外发现其中一个雪板固定器的DIN值确实有微小的移位。在江禾的注视下，他重新将DIN值调节到了最佳位置。等他检查完，确定无误之后，又听到江禾问："通信设备呢？都检查过了吗？"

纪衍闻言，随手拿了一副等会儿训练会用到的入耳式对讲机，直接递给她。江禾毫不客气地接过："偶像，我走远一点儿，我们试试看设备有没有问题哈。"

纪衍没有拒绝，一一配合着江禾的指令。

经过一番测试，江禾谨慎地将这副隐约有点儿小问题的对讲设备放到一旁，拿了另外一副重新进行测试，在确定没问题后，这才放心递给纪衍。

纪衍接过通信设备，望着江禾认真的眉眼，语气难得地郑重："谢谢费心。"

江禾愣了一下，随即有些不好意思地笑起来，连声道："应该的，应该的。"

纪衍看她这副羞涩的样子，嘴角溢出一丝笑意："应该的？"

江禾连忙改口："呃，我是说不客气啦。"

纪衍看了她几秒，忽然道："江医生，我能不能问你一个问题？"

江禾第一反应是纪衍又误会了！她连忙将人拉到角落，否认："我绝无非分之想！偶像你可别误会啊！"

纪衍给了她一个无语的眼神："你脑袋瓜里都在想什么？我是想问，你这么紧张，一直让我注意安全，莫非我这次训练会遇到什么危险？"

"呸呸呸，你别乌鸦嘴！训练一定会顺顺利利的！"江禾怕自己一不小心说漏嘴，连忙转移话题，"我去秦医生那边看看需不需要帮忙。"

纪衍忍俊不禁地看着她落荒而逃的背影，越发肯定江禾身上藏着某个秘密。他刚收回视线，一转头，发现章正尧正盯着自己，神色有几分来不及掩饰的不快。

章正尧直白地问道："阿衍，你是不是喜欢江医生？"

纪衍微微挑眉："江医生很可爱，队里有人不喜欢她吗？"

章正尧没有得到自己想听的答案，敷衍地笑了笑，伸手随意从旁边拿了一副对讲设备，恰好是江禾刚才换掉的那副。纪衍见状，提醒道："你手中那个通信设备可能在信号接收方面有点儿小问题，换一副吧。"

章正尧点头："好，我先试试。"

纪衍闻言便没再关注这些。

章正尧经过简单测试过后，并没有发现纪衍所说的那个问题，出于一种微妙的心理，他没有将纪衍的话放在心上，自然也就没有更换这副对讲设备。

由于天气状况不佳，这日前往滑雪场的人明显比往日要少得多。

冷风裹挟着雪，令人有些睁不开眼，大雾茫茫，能见度在十五米以内。海拔越往上，天气状况越恶劣，能见度只有十米左右。

集训队一行人抵达滑雪场最高点后，徐教练按照惯例开始讲注意事项。

这次训练只进行基础的滑行，由徐教练打头，随后队员们一个接一个往下滑行，任教练在最后跟着，最大限度避免意外发生。

原地热身结束后，上雪训练正式开始。

鉴于天气原因，外加雪质疏松，队员们在向下滑行的时候都比较谨慎，速度皆有所收敛。尽管如此，仅一轮基础滑行结束，队员们消耗的体能就比往常要大很多。

到了第二轮训练，队员们稍稍适应了气候环境，便稍微放松了警惕。但纪衍一直谨记江禾的百般提醒与叮嘱，并没有因此掉以轻心。

与此同时，两千六百多米的集结点处，江禾正焦急地等待着。

秦诚阳留意到自家外甥女的神情，以为她是在担心章正尧，安慰道："别担心，这种天气对于高山滑雪运动员来说习以为常。"

江禾点点头："我知道，我只是忍不住有点儿紧张。"

秦诚阳安慰地拍了拍她的肩，心想，小外甥女这凝重的表情何止是有点儿紧张啊？章正尧那小子可真有福分，被一个人全心全意地喜欢着。

当第二轮基础滑行训练顺利结束，集训队的成员一一抵达后，江禾望着纪衍的身影，悄悄松了一口气。可是，只要这一天的训练没有结束，她都不可能放心。

稍作休整，集训队再次投入新的一轮训练当中。

只是今日天气变化无常，这次没有前两次顺利，训练至一半，大雾转浓，能见度一下子骤降到不足五米，外加天气阴冷，队员们滑得特别迷茫。滑雪场周围有很多雪道，稍不注意就会滑到其他雪道上。倘若不小心与其他雪道上训练的人员撞上，十分容易发生危险情况。

打头的任教练通过对讲机时刻提醒队员们注意安全，并时不时点出在向下滑行的过程中，哪个位置需要注意。

即便如此，队员们还是出现了各种状况。

徐教练第一个抵达集结点后，等了好一会儿才有几个身影姗姗来迟。瞅见队员们摘下滑雪镜后露出的茫然眼神，他既无奈又好笑。

不过，这种天气下，队员们的安全才是重中之重。

此刻的雪道上，纪衍滑得比较保守。

除了受天气影响，还因为江禾。

在他看来，江禾的种种暗示与提醒十分蹊跷，似乎就差当面明说他会在这次训练当中受伤了。给他的感觉就仿佛她拥有提前感知的能力一般。在旁人看来，这个假设不仅大胆，还相当异想天开，于他而言却不同！

因为，他也曾有过如此令人匪夷所思的一段人生经历……

纪衍这天训练的顺序，排在章正尧后面。

按照训练计划，两名队员之间会保持一定的安全距离。可当纪衍即将抵达任教练特意提醒需要留心的地点时，余光隐约看见前方的身影似乎顺着右边的雪道滑走了。

如果他没记错地图，那个方向指向的另一条雪道。

在团队训练中，有一条需要严格遵守的规则，那就是永远不要从你前面的滑雪者即将进行的转弯滑行线上横穿而过。如果滑行的团队正在停下，你要停在前面滑雪者的下方。

纪衍联系前方的队友无果后，预估了一下现场的形势，选择了紧急停在滑雪道的边上，简明扼要地将情况通过对讲机汇报给教练组，并表示自己可以立即跟上去支援。

运动员一旦受伤，很可能就此结束运动生涯。尽管纪衍再三表明自己对场地有所了解，但出于对运动员的安全的考虑，教练组还是没有同意纪衍的提议。

基础滑行训练被紧急叫停，徐教练着手联系滑雪场当地的救援，任教练则早已在第一时间动身前去寻人了。

至于章正尧，因受天气影响，他并未发现自己滑错了雪道。

唯一让他有点儿苦恼的，大概就是对讲机的通讯信号断断续续，时有时无。他有些后悔没有相信纪衍的话，可眼下后悔也没用，先下滑到集结点再说吧。

滑了一段，他隐约从对讲机里听到了自己的名字，滑行的动作下意识慢了下来，也因为注意力在对讲机里，一时忽略了身后的动静。然而，就在这时，他突然觉得后背一凉，心中猛然生出一种不祥的预感，迅速扭头一看，呼啸的疾风里，有人踩着双板正在靠近。

对方显然也没料到会有计划之外的人出现在自己团队训练的雪道上，

急得叽里呱啦飙了一通英文，同时不得不临时想办法避开前方之人。但临到关头，双方撞上的几率更大一些。

危险一触即发，说时迟，那时快，在这紧急时刻，章正尧凭借着积攒的滑雪经验与本能，主动以力所能及的最安全的摔倒姿势，有目的性地往一侧摔去。就在他摔倒之后，身后那人自上而下飞快地从他原先所在的位置附近惊险滑过……

集结点，气氛凝重。

徐教练简洁地将情况告知随行的两位队医："秦医生，小江医生，有个队员联系不上，麻烦你们这边先待命，可能随时需要支援。"

秦诚阳立即点头："没问题。"

江禾时刻关注着集训队的动向，一听到有队员联系不上，以为纪衍没有躲开今日的惨烈事故，立即大惊失色："教练！是不是纪衍遇到了什么危险？"

一旁的秦诚阳听到小外甥女嘴里说出的那个名字，颇觉意外。转念想起前几日听到的传闻，又觉得是自己大惊小怪了。

不只秦诚阳误会，就连徐教练见了江禾此刻的反应，也误会了二人的关系。然而此刻不适合八卦，他解释道："纪衍那边没事。"

话音刚落，一道穿着统一黑红色训练服的身影出现在集结点。对方摘下滑雪镜，露出一张冷峻的面容。

江禾见到那人，差点儿就哭了！

呜呜，她终于实现了自己来当实习队医的初衷，改变了纪衍遇险的命运！

这波值得！

纪衍也看到了江禾，可此刻无暇顾及她。他来到徐教练面前，开口第一句就是："教练，正尧那边有新进展吗？"

徐教练摇摇头："任教练那边暂时还没有新进展，雪场的救援人员也已经出发了，希望一切平安。"

江禾一下子呆住。身旁的秦诚阳替小外甥女问出了那句话："失踪的队员是章正尧吗？"

见徐教练与纪衎一起点头，江禾一颗心如同坠入冰窖。那一瞬，她脑中只有一个念头——会不会是她的插手，才导致那个遇险的人变成了章正尧？

就在众人忧心忡忡之际，任教练那头传来了好消息，章正尧找到了！

虽然章正尧尽力以最安全的姿势主动摔倒，但在仓促往一侧摔倒时受了伤，造成急性膝关节的侧副韧带扭伤。

当天找到章正尧后，经由秦医生诊断过后，为防万一，徐教练、秦医生以及江禾等人又陪同章正尧去了当地医院拍片子做检查，其余一干人等则由任教练带领回酒店。

万幸的是，经过一系列检查确认，确实如秦医生所言，章正尧所受的只是轻微伤，大概休养两三天就能痊愈。

即便如此，江禾内心依然愧疚不已，得知章正尧是因为通信设备出现故障而导致遇险之后，更是将一切责任归咎于自己身上，认为是自己的举动引发了蝴蝶效应。于是，她去找了教练组，主动提出这几天由自己来负责照顾行动不便的章正尧。

教练组经过短暂商议，并征询了主队医秦诚阳的意见，同意了她的请求。尽管江禾只是助理队医，但毕竟也是专业人士，放眼整个集训队，她确实是个非常合适的人选。

不过，章正尧在休养期间，受伤的膝关节得保持在微屈的状态。每天需要用活血化瘀的药，并搭配一些止痛的药，同时还要保持四十分钟左右的没有抗阻的训练。所以除江禾之外，集训队还特意安排了队里特聘的奥地利专业体能教练，两人一同帮助章正尧进行恢复训练。

毕竟，国家培养一个运动员不容易，培养一个优秀的高山滑雪运动员那就更不容易了。

即使只是轻伤，饮食方面仍然需要以清淡为主。

为此，章正尧受伤的当天，江禾特意请教了姨父秦诚阳和远在国内的母亲，拿着小本子记了一堆食谱。

鉴于运动员的饮食需要特别注意，谨慎的她特意找了教练组了解运动员的饮食规定，随后又与酒店反复沟通确认，拜托了酒店老板，请他们帮忙采购一些符合标准的食材，打算第二天给章正尧准备一些中餐美食。

另一边，得知章正尧无大碍的消息后，纪衍和其他队员们皆松了一口气。

纪衍原想找江禾当面问清心中的那个疑惑，奈何章正尧行动上不便，身为室友的他没办法置之不理。再加江禾的心思全在章正尧身上，无暇顾及其他。因而，他只得按捺住念头，另择时机。

集训队后续的训练，并未因这个意外事件而暂停。

第二天，纪衍为了不影响室友休息，起床的时候特意放轻了手脚。等他洗漱完毕，走回卧室，发现室友已经醒了。

见对方想去拿一旁的水杯，他快步走过去帮忙拿起："怎么不多休息一会儿？"

章正尧无奈地耸肩："生物钟，你懂的。"

纪衍拿过他喝完的杯子，放到一边："就当休息两天，别心急。要起床吗？我扶你？"

"哟，阿衍，难得听你开口安慰人，没想到我这面子还挺大。"章正尧笑着调侃完，婉拒道，"不用，帮我拿一下手杖就行。我得先适应适应，毕竟这两天还得靠它呢。"

纪衍闻言，目光落在章正尧进行局部加压包扎以及制动的右腿上，想起医生的叮嘱，担心章正尧出什么意外，没有顺从他的意思，而是不容拒绝道："如果你想及时归队的话，这个时候别跟我客气！"

章正尧一向自尊心强，这次失误虽然只是轻微受伤，但他其实觉得挺丢脸的。

他自责为什么当时没有听信纪衍的话，同时又忍不住暗搓搓地怪纪衍没有对自己多加劝阻。明知道自己这种想法不对，可总控制不住多想。

总而言之，面对这个比自己优秀的队友，他的心态一直都很矛盾。

此时，听到队友这么说，章正尧的表情顿时有些讪讪：“那好吧。”

纪衍自然不知章正尧心中想法。或许，除了滑雪，他一直都不太关心其他的事和人。

自打父母去世之后，能够分散他注意力的人，江禾算是其中之一。他不知道的是，这个人此刻正蹲在房门外纠结着要不要敲门……

约莫十分钟后，纪衍准备出门之际，突然收到了一条微信私聊消息。

自打加了某个人之后，他的微信收到私聊消息的次数直线上升。身旁的队友们都知道他不怎么玩微信，久而久之，找他的人就少了，有重要的事情都会直接打电话或者当面沟通。

可想而知，这个时间发微信的人是谁了。

扎心的禾苗：“偶像，你醒了吗？”

纪衍一下子就猜出这句话背后的含义，醉翁之意不在酒，而是在问现在方不方便过来。

他也不点破，回了两个字：“没有。”

江禾收到这个回复，额角微微抽了抽，迅速发了一个狗腿的表情图。

扎心的禾苗：“饿了吗？我给你们带早餐啊。”

纪衍看出话里潜藏的意思，没有再回复，而是直接打开了房门。果然，门外蹲着一个人，那人正低头单手玩着手机，另一只手里拎着几个保温便当盒。

听到开门的动静，那人立即眉一弯，露出甜死人不偿命的笑容：“哇！生我者父母，知我者非偶像你莫属啊！”

即使相处了这么久，对于江禾的甜言蜜语，纪衍还是没能免疫。他静默了两秒：“江医生，你知道我最佩服你什么吗？”

“啊？”江禾一听来了劲，迅速进入洗耳恭听模式，“说来听听。”

“瞎话张口就来的本领和一本正经胡说八道的能力。”

“偶像你仔细看看我！”

“看什么？”

“你真的没看到我脸上写着两个字吗？”

“你是想说‘真诚’吗？”

“Bingo（答对）！”

信你个鬼。

见纪衍一脸无语的样子，江禾没再继续贫下去。她恢复温和无害的模样，正准备请对方帮忙拉自己起来，没想到双方心有灵犀，不点就通！

纪衍已经看出江禾脚麻了。他率先一步伸手拿过她手中的保温杯，然后又朝她伸出另一只手。

江禾毫不客气地握住眼前之人带着暖意的手掌，借力站了起来。她还没站稳，一抬头恰好对上门内章正尧似笑非笑的目光。

他不知看了多久，听了多久，未达眼底的笑意莫名让人心中一凉。

口嗨一时爽，马上火葬场！江禾不顾双脚发麻，瞬间松开了纪衍的手。她跟在纪衍身后走进房间，主动与章正尧打招呼：“偶像，我来给你送早餐啦。这是我特意……”

“唉，”章正尧突然一声叹息，打断了江禾未说完的话，“突然发觉自己太惨了。在队里当了这么久的万年老二就不说了，就连当偶像都只能排第二……”

江禾听着他似真似假的吐槽，一时不知该作何回答。她之所以顺口喊他偶像，不过是怕喊他正尧哥哥会在纪衍面前露馅。

章正尧却不知内情，话锋一转：“江医生，能不能和你商量一件事？”

“什么事啊？”

“放我一条生路吧。”

江禾有些无措地看着章正尧。她没想到他会介怀这句无心之语，也终于确定他在生气。

气氛有些尴尬。

令江禾没想到的是，纪衍竟会在这个时候替自己解围：“嗯？在这里居然还能见到清粥、小菜和玉米馒头？”纪衍慢条斯理地将江禾带来的几个食盒一一打开，了然地望向江禾，“你亲手做的？”

江禾点点头又摇摇头：“我请酒店的大厨帮忙一起准备的。你们放心，这些食材全都符合运动员的饮食规定。”

纪衍看向自己的室友，故作无奈道：“正尧，我怎么觉得江医生更像是你的真爱粉？昨天听说你出事，江医生急得眼泪都快出来了，甚至自告奋勇想和教练一起参与救援。今天这一顿，一看就是为你准备的，我纯粹属于沾了你的光。”

章正尧听了纪衍的话，回想起昨日江禾见到自己的反应，心中释然了不少：“我开玩笑呢，江医生你没生气吧？”

江禾笑起来，摇摇头，余光忍不住偷偷去瞄一旁的纪衍。

这次高山滑雪集训队的实习之旅，简直让她对纪衍的印象有了彻底的改观啊。不知为何，她就是知道纪衍是在帮自己。不过他有一句话说错啦，他才不是沾了正尧哥哥的光呢！昨日想到替正尧哥哥准备餐食之时，她自然而然也想到了他……

江禾带来的早餐，备足了两个运动员的量。她自己则因为起得早，酒店的餐厅还没正式开始备餐，所以吃了泡面垫肚子。

虽然她知道自己的手艺确实一般，但看到眼前这两个人大快朵颐的模样，当场冒出一种自己厨艺了得的错觉。

待二人解决完这顿来之不易的中式早餐，纪衍主动向江禾道谢：“谢谢招待，改日请你吃饭。”

江禾倒没有打算真的让纪衍请客，只是没料到纪衍会这么说，随口打趣：“真的吗？那我可拿小本子记下喽？”

纪衍的表情却很认真：“当然，随时可兑现。”

江禾并未放在心上，顺口回答：“好啊，那先谢啦。”

一旁的章正尧听了江禾的回答心生不满。在他看来，如果江禾真的喜欢自己，压根儿就不应该在面对纪衍的邀请时，答应得这么干脆！他放下手里的筷子，目光在眼前这两个人身上来回扫视，没有出声。

纪衍恰好抬头，瞥见章正尧的表情，不动声色地转移话题：“正尧，你还记得我们初次相识的那个青少年滑雪训练营吗？”

原本沉浸在自己思绪里的章正尧闻言瞬间回神。江禾更是一下子紧张了起来！

纪衍似是没发现他们的异样，缓缓说道：“我之前一直觉得江医生的名字有点儿耳熟，直到刚刚我才想起来是因为什么。那时候一直跟在你身边的那个女生，好像……也叫江禾？”

江禾手里听了他的话，手一抖，手里的保温餐盒的盖子“哐当”一声掉在桌面上。

章正尧的笑容有点儿不自然：“嗯，不过同名同姓很正常。”

江禾虽也没准备暴露，但听到章正尧的话，还是觉得有些扎心。就算是纪衍乃至整个集训队都知道她与他相熟，似乎也没什么大不了的啊。更别说，现在她已经完成了自己的任务，帮助纪衍避开了危险。纪衍倘若认出自己的话，此刻也是个坦诚的好机会。

“也是，如果那个女生知道你喜欢的人是……”纪衍察觉到江禾情绪低落，总算搞懂了为何江禾与章正尧要装作互不相识了。敢情，这个决定来自章正尧啊。

“阿衍，你什么时候也这么八卦了？”章正尧匆忙打断纪衍的话，“你有没有发现，你今天话多得都不像你自己了。”

纪衍微微挑眉，停止了试探：“可能是因为江医生准备的这顿早饭太美味了。”

吃人的嘴软，他忍不住想帮她一把，让她看清某些事。可惜她不争气。

只是，能怎么办呢？在爱情里，谁先动心谁就输了。爱得卑微的那一方，自然也就丧失了话语权。

正如《人间失格》里说的那样，无论对谁太过热情，就增加了不被珍惜的概率。倘若没有过度的欢喜，便不会有极度的悲伤。

纪衍离开后，江禾纠结了许久，到底还是问出了那个问题：“纪衍说的那句话，是什么意思？”

“哪句？”

“如果那个女生知道你喜欢的人是……”

“你没看出他是在试探吗？”章正尧敷衍道。

“哦……那正尧哥哥，如果刚才纪衍认出我了咋办？”

“你不会否认吗？”章正尧白了她一眼，“这都过了多少年了，他怎么可能会记得你长什么样？”

“我是说万一……”江禾有种错觉，纪衍刚才的话，似乎在暗示什么。

还有，她一直没找到自己夹在日记本里的那张照片。当时在飞机上，她的日记本掉了下来，会不会……

“小禾，你对自己也太自信了吧？你看，纪衍直到现在才想起来你叫什么名字。这就足以说明一切了。”

章正尧并不知道纪衍当年救过江禾。

当时，江禾约了他，却又没有及时赴约，导致他好长一段时间没理她。后来还是章氏夫妇发话，他才原谅她。

江禾听了章正尧的话，想反驳，却又怕他生气，只好作罢。

章正尧见她沉默，意识到自己刚刚的语气不大好，缓和了语气道：“抱歉，我刚才情绪不太对。小禾你没有生我的气吧？”

江禾摇摇头。章正尧便不再多说，换了话题：“你最近有没有和家里联系？”

“这两天没有。”

“哦，我这点儿小事就不要和长辈们说了。我怕我爸妈知道后会担心的。”

“记住啦。正尧哥哥，你下午有没有想吃的？”

“都可以。”章正尧温声细语，眉目温柔，“小禾，这几天得辛苦你了。你生日是不是快到了？可惜训练期间不能私自外出，等回国了，我请你看电影、吃大餐！或者我看看到时候有没有办法请假带你去镇上溜达溜达。”

江禾的生日在这个月月底。她没料到他会这么说，一下子开心起来：“好啊，说话要算话哟！”

他随口一句话，让她期待了很久。

然而，“斯托克代尔悖论”告诉我们一个简单的道理——不要对还未发生的事情抱过高的期待。期待越高，失望也就越大。一旦落空，巨大的落差感会给你造成极大的伤害。

中午，沈若微训练归来后，独自来探望章正尧。到了门口，她没有进去，而是发消息将江禾喊了出来。

江禾收到消息有些纳闷。毕竟大门敞开着，直接进去即可。

“今天的室外训练还顺利吗？怎么不直接进去？”

“一切顺利。正尧师哥怎么样了？我这不是怕打扰他休息嘛。”

“嗯，比昨天好一些了。他现在正好在吃午饭。”

“啊，这样吗？那我就先不打扰他了。”沈若微笑着解释，“我回房间拿个东西，等会儿还得继续去练体能。帮我转达一下，让他好好休息，我晚点儿再来看他。”

“那好吧。”江禾没有勉强。

“小禾，辛苦你了。正尧师哥这边，就麻烦你多担待啦。”

“这是我应该做的。”帮助队员早日恢复健康，是身为助理队医应尽的一份职责。江禾听到沈若微的话，下意识多看了对方一眼，见对方表情自然，便以为是自己多心了。

沈若微离开后，江禾转身回了房间。

章正尧的目光落在江禾身后，却没等到自己想见的人：“刚才是谁在外面？微微师妹吗？”

见江禾点头，他下意识皱眉：“你怎么不叫她进来？”

江禾连忙解释：“她说还有训练，晚点儿再来。”

章正尧“哦”了一声，没再追问。

然而没过多久，他收到了来自沈若微的消息：“正尧师哥，我刚才来看你啦，小禾说你在吃饭，我就没有进去。你好好休息，等你归队！”

章正尧看到这条消息，立即误会是江禾不让沈若微进门，接下来面对江禾的时候，脸上都没有笑意。

江禾明显看出他的异样。可……章正尧对沈若微？她摇摇头否定了自己心中冒出的这个猜测。

到了晚上，集训队的小伙伴结伴来探望章正尧。章正尧左看右看，人群里独独少了沈若微的身影。

精明的刘萌看出他的心不在焉，立即解释说沈若微正在与教练交谈，晚点儿会上来看他。章正尧便一直等着。结果等来等去，一直没见到对方的人影。

他按捺不住，给沈若微发了一条消息："师妹，说好的来看我呢？人呢？"

沈若微那边过了许久才回复："我晚上来过了。看到正尧师哥你和小禾正在聊天，好像不太方便，我就没进去。我发消息和小禾说过了，她没和你说吗？"

章正尧看到短信，先是一惊，再仔细一回想，自己和江禾并没有说到不该说的事情，随即松了一口气。不过，下一秒，他看着那后半句话，脸色又变了。

江禾不知内情，洗好苹果出来，问章正尧是否要吃苹果。待留意到章正尧的脸色不对劲，她立即关心地问道："你脸色怎么这么差？发生什么事了吗？"

"你——"章正尧一肚子气，正要发飙，门口恰好走进来一个挺拔的身影。他只得硬生生咽下到嘴边的质问，语气生硬道，"没什么。时间差不多了，江医生你回去休息吧。"

江禾一边笑着朝回屋的纪衍招了招手打招呼，一边回答："好的。那有什么事的话，你就请纪衍帮忙。我走啦，两位拜拜。"

自这天早餐之后，江禾就没敢再当着章正尧的面再喊纪衍"偶像"，怕惹他不快。她拿起自己的东西，转身走出了房间。

刚走了几步，身后突然传来一道熟悉的声音："江医生，我送你。"

江禾迅速回过头去，只见纪衍站在走廊的灯光下，面色柔和，暖黄的灯光将他笼罩，让他整个人看起来犹如白日里散发暖意的冬阳。

她忍不住翘起嘴角，轻快地回道："不用啦，偶像你早点儿休息，明天见啦。"

纪衍虽然不想打击她，但不得不指出事实："你对自己的方向感有自信吗？"

江禾"呃"了一声，不好意思地挠了挠头。说实话，她最近出门都是请工作人员帮忙带路的。至于现在，她环视四周，没有见到工作人员的身影。

纪衍没再多说，而是朝相反的方向歪了一下头："走吧，这边。"

江禾："……"

没事，只要我不尴尬，尴尬的就是别人！

江禾默默给自己打完气，跟上了纪衍的脚步。有了纪衍带路，回房间的路程一下子就缩短了！

纪衍这一路上有好几次想询问江禾关于她的超强预感一事，然而组织了半天语言，一时半会儿又不知道该从哪里提起。正纠结之际，目的地已在眼前。

江禾早看出纪衍的欲言又止，等不到他的问题，她只好善解人意地主动询问："你是不是有话要跟我说？"

"我……"纪衍刚起了个头，江禾隔壁那间房的房门忽地被人从里面打开，露出沈若微与刘萌惊讶的脸。

"阿衍？你怎么在这儿？"沈若微的目光从纪衍身上掠过，落在江禾身上，"小禾你回来啦？我和刘萌师姐正准备去接你呢。"

沈若微话音刚落，刘萌立即接腔："微微，你还担心江医生迷路，人家有纪师弟当护花使者呢！用得着你这个傻丫头操心吗？"

"若微，萌姐，谢谢你们啊。"江禾倒没想到她们准备去接自己，自动忽略刘萌话中的阴阳怪气，好脾气地道了谢。

随后，她重新看向纪衍，继续刚才的话题："偶像，你刚刚要说什么？"

纪衍摇摇头："没什么，晚安。"

江禾闻言，便没再追根究底。纪衍离开后，沈若微与刘萌也关上了门。

夜，就这么黑沉了下去。

直到，暴风雨来临。

第九章

撞破真相

积玉堆琼，山巅横卧。

随着气枪声响，高耸的雪山陡坡上，一个敏捷的身影从海拔几千米高的雪道上俯冲而下，宛如展翅翱翔的雄鹰。

高山滑雪比赛是一项充满激情与危险的运动。其中，滑降是高山滑雪项目里最危险的一项，素来被称为勇敢者的运动。

训练赛道的终点，徐教练正手握计时器等候着。当这个身穿国家队红色队服的身影滑过终点线的瞬间，一直聚精会神地盯着他，大气也不敢喘的徐教练按下了手里的计时器。

看到计时器上显示的数字，徐教练当场乐开了花。

纪衍完成训练后，踩着滑雪板溜到自家教练身旁，开门见山道："教练，这次多少？"

徐教练激动地拍了拍眼前这位难得一见的好苗子，乐呵呵道："好小子！一分三十二秒零九，新纪录！"

自打纪衍加入国家队后，已经好几次打破了国内男子滑降和超级大回转的记录。这次纪衍打破的是自己在TUX训练的最好成绩，眼看高山滑雪世界杯近在眼前，纪衍这次的成绩，无疑为夺冠增加了更多的可能性！

待在起点的任教练等人听到对讲机里传来的话，无不为之振奋。

"哦。"相对于教练们的激动，纪衍本人显得稍稍平静了些。这个成绩，其实比他心里预估的要慢了一点点儿。

上个赛季结束后，高山滑雪名将扎堆退役。可就算如此，世界杯比赛中依然高手众多，差零点零一秒都有可能被拉开排名。要想夺得冠军，还得继续练技巧，提升速度才行。

"我先上去了。"他简单地和教练说了一声，转身前往缆车乘坐点，乘坐缆车返回训练起点，继续投入训练当中。

自古有人得意就有人失意。

对比训练场上的喜悦气氛，留在酒店的章正尧心情就糟糕多了。

这是他受伤的第三天。他本以为明天就可以重回雪道，谁知经过专家诊断过后，休养时间暂时被延长了一天。

章正尧心情糟糕，在完成康复训练后，回到房间就开始玩起了手机游戏。

江禾默默陪他一起双排。见章正尧的情绪一直没好转，她忍不住好声安慰他别着急，毕竟只有完全恢复才能发挥出最大的实力，不要纠结这一天的时间。

哪知，章正尧听了江禾的安慰，一下子爆发了！

“你懂什么？站着说话不腰疼！对于职业运动员来说，少训练一天都随时有被追上的可能，更别说这么多天了！下个月底就要参加比赛，你心里是不是也认为我永远不可能追赶上纪衍？”

“对不起……我不是这个意思……”每次他生气，无论对错，她第一时间想到的都是先道歉。

“谁知道你心里究竟怎么想的？”章正尧索性将手机往桌上一扔，面带冷笑，“你来高山滑雪队当助理队医，不就是为了你的偶像纪衍吗？这次要不是你在那边帮倒忙，我会遭这个罪吗？”

回想起当时江禾细心帮纪衍检查装备的那一幕，章正尧就来气！如果江禾当时对自己有那么一点儿上心，受伤事件完全可以避免！还有昨天沈若微来看自己一事，江禾到现在也没有提过半句！

江禾没料到他会这么说，连忙解释：“我……”

章正尧没给她机会：“可别说是为了我，我可没这么大脸！”

“正尧哥哥，你别生气……”

“江医生可千万别这么喊，别人要是误会了我们的关系，我还得费口舌去解释！我发现自从你来了之后，我什么事都不顺心！你是存心来给我添堵的吧？！”

“正尧哥哥……”江禾有些无措地伸手轻拉他的衣袖，孰料被用力甩开了。

“江医生请自重！我要休息了，麻烦出去的时候帮我带上门。”章正尧扭过头，不再看江禾。

他的话以及他眼中满满的嫌恶与厌弃，让江禾愣怔在了原地。从小到大，这还是他第一次冲她发这么大的脾气，也是他第一次对她露出这样的表情……

她的本意只不过是想安慰他别心急，可似乎于他而言，无论此刻她说什么，都是错的。委屈涌上心头，话到嘴边又哽住。她选择放弃解释："我就在门口，你有需要就喊我。"

只是，房门轻轻带上的那一刹，眼泪立即不受控制地涌了出来。

想起自己此刻的行为若被人撞见，容易造成不好影响，她连忙将眼泪擦干。

可还是晚了。

纪衍从滑雪场归来，准备回房间换下身上的滑雪训练服。谁知，竟会看到这一幕。他原想避开，可身后依稀传来队友们的说话声。两难之下，为避免江禾尴尬，他选择了上前。

能让她落泪的，大概只有房间里那个人了。他没有提其他，只道："你要不要回去休息一下？在体能训练开始前，我还有半个小时。"

江禾低垂着脑袋，点了点头："那我等会儿再回来。"

她怕他追问，头也没抬，慌乱离开。身后传来纪衍好心的提醒，告诉她回房间怎么走。她听出他掩藏在这些平淡话语里的关心，才止住的眼泪差点儿又绷不住了。然而她没回头，加快了离开的脚步。

回到房门口时，江禾撞上了训练归来的沈若微。

沈若微一把拉住她，眉目间满是关心："小禾，你怎么了？怎么哭了？发生什么事了？"

在这个异国他乡的小镇，沈若微是唯一一个知道自己与章正尧之间关系的人。看着沈若微担忧与关切的表情，江禾仿佛找到了倾诉的对象，哽咽道："我可以借一下你的肩膀吗？"

沈若微主动抱住眼前泪眼婆娑的女孩："要不要去我房间坐一坐？

如果你愿意的话，可以和我说说，也可以什么都不说。”

沈若微身上携带着的凉意，令江禾稍稍冷静了些。最终，她请沈若微去了自己的房间。

一杯热水进肚，她的情绪也稳定了下来。她慢吞吞地将自己与章正尧之间发生的事情简略地说了一遍，略过了涉及纪衍的那一部分。

“我真的不是那个意思，可是正尧哥哥不听我的解释。人体内侧副韧带的自愈能力很强，但恢复情况还是得因人而异。虽然比预估的时间要晚一天，但这也是没办法的事情。总不能不顾恢复情况强行参加训练啊，这样只会造成更大的损伤，影响整个运动生涯。”

“其实，我可以体谅师哥想要回到训练场的迫切心情。”沈若微耐心解释，“小禾你说的道理我们都懂，但少训练一天就有可能与其他人拉开差距，阿衍今天的训练就突破了记录。高山滑雪世界杯近在眼前，大家都铆足了劲想取得好成绩。所以，你多体谅一下师哥，他肯定不是故意对你说那些狠心的话。”

“嗯，我知道……”江禾停顿了一小会儿，“万一等一下他还在生气怎么办？”

“正尧师哥的脾气可是队里最好的，他会想明白你也是为他好的。要不，等会儿我陪你一起过去？”

“好！”江禾求之不得，一口应下。

江禾与沈若微出现的时候，章正尧已经吃完了集训队特意安排的午饭。只是，沈若微眼尖地发现章正尧似乎胃口不好，饭盒里还剩将近一半没吃。

她没多说，神态如常地朝房间里的两个人打招呼：“阿衍，正尧师哥。”

纪衍只点了一下头，以示回应。随后，他的目光就从沈若微身上掠过，落在后方的江禾身上：“江医生，你的午饭在桌上。”

“哦，谢谢。”江禾再次见到纪衍，仍有些不太好意思。

集训队每天都给留酒店人员准备了一日三餐。昨天早上，江禾亲手准备了早餐之后，觉得这活儿时间成本太高，中饭和晚饭压根儿抽不出时间准备。所以，她就只连续准备了这两天的早饭，另外的两餐则听从集训队的安排。

“微微师妹，你怎么来了？”章正尧的眼里仿佛只看得见沈若微的存在，对于江禾视若无睹。

“这不，路遇伤心的小可爱一枚，所以就陪她过来看看是哪个罪魁祸首惹她哭了。”沈若微挽住江禾的手臂，带着她一起来到章正尧面前。

“师妹你难得来看我，怎么还帮着外人批斗我……”章正尧讪讪地说道，用余光瞥了不说话的江禾一眼，认定是江禾在挑拨离间，心里对江禾的不满更深了一些，表面上却主动低头道，“抱歉啊，江医生，我不是针对你的，就是好几天没办法回训练场，心里有点儿急，请你见谅。”

除了章正尧自己，在场的另外三人都觉得“外人”一词尤为刺耳。

特别是江禾，在看到章正尧急于撇清关系的这一刻，心凉了几分。他们从小一起长大，可此刻，她居然有些看不懂他……

江禾陷入失望的情绪里，没及时给出回应。反倒是一旁的纪衍眉眼微抬，反问了一句：“江医生什么时候算外人了？”

三人不约而同望向纪衍，纪衍则一脸坦荡。

江禾压根儿没料到纪衍会公然替自己出头，心下感激不已。而章正尧被挤对了一句，脸上的笑差点儿挂不住了。

唯独沈若微心脏强大，似是没发现此刻的尴尬，若无其事地接过话茬道：“小禾当然不算外人啦，毕竟我们是一个集体嘛。正尧师哥，你也别太心急，好好听小禾的话，多休息，多做康复训练，我们等着你早日归队。还有，不要和小禾闹脾气，她是为你好。”

章正尧对沈若微唯命是从，连忙点头应好。江禾注意到章正尧看沈若微的眼神，终于后知后觉生出几分狐疑。

“正尧师哥，那小禾就交给你喽。”沈若微将身旁的江禾往章正尧面前轻轻一推，然后扭头对纪衍说，“阿衍，我们好像该下楼训练了。”

纪衍看了一下腕表上的时间，不轻不重地应了一声，转身出门时去看了一眼傻乎乎站在那里的江禾，心下一软：“江医生，你的午饭再不吃就凉了。”

突然被点名的江禾“啊”了一声，回过神朝纪衍展颜一笑：“好的。”

纪衍走出房间，沈若微快步跟了上去。

电梯间，纪衍一如既往的寡言。沈若微想到他面对自己与面对江禾时的两副面孔，不免有些牙痒痒。她心思一转，主动搭话：“阿衍，你没看出来吗？”

纪衍听出她话里有话，睨了她一眼：“看出什么？”

沈若微语气轻松道：“小禾喜欢正尧师哥啊。”

纪衍压下心头的疑虑，盯着她：“你怎么知道？”

沈若微扬了扬眉：“小禾自己说的。还有啊，小禾看正尧师哥的眼神，还不明显吗？”

纪衍先是惊诧于江禾居然会告诉沈若微这件事，后又明白过来沈若微在有意试探自己，当下无语：“如果你把全部心思和精力都放在训练上，成绩绝不止于此。”

沈若微听出暗示，故作不解道：“阿衍，你在说什么？我怎么听不懂？”

纪衍没有多做解释，只不咸不淡地反问了一句：“沈若微，你不累吗？”

极力将自己伪装成另一副模样，每次一开口，总是话里有话，藏满了小心思。这样的人生，不累吗？

电梯门一打开，纪衍目不斜视地走了出去。在他身后，沈若微脸上僵硬的笑，一瞬间全垮了。

原来，他早就看穿了一切。

她像个跳梁小丑一样，演绎着滑稽的曲目，却犹不自知。

与沈若微一样陷入低落情绪里的，还有江禾。

房间里，原本心情很好的章正尧在沈若微离开后，立即收敛了笑容质问江禾是不是对沈若微添油加醋说了什么。

江禾的解释于他而言都是在掩饰，她怎么答都是错的。

面对这样的章正尧，江禾失望不已，脱口道：“为什么你总质疑我对沈若微说了什么呢？你该不会是喜欢她，所以才怕我说错话吧？”

章正尧有一瞬间的慌乱，很快又镇定下来，反咬一口：“江禾，你怎么不说你自己和纪衍一直在搞暧昧？算了，你喜欢谁是你的自由，我管不着！不过烦请你以后别在我面前装出一副喜欢我的样子！”

江禾听到他的苛责，难以置信地瞪大了眼睛盯着他，一时竟不知该说些什么。她不敢相信居然会从他口中听到这样的话……

她喜欢了他这么多年，他心知肚明，却从不曾明确拒绝过她。甚至，他还给过她幻想。所以她一直怀着天真的幻想，等着他主动来牵自己的手。

但现在，看着眼前这个男人，她突然不确定了。

沉默的气氛就这样一直延续到了体能训练师到来时，三人一起下楼去了体能训练室进行每天必要的康复训练。

在章正尧训练期间，维护好自己滑雪板的沈若微来找江禾聊天，神情自然地询问江禾与章正尧之间的进展。

江禾摇摇头，没有多说。沈若微当下了然，委婉安慰：“有时候我们在失意时只对某个人发脾气，或许是代表了和那个人很亲近。在我们这些外人面前，正尧师哥永远都是一副好脾气的样子。”

江禾本来有些灰心，这会儿又被说动了。其实，有时候那个人对你发脾气，不过是因为不喜欢你。

此刻，她望着正在进行康复训练的章正尧，踌躇道：“可我不知道该怎么办……”

沈若微看出她的动摇，继续说道：“我看正尧师哥午饭都没怎么吃，你不是说你做的饭菜他挺喜欢吗？要不……做点儿他喜欢吃的家乡小吃？正尧师哥他特别喜欢吃三鲜饺。呃，你们一起长大，你肯定更了解他喜欢吃什么。有句老话不是说了吗，想抓住一个人的心，先抓住他（她）的胃。”

“若微，谢谢你。”看着眼前认真为自己出谋划策的沈若微，江禾感动不已。

然而，她忘了，一点点儿小事就可以安慰和感动我们，是因为用了情，交了心。于是，一点点儿小事也能轻而易举刺痛我们。

“哪里话，见外了啊，姐妹。加油，看好你！”沈若微笑着搂住她的肩，随后大方朝看过来的章正尧挥手打招呼。

她早已想清楚，那份摇摆不定的偏爱不要也罢。

既然江禾与章正尧青梅竹马，倒不如退出，就此成全他们……

说不定，未知的人生还会有另一种可能呢？

江禾不知她心中所想，羡慕她能与自己喜欢的人打成一片，心里默默给自己打气。这么多年都坚持下来了，岂能半途而废？说不定明天就能见到彩虹了呢！

可惜，她不明白，倘若那人已经心有所属，那么她再怎么努力也只是徒然。

真相被猝不及防曝光的这个傍晚，原本阴晦的天一下子暗了下来，狂风暴雨席卷而至，繁华的小镇一下子变得空荡荡。

江禾按照沈若微给的提示，欢天喜地煲了一锅营养药膳，又亲手蒸了一份饺子，外带二人份的晚餐，前往章正尧的房间。

此时正值晚饭点，大家都在餐厅用餐，酒店楼道里几乎没见到什么人。她请了工作人员领路，在快到达目的地时，她向工作人员道了谢，付了小费，独自朝前走去。

前方那间敞开的房间里，隐约有男女对话的声音飘出来。她第一反应是，不知道自己手里的餐食够不够他们解决温饱？

房间里，章正尧正向沈若微抱怨：“微微师妹，你最近一直在躲着我，是不是我做了什么事惹你不高兴了？”

“没有，正尧师哥你别胡思乱想，我每天都来看你了啊。”

“可是你每次都对我避而不见，我发消息，你有时候都没回我。所以肯定是我做了什么事让你不开心了。不然，我善解人意的师妹怎么不理我了呢？”

章正尧伸手想要去拉坐在床边的女孩的手。孰料，被对方躲开了。

沈若微神色落寞道：“正尧师哥，你别这样，让人误会不太好。我知道我们……我们只是师哥、师妹的关系。”

“微微，是不是有人在你面前说了什么？”章正尧第一时间联想到最近与沈若微越走越近的江禾，“是不是江禾在你面前乱嚼舌根？”

见沈若微低垂着头没吭声，他立即道：“我和她只是……”

沈若微一下子抬起头，打断他的话：“我知道，你们青梅竹马，从小一起长大。我也知道她喜欢的那个人是你。”

章正尧看到她有些湿红的眼眶，呆了呆，随后怜惜道：“微微，我不知道她在你面前编造了什么谎话……这段时间以来没有告诉你我和她认识，是我的错。我之前也不知道她会加入集训队，可她喜欢我是她的事，我从小到大都只把她当妹妹看待。我喜欢的人到底是谁，你真的一点儿都没有感觉吗？”

“正尧师哥，我和小禾是好朋友，我不希望她受伤……”沈若微道，言下之意，不言而喻。

“所以你要把我推给一个我不喜欢的人吗？”章正尧气笑了，“我要是喜欢她，认识这么久，早就在一起了！怎么还会等到现在？我喜欢的人是你！一直都是你！也只有你！”

“对不起，小禾是个好女孩，我不能……”

“你宁愿相信她添油加醋的那一套说辞，也不愿意相信我对你的一片真心？你有没有想过，也许这就是她故意接近你的目的？”章正尧每听完沈若微的话，对江禾的厌恶就加深几分。他突然下定决心，“不行，我现在就找她说清楚！！！”

……

一墙之隔，江禾拎着食盒与保温瓶，脸色惨白，仿佛失了魂般，双腿更是犹如千斤重，怎么也迈不开步伐。

这个场景像极了狗血电视剧里，观众最期待的名场面。

只可惜，说这段台词的男女主角，一个是她喜欢了很多年的竹马哥哥，一个是她以为交心却有所隐瞒的友人。她很幸运地荣获“蠢毒女配”的称号。

她终于亲耳听到了那个等了很多年的答案。

可谁承想啊，他的每一个字，都令她心如刀割。

独有的电话铃声在寂寥的走廊里响起，显得格外刺耳，惊扰了室内的那对男女，也惊醒了手机的主人。

沈若微快步走到门口，与回过神的江禾打了个照面。

沈若微不知道江禾听了多久，一向巧舌如簧的她一时竟不知该说些什么。

江禾什么也没说，惨白着脸，铆足了全身气力，扭头撒腿就跑。

她无暇顾及身后之人会否追来，也不知道前方的路是对是错，只想赶紧找个地方躲起来。那样，也许就不会有人发现，她的骄傲与自尊被踩碎了一地。

连同，那颗滚烫的心。

江禾不知道自己奔跑了多久，脑中只有一个声音，告诉着自己，别停下来。好似这样，迎面的冷风就会把刚才的记忆都吹散，假装一切都不曾发生过。

直到，她撞进了一个温热却坚硬的胸膛。

江禾全身的力气仿佛都在这一秒被卸掉。她手中的保温瓶与食盒纷纷砸落在地上，精心准备的汤洒了出来，飞溅到她手背与身上，裸露的肌肤一下子被烫红。

她被手背上的疼痛拉回现实，却一声未吭，机械地蹲下身，开始收拾残局。

纪衍完全没料到拐角会冲过来一个人，一时躲避不及。待他发现对方是江禾时，已经晚了。

汤水洒了一地，饺子和装了晚餐的食盒散落在地上，遍地狼藉。

他连忙蹲下身，一起收拾残局："对不起，你没事吧？"

话音刚落，看到了她手背上猩红的一片。

他一下子抓住她没有受伤的手腕，沉声道："你的手需要立刻进行处理，这里交给我来收拾，你先去处理一下！"

江禾低哑着声音道："没关系……"

她想要抽回手，一时竟没能成功。

纪衍眉头紧蹙，不顾江禾的意愿，二话不说直接拉着她起身，朝她的房间快步走去。无它，此刻江禾的房间是最近的选择，再者，江禾身为专业人士，房间肯定会有烫伤膏。

江禾一路低垂着头，像个扯线木偶般任由纪衍拉着往前走。

二人进入房间后，纪衍第一时间将江禾受伤的手放到水龙头下，用冷水进行冲洗。随后，他的目光落在江禾被药膳打湿的裤腿上。

"你的腿有没有事？痛不痛？这个时候是不是……不能直接掀起裤腿来？"

江禾察觉到他语气里的迟疑，抬头看了他一眼，撞见他眉眼间不自觉流露的紧张与关切时，心中一暖："得先用凉水冲洗，然后再视情况而定。"

"那……你先去浴室处理一下，我回去清理走廊。"纪衍交代完，仍不放心，叮嘱，"别耽搁！我等一下来找你。"

见江禾点头，他才转身离开了房间。

江禾处理好一切，已是二十多分钟之后。

趁着这段时间，她稍稍整理了一下心情。至于烫伤的地方，万幸处理及时，外加冬日的衣物厚实，没有起水泡。只除了手背仍有些红肿，看起来有点儿吓人。好在已经抹了烫伤膏，于从小习武的她而言，倒也不算什么。

她正准备出门去走廊找纪衍，敲门声适时响了起来。

门一打开，来人正好是拎着两个保温瓶的纪衍。她下意识伸手想要接过保温瓶，却被对方拒绝了：“我来吧，有没有洗洁精之类的？刚才我用纸巾把外面擦拭了一遍，还没进行清洗。”

“哦，有……”

江禾连忙往里走，纪衍则紧随其后。

最后不知怎么就变成了他洗她看。这画面莫名和谐，怎么瞅，都觉得不太真实啊……

江禾倚在一旁看了一小会儿，忍不住蹦出一句：“偶像，我还有机会见到明天的太阳吗？”

纪衍：“嗯？”

江禾用手指比画了一下：“我是说现在这个画面，是我可以看见的吗？”

纪衍明白过来她指的是什么，顿时哭笑不得。

他刚才察觉她心情不好，此刻见她这样，放心了不少。蓦地，他想起自己心头的疑惑，见此时恰好是个好时机，立即决定探个口风：“江医生，可以问你一个很认真的问题吗？”

“OK，保证知无不言，言无不尽。”

“你相不相信世上有一些科学没办法解释的东西？”

“相信啊。”江禾在纪衍期待的目光注视下，咬牙切齿地说了两个字，“爱情！”

纪衍盯着她毫不作伪的表情看了又看，确认似的问了一句：“除了爱情呢？”

“大哥！这个还不够吗？”江禾瞪大眼睛，“要是科学能解释爱情这鬼东西，应该就会研制出对抗爱情的药，让那些失去爱情的人不要难过了啊！”

纪衍当场语塞，不得不放弃了这段时间以来对江禾拥有超强第六感的猜测。可不知怎的，他此刻竟从她无厘头的回答里，听出了她此刻很伤心。

他看着她，缓缓说出了自己一直想提醒她的话：“如果那个人让你很伤心，也许正说明，他不是那个对的人。”

江禾发现自己竟然听懂了他的暗示。是了，他们是朝夕相处的队友，有什么风吹草动自然都一清二楚。她神色黯然了几分：“偶像，现在可以换我问你一个问题吗？”

见纪衍点头，江禾借此机会问出此时心中最大的困惑：“假如你喜欢一个人很多年，某天突然发现那个人在追求别人，你会怎么做？会放弃吗？”

纪衍很认真地思考了一会儿，给出了自己心中的答案：“如果喜欢多年，一直没得到平等回应，那么也许是时候该按个停止键了。”

江禾沉默了很久，突然笑了起来：“你看吧，爱情这鬼东西真折磨人，还不如不要拥有喜欢别人的能力。这样一来，就能避免一切问题的发生。”

纪衍看到她这副故作潇洒与坚强的模样，忽觉心疼不已。

真是个傻姑娘。这世界上，喜欢你的人，怎么会舍得不回应你呢？一切的根源，不过是因为那个人喜欢的不是你罢了。

“有没有听过一句话？每个人都是某个人的光明。”他其实想问她是否需要借个肩膀，怕唐突，便忍了下来。

江禾先是一怔，而后沉默了下来。

纪衍见状，决定还给她一个独处的空间：“你先好好休息，受伤的地方别碰水。我会和大家说一下，其他事情你暂时别操心了。如果真的有事，再电话联络。”

“谢谢。”江禾正也不知该怎么面对章正尧与沈若微，便领了他的情。

纪衍走出房间，在门外站了一小会儿，终于听到里头隐隐传来压抑着的呜咽声。他无声叹息，又守了一会儿，直到哭声渐渐低下去，这才悄然离去。

距离意外撞破章正尧与沈若微之间的谈话，已经过去了好几天。

章正尧已经恢复了每天的上雪训练，但从没主动找过江禾。沈若微每次见到江禾都会照常打招呼，一切似乎恢复了原来的样子，又似乎没有。

只是，江禾总是有意地避开这两个人。

即使每次章正尧一出现，她还是会忍不住望向他，但她确实在为此努力。纪衍说得对，如果喜欢一个人多年，一直没得到平等回应，那么也许是时候该按下停止键了。

当然，她也没往纪衍身边凑。毕竟纪衍的危机已经解除了，再凑过去，替他招惹一些闲言碎语，万一真的影响了他的训练，那就不太好了。

她每天都跟在自家姨父身旁，少说话，多做事。

刘萌不知道发生了什么事，见江禾这样，再度拉了个小群八卦，还问了沈若微好几次，不过什么口风都没探到。

秦诚阳自然也留意到小外甥女这几天脸上的笑容少了不少，也留意到她没有再和那些年轻的队员一起吃饭，反倒天天跟在自己左右，因此心里头便有些担忧她是否遇到了什么事。

趁着这天上雪训练时，运动员们都在埋头苦训，他小心翼翼地问："小禾苗，你最近是不是遇到了什么事？想不想聊一聊？"

江禾不想让长辈担心，故作轻松道："我能有什么事啊？老秦同志何出此言？"

秦诚阳透过护日镜打量她几秒："因为你这小丫头最近安静得都不像你了。"

江禾赶紧打太极："哎呀，我这不是觉得自己成天嘻嘻哈哈，可能会给人留下不够靠谱的印象，所以琢磨着让自己看起来更专业一点儿嘛。"

秦诚阳没有戳破她的谎言，顺着她的话，说："那你要是遇到什么解决不了的事情，记得第一时间找姨父，别自己藏着掖着，记住没？"

江禾笑嘻嘻点头："好好好，都记住啦。老秦同志您放心，要是有人欺负我，我第一个请您给我撑腰！"

秦诚阳嘴上虽没再叮嘱，但转头就找了自己的女儿秦妙。

国内时间比奥地利快了七个小时，秦妙正好在家里收拾行李，准备第二天去美国参加一个学术研讨会议。

得了老父亲的消息，她压下心头担忧，耐着性子等到奥地利时间傍晚上五点左右才给自家小表妹打了个视频。

“哈喽，小禾苗，在干吗呢？”

“扎马步，思考人生。”江禾如实陈述。

“啊哈？情况已经这么严重了吗？话筒已经给你邮过去了，注意查收。”秦妙配合道。

江禾被自家表姐逗笑，她直起身，拿着手机坐了下来：“喵姐，我没什么事啦，就是这几天突然发现，有些事并不是自己看到的那样。”

江禾想到那天意外听到的对话，声音不由得低了下去：“我好像一直都活在自己的想象里。”

秦妙本以为小表妹真的没事，一听这番话，顿时从床上惊坐起：“你这都开始说人生哲理了，还说没事？是不是章正尧那小子欺负你了？他做了什么？”

江禾看表姐一副要为自己出头的样子，连忙否认：“没有啦，我就是随便瞎感慨一下。喵姐你今天怎么有空找我聊天？”

秦妙没有勉强，顺着她的意转移了话题：“我明天一早飞美国参加医学研讨会，你的生日不是马上就到了吗？到时候我如果有时间，就去TUX看你们。”

江禾一听这消息立即激动了！她的生日就在万圣节前一天，也就是下周三！

“哇哦！太棒了！随时恭候喵姐大驾！现在国内很晚了，姐姐你快抓紧时间休息，等你忙完工作，咱们再聊，哈哈哈。”

“行，那咱们争取TUX见。”秦妙挂电话之前，不忘安慰表妹，“我个人觉得凡事都有多面性，思考的时候多换换角度，或许会有不一样的收获。”

江禾刚结束视频通话，忽然听到了敲门声。

“小禾，方便和我聊一聊吗？”沈若微独自站在门外，语气恳切。

江禾原先不想多聊，但想到自家表姐的话，改变了想法。她也知道，这件事其实不能怪沈若微，沈若微那天还在章正尧面前为自己说话了。

她打开门，侧身让对方进入房间，转身给对方倒了杯热水。

沈若微原本敲门前心中忐忑，担心江禾依然会不理自己，此刻却觉得胜券在握。

两个人面对面坐下来后，短暂沉默了一会儿，沈若微主动开口：“小禾，对不起……我不是故意隐瞒正尧师哥对我有好感这件事。起初是不知道你和正尧师哥的关系，后来是怕你误会，一直想着找个合适的时机再告诉你，没想到……”

沈若微说到这里，不由得苦笑。

江禾一下子就心软了。她真心将眼前人当作朋友，可心里仍有芥蒂。如果眼前之人也喜欢章正尧，那么她在面对自己时，又是怎样的心情呢？

她不需要别人的退让，目前也做不到大方祝福。所以，她问出了心中最介意的那个问题：“你呢？你也喜欢正尧哥哥吗？”

“没有！”沈若微下意识矢口否认，“如果我们喜欢的是同一个人，我会选择公平竞争。”

江禾得到答案，松了一口气。

沈若微时刻留意着她的表情变化，见状，也跟着悄悄松了口气：“运动员的训练很枯燥，经常会进行封闭式集训，每天相处最多的就是教练和队友。所以我觉得正尧师哥可能自己都没搞明白自己的心。你们两个要不要找个时间坐下来好好聊聊，把误会解开……”

江禾拿起水杯轻抿了一口，因为想起章正尧，情绪再次变得低落：“那天我在走廊外听得很清楚，他不喜欢我。”

“可你也知道，人在冲动的时候说的话都是不过脑子的。”

“算了，不说这个了。”江禾总不能说，章正尧这几天压根儿没有主动来找过自己吧？这种既丢脸又伤心的事情，她不想告诉别人，“我准备下楼吃饭，你要一起吗？”

江禾顺口问完，自己先愣了。

沈若微察言观色，摇摇头，找了个理由拒绝："你先去吧。我打算先去冲个澡，再去吃饭。不过，我先送你到电梯口。"

江禾再次被沈若微的贴心征服。这样善解人意的女孩，谁人不爱？就连身为同性的她，也被对方吸引了。

江禾进电梯后，沈若微转身回了自己房间。

她左思右想，觉得不能再这么下去，便拿出手机发消息给章正尧。

我是VV："正尧师哥，我刚才又去找了小禾……她……"

章正尧正在刷手机，收到这条欲言又止的消息，以为江禾对沈若微甩脸子了，当下对江禾更加恼火！

他第一时间打了个语音电话过去。

在面对沈若微的时候，章正尧从来都是温声细语的："微微，你别难过。这件事从头到尾，你都没有错。以后别傻傻地对人掏心掏肺了，也许有的人压根儿没把你当朋友。"

沈若微自责道："小禾生我的气是应该的，如果不是因为我，你们也不会闹成现在这个样子。可是，我真的不想失去她这个好朋友……所以，正尧师哥，能不能请你帮我一个忙？"

"好，你说。"

"下周三是小禾的生日，"沈若微犹犹豫豫，还是说出了自己的请求，"嗯，小禾喜欢你，如果你能陪她过生日，她一定会很开心的。餐厅和蛋糕这些，我会提前订好的，正尧师哥你只要到时候出席即可。"

章正尧刚听到电话里这个请求时，真的很生气。气她将自己往江禾身旁推，气在她心中，就连江禾都排在自己前面！

见章正尧沉默不语，沈若微连忙道歉："正尧师哥你别生气……我，我只是希望身旁的人都可以好好的。"

章正尧叹了一口气："微微，我知道你重感情，可你有没有想过，这世上哪里有那么多两全其美的事？你想让我邀请她共进晚餐，可她要是因此误会了呢？这件事我再想想吧……”

尽管暂时被拒绝，沈若微也没有就此放弃。

那天，江禾意外听到她与章正尧的对话跑开后，她犹豫一番后，其实去追江禾了，她想向江禾道歉与解释。纪衍面对江禾时独有的温柔，拉着江禾的手进了江禾房间……这些，她统统都看到了。她有种强烈的预感，倘若江禾就此放下对章正尧的感情，那么江禾与纪衍之间说不定会有新的故事发生……

此后两天，沈若微使出浑身解数，终于让章正尧松了口。

然则，章正尧之所以松口点头，愿意赴约，仅仅是想借此机会与江禾说清楚。

从小到大，他对江禾的感情一直都很矛盾。他最初很喜欢这个邻居家的小妹妹。他曾带着她玩，帮她揍过欺负她的坏学生，也替她挡过那些狂蜂浪蝶。甚至，在高中时代，一度对她心动过。

可不知从何时起，家中的父母得知小丫头喜欢他，便起了结亲的念头。每当小丫头生气、难过或不开心，父母就会给他施压，无论对错，开口就是让他去找小丫头道歉。次数一多，年少的他生出了反骨，于是那份还来不及加深的喜欢也就此消失了。

父母越想让他讨好她，他对她就越冷淡，可有时候看到她可怜兮兮地落泪，他又忍不住安慰。只是，安慰过后，他又对自己的行为深恶痛绝。

这么忽远忽近地相处着，一晃就这么多年。

然而，是时候说清楚了。

周二，教练组在经过讨论后，决定按照往年集训的惯例，万圣节当天休息一天，允许集训队的成员们在万圣节前一天晚上出酒店进行自由活动。不过，外出前还是得先找教练组报备，在规定时间内一定要归队。

江禾看到这条消息，并没什么特殊感觉。秦妙因为工作有了新安排，不得不取消了原定前往 TUX 的计划。至于章正尧曾经说过的话，大概也只是随口一提。又因为这里同国内有时差，她已经收获了一大波来自国内亲朋好友的生日祝福，总有种自己已经过完生日的错觉。

令她意外的是，当地时间的零点，她又收获了一大波生日祝福，就连秦诚阳这个长辈，也学着年轻人那样，掐着时间点给自己发了生日祝福。然而这所有消息中，来自章正尧的这条消息最令她震惊："江禾，生日快乐。周三晚上有没有空？"

江禾按捺住心中那企图复燃的"死灰"，回了一条消息过去："谢谢，请问有什么事吗？"

章正尧甩了一个地址给江禾："晚上七点，我在这里等你。"

江禾好奇地搜索了一下地址，竟然是位于小镇上的一家餐厅！无数猜测在这一瞬全冒了出来，她为此辗转反侧，明知不该有幻想，却还是控制不住那颗蠢蠢欲动的心。

赴约前，江禾特意化了个妆，换了一身漂亮的礼裙，外头套一件保暖的羽绒服。

在大厅等待已经提前预约好的出租车时，她碰上了纪衍。只是纪衍不知在想什么，从旁边走过时，竟然没认出她！

江禾顿时起了玩闹的心思，借了前台小姐姐临时摘下来的骷髅面具戴上，快步冲上去，拦住了纪衍的去路："Trick or treat! I am a ghost!（不给糖就捣蛋！我是幽灵！）"

纪衍还没抬头，仅凭那故作低沉凶狠实则很有辨识度的声音就认出了江禾。不过一抬头，看到她不伦不类的打扮，忍不住笑了出来。

江禾被他笑得有些不好意思，打算金盆洗手，摘下面具重新做人。谁知却听到他温和地喊了一句："等一下。"

纪衍说完，竟然真的从口袋里抓了一把彩色的糖果放进江禾手中："万圣节快乐。"

江禾都被震惊了！她一下子摘掉面具，拆了包装纸，先放一颗糖进嘴巴里试试真假。

纪衍被她的操作打败："江禾小朋友，不至于吧？"

糖果的甜味在口腔里蔓延开，让人的心情越发愉悦。江禾笑眯眯道：“别介意，我这不是怕你的糖果没送出去，有过期的风险嘛。你要出门玩吗？”

“不去。”

“啊！太可惜了！今晚镇上肯定很热闹。”江禾本来觉得遗憾，下一秒想起一件事，挤眉弄眼道，“我想起来若微也没外出，你们该不会是约好了吧？”

纪衍听到她的话就觉得头疼。不知为何，这一次他不希望她再误会下去，于是收敛了笑容，严肃地说道：“别乱配对，我和沈若微只是队友，仅此而已！”

“知道了，知道了。”江禾听见他如此认真，不敢再开这个玩笑，转移了话题，“我要去约会啦，祝我好运吧！”

纪衍望着女孩晶亮如星的双眸，掩饰住心头涌出的那股说不清道不明的失落感：“Good luck!（祝你有好运气！）”

江禾朝他摆手，朝门外已抵达的出租车走去。走了两步，她突然又转身跑回来，飞快地往纪衍手里塞了一块巧克力，补了一句：“Happy Halloween!（万圣节快乐！）”

纪衍还来不及说什么，送给自己糖果的女孩已经雀跃地跑出了大厅。他握着那块巧克力，看了看，忽然拆开放进了嘴巴里。

苦涩和甘甜混合在一起，竟像极了他此刻的心情。

远处，沈若微正与刘萌边说话边走近。

冷风将二人说话声吹至耳边，纪衍不小心听了一耳朵——

“微微，你今晚怎么没和章师弟一起出去吃饭？”

“正尧师哥今晚没空，他和小禾今晚在豪斯餐厅庆祝生日。”

“什么？两个人单独约会？这个江医生怎么回事？还有，章师弟也真是的，既然已经有喜欢的人了，怎么也这么拎不清？与异性保持基本的距离懂不懂啊……”

纪衍眼前浮现出江禾出门赴约前的笑颜，忽然不再迟疑，拿起手机一边请假一边快步朝门外走去。

在西方，万圣节是个传统节日，而万圣节前夜则是这个节日里最热闹的时刻。即使今夜天气寒冷，还飘着小雪，大街上依然随处可见装得成千奇百怪的大人和小孩们。江禾透过车窗望着这一幕幕，露出会心的微笑。

出租车在餐厅门口停下，她下车后，进了餐厅，经过确认之后，被服务员小哥领到了一个靠着落地窗的位子。

服务员小哥还特意送了一份甜点，表示是餐厅赠送的。

江禾道了谢，先点了一杯饮料，随后等待着章正尧的到来。

她原以为这晚的约会也会如开局这般顺顺利利，哪知过了约定的时间，章正尧却迟迟未至。服务员询问了几次是否需要先上菜，江禾每次都请对方再等一等。

她私下发了好几条消息给章正尧，他都没有回复。她担心他出了什么事，担忧地打了个电话过去。岂料，电话被接通后，他没有任何解释，只有一句冷淡的回复："如果你等不及的话，可以先离开。"

江禾的期待被当场浇熄了一半，却不愿就此放弃。那句口头禅叫什么来着？哦，来都来了。她收起手机，努力朝落地窗玻璃上形单影只的自己咧了咧嘴。

邻桌两个分别打扮成蜘蛛侠与吸血鬼的外国小孩来讨要糖果。

她顺手从一只口袋里抓出了一把糖果，临送出去前，想起这是纪衍给的，便改了主意，将另一边口袋里的巧克力送了出去，并用蹩脚的德语询问可否与他们两个合影。

两位小朋友很酷地点点头，并摆了个蜘蛛侠和吸血鬼的专属动作。

落地窗外，姗姗来迟的章正尧恰好看到这一幕，见江禾此刻还有这个闲情逸致，不免想起郁郁寡欢窝在酒店的沈若微。

出门前沈若微准备了一个生日礼物送给江禾，并拜托他保密。只因她担心江禾还没原谅自己，不愿接受自己的礼物。两厢一对比，他心中的天平彻底倾向了沈若微那边。

章正尧之所以会迟到，是因为临出门前接到了父母的电话。他们一开口，话题全围绕着江禾，让他窒息的同时，又让他多了一层顾虑。

可此刻，他心里有了决断。

江禾看到他出现，惊喜跃上眉梢："正尧哥哥……"

只可惜，见到心上人的喜悦还来不及开成花朵，立即就在那人连串的责问里枯萎。

章正尧将手中的礼盒放到她面前，随后与她面对面坐下。

不待她提问，他就开门见山："这是微微为你准备的礼物，与我无关。她叮嘱我别说漏嘴，但我觉得有必要让你知道，她为了挽回你们之间的友谊，都做了些什么。今晚的餐厅，还有等会儿的蛋糕，全都是微微为你预订的。我们之间这个约会，也是她来拜托我的，因为她希望你能过一个开开心心的生日。她一直以来都在处处为你着想。可是你呢？你真的考虑过她的感受吗？我愿意配合，是因为我也有话想和你说清楚！"

江禾的脑袋瓜嗡嗡作响，他说出的每个字她都听得清清楚楚，成句子却让她理解无能。她困惑地盯着他，企图找出答案，却猛地发现，眼前这熟悉且欢喜的眉眼，此刻满含冷漠与厌恶，好像她是什么讨人厌的苍蝇……

章正尧的语气冷硬无情："江禾，我从来都没有喜欢过你！从前是，现在是，以后也是，请你别再白费心思了！"

这次，江禾终于听懂了。来赴约之前，她在心中预演了无数遍可能会发生的场景，却独独忽略了这一幕。他的出现，仅仅是为了让她死心。

热闹暖和的餐厅里，江禾犹如被人兜头淋了一盆雪水，凉透了心。

她好半晌才找回自己的声音，却执着于一个问题："你真的从来……都没有喜欢过我吗？可……你以前不是说过，我永远是你的第一选择……"

她出国留学的前一天晚上借着酒劲跑去问他到底喜不喜欢自己，让他给个准信。他回答："江禾永远是我的第一选择。"

章正尧压根儿连自己什么时候说过这句话都忘了。他不耐烦道："不过是随口一句玩笑话，也值得你记这么久？"

"如果你不喜欢我，为什么每年都会精心给我准备生日礼物？"他给了太多让她误会的信息，以至于她一头栽了进去。到头来才发现，原来是笑话一场，何其残忍！

她固执地想要找出蛛丝马迹证明他曾对自己用心过。可他的回答，摧毁了她最后的自尊。

"训练这么忙，谁有闲工夫准备这些？你每年收到的生日礼物，都是家里长辈以我的名义准备的。你收得开心，长辈们送得开心，何乐而不为？我没有拆穿，不过是觉得你很可怜而已。"

江禾盯着眼前那张冷笑的脸，再也问不出一个字。

记忆里那个人，或许早已被时间的洪流冲刷得面目全非，只有她还傻傻停在原地，不肯往前看。他在她生日这一天，用最残忍的方式，亲手毁掉了她的快乐与期待。而她，再也没有直面他的勇气，只好选择仓皇奔逃。

冷风吹来，雪花扑面，她听到自己心碎的声音。

心死就不伤悲，明知爱很珍贵。

第十章

我在追她

十月底的阿尔卑斯风情小镇，大雪纷飞。

江禾慌不择路地奔跑在陌生街头，一心只想逃离那令人窒息的一切，不曾发觉身后有一个身影因为担心她而追了过来。

她就那么漫无目的地奔跑着，无暇顾及周遭已不再是热闹的人潮，只有孤独的路灯做伴。

雪花融化在她的脸上、发上，都不及她此刻心底的冷。

明明已经决定放弃，那人却还要补上一刀，生怕那颗心还在跳动。一切早有预兆的吧？从她进入集训队那天起，又或者在更早之前。

然而归根结底，不过是，他不喜欢她。

江禾终于跑不动了，喘息着想停下，谁知脚下突然被枯树枝绊住，整个人狠狠摔在了雪地里。

其实那一下比她往日练武受的伤轻多了，可她忽然就觉得浑身疼得厉害，索性就那么不顾形象地躺在地上，不管是否已迷路，任凭大雪落满身。

路灯光下，漫天飘落的雪花，像极了悲伤人的眼泪。

江禾不知怎的想起了出门时纪衍那句真诚的祝福，忍不住放声大笑起来。

人要是倒霉起来，怎么祝福都没用的。就比如，她想停下，却摔到了。可能怪谁呢？要怪只能怪自己不坚定，迟迟不肯死心。

有脚步声越走越近，江禾警觉起来，企图翻身坐起来，谁知第一下竟然没成功。

下一秒，一个声音在她头顶上方响起：“你还好吗？”

江禾当下的反应，大概只有一句诗可以形容——垂死病中惊坐起，追问客从何处来。

她盯着那个背光的身影，连声问道：“纪衍？你怎么也在这儿？你今晚也请假啦？”

纪衍微微弯腰，朝她伸出手：“先起来，地上凉。”

如果她今夜将注意力稍稍从章正尧身上转开一点儿，就会发现他比章正尧还早抵达豪斯餐厅。目睹她被拒绝之后，因为担心她的安危，他第一时间就跟了出来。只可惜，她沉浸在自己的悲伤里，压根儿不曾留意到他的存在。

江禾不再犹豫，拉住他温热的手掌，从地上站起身来。借着路灯的光线，她终于看清他的面容。一如既往地清冷，却好像又隐隐有些不一样。

她正要细看，突然听到他说了一句："别动。"

她一时纳闷，紧接着就见他举起手，轻轻将落在她头发与肩上的积雪一一拂去。

纪衍佯装没有察觉她僵硬了身体，很快收回手，语气如常道："你先活动一下四肢，看看有没有哪里不舒服。"

江禾依言活动四肢，随后摇摇头，又忍不住追问："你怎么会在这儿？"

她其实是有点儿怀疑的，因为某人说过不出门的。此时此地的相遇，怎么看都觉得过分巧合了。

纪衍将她的疑惑与忐忑看在眼里，却不准备摊牌，而是打了个太极："江禾小朋友，同是天涯沦落人，相逢何必问缘由？"

"哦。"纪衍这么说，江禾就不好意思再问了。尊重对方的隐私，就等于尊重此时的自己啊。万一他问自己为何会出现在这里，她又该怎么回答呢？

于是，她转而扭头环顾四周，茫然望着周遭陌生的街景，才后知后觉自己好像迷路了？！

她呆了呆，回神后侧过头问身旁的人："你该不会也迷路了吧？"

纪衍压根儿没料到事情会往这个方向发展，权当默认，心中却悄悄松了一口气。

江禾生出同病相怜的感慨："我们好惨啊，那你会说德语吗？这里连个车的影子都看不到，可能只能走回去了……"

纪衍回答得很保守："不怎么会，你呢？"

"啊，我只会一点点儿。"江禾迟疑了一下，自己这半吊子德语压根儿不够用啊。

再加上，她还没调整好自己的心情，不想在今夜碰上不想见的人，所以最好的办法就是掐着点回去。

她点开手机地图瞅了瞅，目光落在地图上显示的一个德语名为Spielplatz的标记点上，突然有了主意："要不，你跟着我走？我翻译，你带路？"

"那就拜托了。"纪衍答得很干脆。

"呃，那个，我看起来很靠谱吗？"见纪衍毫不犹豫地相信她，江禾反倒心虚起来。

纪衍听到江禾的话，不可思议地看了她一眼，随后无情打碎了她的幻想："抱歉，比起你的方向感，我当然更相信自己的。"

江禾心塞，纪衍还是那个纪衍，之前的一切果然都是错觉。她决定维持原计划，到了游乐园就与某人分道扬镳，让他自己坐车回去！

十多分钟之后，在江禾的指挥下，身为工具人的纪衍领着江禾站在了一座不算大的游乐园门前。

为了配合今夜的主题，游乐园也推出了相关活动，整个场景布置看起来有些恐怖。

望着眼前的游乐场，纪衍侧过头，挑眉问他："目的地？"

江禾心虚，一开口就口误："人有失蹄，马有失足……呃，不，我的意思是来都来了，要不我进去溜达溜达？你先……"

江禾后半句重点还未说出口，身旁的人已经率先迈步走向了买票窗口。纪衍买了票，见江禾苦恼地站在原地，故作不解道："不是说来都来了？怕了？"

"呃，那倒也不是……不过，怕是不可能怕的！走！"

中某人的激将法，江禾直到站在最后一个鬼屋冒险项目前，也没能实施自己原先的计划。

大概是为了照顾低龄的儿童，当地的鬼屋看上去恐怖，内景的恐怖程度实则一般。但在踏进去之前，江禾还是郑重其事地拉住了纪衍。

“你怕鬼吗？”

“此话怎讲？”

“你怕的话，我可以提前教你二十四字口诀。”

纪衍立马反应了过来，直接无语，头也不回地踏进了入口。

令纪衍没想到的是，就这三分钟的鬼屋冒险之旅，江禾被吓得全程尖叫连连，哭得撕心裂肺，就好似积攒的所有负面情绪都在这里找到了发泄的出口。

他什么都没问，一路沉默陪伴。可每次只要她需要的时候，他都在她触手可及的地方。

走在他们身后的三名外国少女原本不怎么害怕，愣是被江禾的尖叫声给吓坏了。一走出鬼屋，三名少女立即朝纪衍丢下一句德语，然后逃难似的跑开了。

“不怎么会德语”的纪衍，听懂了那句话的意思，顿时忍俊不禁。

江禾走出鬼屋后，本来有些不太好意思面对纪衍。听到她们的话后，她下意识抬起头来，见到纪衍的表情，忍不住有些怀疑：“你笑什么？你听得懂？”

纪衍顺水推舟，请教道：“我正准备请会一点儿德语的江禾小朋友帮我翻译一下。”

江禾没有注意到他这晚一直没叫过自己江医生。她含糊其词：“她们说得太快了，我没怎么听清楚……”

江禾当然也听懂了那句话的意思。

那句话翻译过来是：“哥哥，你女朋友的胆子实在太小了！”

离开游乐园，二人一起乘车返回酒店。

一路上，江禾盯着车窗外纷纷扬扬的雪花，沉浸在自己的思绪里。纪衍则时不时看一下手上的腕表。

车子抵达酒店大门口时，雪渐渐停歇。二人下了车，纪衍又看了一眼腕表上的时间，急匆匆交代了江禾一句，让她等自己一下，随后快步跑向了酒店的前台。

江禾站在大门口，回望这被茫茫白雪覆盖的小镇，长吁了一口气。她收回目光，一步步朝酒店旋转门走去。

十二点的钟声即将敲响，她已经接受了这个没有吃上蛋糕，过得十分失败的生日。可当她一走进大厅，立即就被眼前的一幕惊呆了！

因为，纪衍正捧着一个小蛋糕小心翼翼地朝自己走来。

穿堂的风好几次想将蛋糕上的烛火吹灭，都没能成功，只得放弃了这个捣乱计划。

纪衍顺利捧着蛋糕站在江禾面前，笑容中罕见地透着几分腼腆："幸好还来得及。江禾小朋友，祝你生日快乐！很高兴再次见到你。"

江禾听出他话中深意，一下子就精神了！他、他、他……原来他早就认出她了？！

"我知道你很激动，但还是先许个愿吧！"万千星光仿佛都汇聚在了他眼底，他看着她，微微笑着。

那笑，融化了江禾心底的积雪。她忽然就对今夜的一切释怀了。

她双手合十，闭上眼睛，许下了二十五岁的生日愿望。

就让这漫长且可笑的欢喜，连同过往那些美好记忆，统统都埋葬在今夜的大雪里吧。再痛彻心扉，都会过去的，如同大雪终有一停。

从今往后，她会彻彻底底放下那个人，拥抱崭新的人生。

与此同时，酒店大门口走进来两个人。

面色不虞走在前头的是沈若微，她身后跟着一脸无奈的章正尧。

原来，江禾跑出餐厅后，章正尧就给沈若微打了一通电话，并将拒绝江禾的事告知沈若微，同时希望沈若微可以接受自己的追求。

电话那端的沈若微得知弄巧成拙，立即打电话给江禾，却一直没人接。她担心江禾出事，只好立即请了假，跑去与章正尧会合，并说服章正尧与自己一起去寻找江禾。

二人在外头找了一路却不见江禾的人影，眼见归队时间将至，不得不打道回府。

此刻，沈若微率先看到这一幕，脚步一滞。她掩下心头的慌乱，走到他们身旁："小禾，原来你在这里啊！我和正尧师哥担心你出事，找了你很久，打你电话也没人接……你没事吧？"

江禾摇摇头，没说话。她知道自己不该怪沈若微，可她此刻实在不知该怎么面对沈若微。

章正尧看着毫发无损的江禾，语气不善："微微，我就说你想太多了。她能有什么事？这不是好好的吗？"

沈若微伸手拉了拉章正尧的衣袖，示意他别说话，自己则笑着打圆场道："小禾，看到你没事就好。不过，你和阿衍怎么会在一起？阿衍，你帮小禾庆生怎么也不叫我们？"

纪衍脸上早已敛了笑，冷淡地说道："有这个必要吗？"

沈若微吃了瘪，仍不死心想地探听一二："你们今晚该不会一直在一起吧？"

这话一出口，章正尧立即联想到了什么，望着江禾冷冷地嗤笑了一声。

纪衍瞥了章正尧一眼："是又怎样？"

江禾原本打定主意在生日这一天的最后这段时间里，尽量避开沈若微与章正尧。可是，章正尧的那声冷笑激起了她少有的逆反心理。

她毫不客气地连声反问："对，今晚我和纪衍是在一起，有问题吗？他单独帮我庆祝生日不行吗？我们去了哪里，做了什么，为什么一定要告诉别人？"

空气霎时安静了下来。

沈若微意识到江禾对自己的态度变化，心中有种难言的苦涩。与江禾认识这么久，她是真的将她当作了朋友。可她也知道，从这一刻起，大概二人再也无法像从前一样亲密了。她看向纪衍，等着他否认，他却选择了默认。她的心凉了半截，重新看向江禾，明知不应该却还是突兀且自私地开口："小禾你别开玩笑了，你不是已经有喜欢的人……"

纪衍打断沈若微的话："怎么？难道江禾就不能有追求者吗？"

章正尧惊讶地脱口道："你在追江禾？"

纪衍既没否认也没承认，而是直接伸手揽住江禾的肩膀："我们还得吃蛋糕，就不陪你们浪费时间了！"

纪衍说完，带着江禾头也不回地离开了大厅，不再理会身后那两个人。

一进电梯，江禾先尿了。

她松开纪衍的手臂，还顺带拍了拍他衣服上莫须有的褶皱。

纪衍看着她既狗腿又心虚的样子，不免觉得好笑："怎么样？江禾小朋友，我刚才的表现及格吗？"

江禾明知他刚才是在为自己解围，面对他的调侃，仍忍不住脸红："谢谢啦，你刚才要是没默契，那我的脸就只能一直肿着了！不过，你不觉得深夜的电梯，并不是个适合说话的好地方吗？要不你等下吃块蛋糕再走？"

纪衍知道她有话想说，一口应下。

来到江禾房间后，纪衍担心传出闲言碎语，对江禾影响不好，于是特意将房门敞开。谁知二人一进去，江禾火速关上了门。

他看着她这毫无后顾之忧的举动，犹豫了一下，没再多说。

蛋糕放下后，身为寿星的江禾立即切了一块蛋糕递给纪衍。她本想等纪衍吃了一口，再厚着脸皮说出自己的请求，在将蛋糕递给纪衍时，猛地想起了一件重要的事情！

纪衍已经伸手去接蛋糕了，她却立马改了主意，以迅雷不及掩耳之势将蛋糕收了回来。

纪衍接了个寂寞，伸出的手悬在半空，定定地看着她。

"对不起啊，忘记你有乳糖不耐症了。"江禾赔笑。

"尝一小口没关系。"

"不行，得把一切可能扼杀在摇篮里！"她果断拒绝之后，从口袋里摸出一把糖果，瞅了一眼又塞了回去，从另一只口袋掏出仅剩的一块巧克力，“我请你吃这个吧？”

纪衍的目光落在她手心的巧克力上，笑起来：“谢谢。”

他接过巧克力，当场剥开包装纸，放入口中品尝。不知怎的，这一次，巧克力在口中融化之后，没了苦涩，唯有香甜。

江禾吃了一口蛋糕，问了第一个问题：“偶像，你是什么时候认出我的？”

她还以为自己的马甲捂得很紧，没想到早就掉了。

纪衍听到她那声“偶像”，微微挑眉。其实，他也很想问一问，她是什么时候认出自己的。他反问：“你确定现在要聊这个话题？”

江禾目光闪烁，立即认㞞：“那还是改天有时间再慢慢聊吧。下一个话题，能不能拜托你接下来几天帮我一个大忙？”

江禾原以为要费一番口舌才能说服纪衍帮忙。谁承想，她还没说什么事，对方已经一口应下：“好。”

“啊，你都不想一想再回答吗？”江禾怀疑地看着眼前之人，不假思索道，“我怎么感觉你今天善良得都不像你了啊！”

话音未落，江禾立即回过神，先捂住了自己的嘴。

“大概是因为……”纪衍忍住笑，晃了晃手里还没扔掉的巧克力包装纸，给自己的心软找了个解释，“吃人家的嘴软？”

江禾扑哧一声笑起来。

眼前这个人，还真是嘴硬心软啊。时间会改变很多，但也有的人从未被改变。感谢命运的奇妙安排，让她拥有重新认识他的机会。

时间跳过十二点，新的一天来临。

纪衍主动结束话题，叮嘱江禾早点儿休息，随即起身告别。

待他回到房间，章正尧正等候着。一见他，章正尧立即单刀直入：“纪衍，你和江医生到底怎么回事？”

“我在追她。”

“怎么可能？有必要帮着她一起说谎吗？”

“江医生既优秀又可爱，为人正直善良，还讲义气。虽然她看人的眼光不太准，但我被她的人格魅力完全吸引，目前正在追求她。请问有什么问题吗？”

万圣节这一天，积雪融化，温度比昨天还冷一些。

江禾因昨夜着了凉，吃了感冒药，昏昏沉沉睡了一夜，直到中午才醒。

回想昨天的事，好似大梦一场。可她清楚，一切皆成了过往。此刻再想起章正尧，她心中竟无半点儿之前的心动与欢喜，惆怅和苦涩依然有，但最后都会随时间散尽的。

在床上坐着发了一会儿呆，直到打了个大喷嚏，她才回过神，起床洗漱。

然而一照镜子，她就震惊了！镜子里那个人，此刻蓬头垢面，眼睛浮肿，神情憔悴，怎么看都容易被误解成是失恋后遗症！

江禾花费了一番功夫捣鼓，才勉强让自己看起来不那么颓废了。

正准备出门之际，手机突然收到了沈若微的消息，询问要不要一起下楼吃午饭。江禾还未想好该如何面对沈若微，只好假装没看到消息，暂缓下楼的计划。

一方面，她对沈若微产生了信任危机，总觉得沈若微和章正尧之间并不如自己最初认为的那般简单。

另一方面，她昨天当着沈若微的面胡诌，说纪衍在追求自己，现在回想起来就觉得好像有点儿对不住沈若微这个朋友。即使沈若微并未正面承认过喜欢纪衍这件事，但好像也没否认过？

苦恼了一会儿，她点开了纪衍的微信对话框，决定和纪衍商量一下，请他勉为其难当三天的追求者就放弃，然后大家各归其位。

谁知道她的消息还没发出去，纪衍反倒先发了一条消息过来。

JY：“要下楼吃午饭吗？我来接你？”

江禾看到消息，默默删除自己敲下的文字，回了一行省略号过去。

纪衍那边很快回了消息。

JY：“别误会，我在很认真地追求你。”

江禾看懂他的潜台词，被逗笑。

扎心的禾苗："那倒也不必如此隆重……"

JY："既然答应了，当然要做到最好。"

与此同时，沈若微因为没有得到江禾的回应，便与刘萌结伴下了楼。

昨晚得知纪衍在追求江禾之后，她一夜都没睡好。今天本想找江禾打探消息，谁知江禾一整个上午都没出现，只得暂时打消这个算盘。

电梯抵达一楼，沈若微看到了穿着一身训练服站在电梯口的纪衍。他拿着手机似乎正与人在热聊，上扬的嘴角泄露了他此刻的心情。

沈若微走出电梯时，飞快地朝他的手机屏幕看了一眼，那个醒目的微信头像令她心一沉。

刘萌见纪衍一副专注的模样，调侃道："哟，纪师弟，你这是加训刚回来吗？"

纪衍点了点头，收了手机，进了电梯。从头到尾，他都不曾看沈若微一眼。

"哎，有没有看到他刚才的表情？该不会是在和女生聊天吧？想不通什么样的女生才能入得了他的法眼……"刘萌好奇极了。不等沈若微回答，她自顾自摇地头否定了这个想法，"不可能不可能，纪师弟要是有个风吹草动，队里估计早就炸锅了。微微，你们不是走得比较近吗？有没有听到点儿什么风声？"

"没有。"

"哦，那就奇怪了……"刘萌嘀嘀咕咕。

沈若微没有再搭腔，陷入了长久的沉默。刚才看了那一眼，她可以肯定与纪衍聊天的那个人是谁了。

纪衍上楼后，回房间换了衣服，随后去接江禾一起下楼吃饭。

江禾一见到他，笑意就在眼里漾开，她打趣道："偶像，诚意很足嘛。"

纪衍嘴角轻扬，注视着她，很自然地接了一句："有没有打动你？"那双眼睛，犹如初春的湖面，映着她的身影。

江禾有那么一瞬间觉得自己应该是疯了。因为，她脑中居然冒出《余光中写给妻子的信》中的一句情诗——不要问我心里有没有你，我的余光中都是你。

冷风吹过，她打了个喷嚏，迅速回过神来，甩开脑中奇奇怪怪的念头，笑嘻嘻地岔开了话题："话说回来，你昨晚还没说你到底什么时候认出我的呢！"

纪衍伸手从口袋里掏出一张照片，递给她，嘴里却问："是不是昨晚着凉了？有没有吃药？"

"嗯嗯，小感冒，不碍事，等会儿饭后我再吃颗感冒药。"江禾边说边接过那张照片，一看照片，当场惊呼了一声，"难怪我找了很久都没找到！怎么在你那里啊？"

江禾问完，瞬间回想起飞机上卫生巾砸在某人怀里的糗事，讪笑着摸了摸鼻子："原来你那么早就认出我了啊。那你怎么都没说？"

纪衍挑了挑眉："你觉得呢？"

江禾理亏，小声解释："我这不是怕你还像以前那样看我不顺眼，所以才想着多一事不如少一事嘛。然后正尧哥……说……让我在队里实习期间对外保密我和他之间的关系……"

纪衍不知还有这一茬儿，一时有些无语，沉默两秒，换了个话题："走吧，先去填饱肚子。"

江禾重新眉开眼笑："这次必须为重逢碰个杯！"

"一杯敬过往，一杯敬明天？"

"哈哈哈，这么文艺矫情的话从你口中说出来，怎么觉得有点儿惊悚啊？说起来，当年你让我放弃滑雪，可是害我做了好多年的噩梦呢。"

"听说日有所思，夜有所梦，原来这么多年你一直惦记着我。"

"纪衍同学！你摆正一下心态，你现在可是追求者！"

"好。"

二人说说笑笑结伴到了餐厅，不想见到的人恰好都在。江禾想假装没见到，特意选了个角落的位子。谁知沈若微主动走了过来打招呼，她只得硬着头皮回应了一句。

沈若微却没有就此离开，而是问她："小禾，我给你发消息你怎么都没回？"

江禾心虚："不好意思啊，我没留意手机。"

沈若微笑了笑："那我就放心了。还以为你生我的气，不理我了呢。"

江禾有点儿尴尬，连忙解释："没有没有，我知道你是担心我，昨天我的态度也不是很好，抱歉啊……"

一旁的纪衍听到江禾的道歉，嘴角微微抽了一下，想开口却硬生生忍住了。这丫头明明看起来挺聪明的，怎么吃了亏都没发现，还傻乎乎和人道歉？典型的被卖了还帮人数钱。

待沈若微得到满意的答复离开，纪衍决定和江禾说一下自己的看法，谁知被抢了先。

"偶像，能不能商量个事？"江禾压低声音，生怕让人听到二人说话的内容。

"说来听听。"纪衍被勾起了好奇心。

"那个你不是在……追我嘛，要不咱们坚持个三天，然后我找个理由拒绝你，接着咱们再恢复战友情？"江禾脸皮再厚，提起追求这件事，依然有点儿羞涩。她心想，幸好自己今天化了妆，脸红也没人看出来。

"会不会太敷衍？"纪衍瞬间就联想到了原因，却还是装作不知道，"理由呢？"

"我担心若微误会……"江禾才说了个开头，眼前之人就眉目一冷，打断了她的话。

"那我更不能放弃了。"

"啊？"

"我是物品吗？"

言下之意，召之即来，挥之即去，谁喜欢就让给谁。

江禾一下子听出了某人的怨念，赶紧替他顺毛："当然不是！你可是命运给我最大的馈赠！要是没有你，也就没有现在的我啦。对我来说，你绝对是很重要的存在。”

纪衍知道她在哄自己，心情立即阴转晴。只是该说的话，还是得说。他看着她，问道：“你知道在你没进队之前，队里公认的一对是哪两人吗？”

江禾看着他，等着那个答案。

“是章正尧和沈若微。”

“若微说她不喜欢正尧哥哥。”

“可是她也从未拒绝过他的示好。这个世界很复杂，并不是所有人都能成为朋友。她和你所以为的不一样，建议你和她保持距离。”

纪衍昨晚之所以会出门，就是因为无意间听到了章正尧与沈若微的对话，得知江禾满心期待的约会不过是沈若微制造的假象。他不放心江禾，所以才去了餐厅。

江禾知道他口中的“她”是指谁，心中却觉得不可思议：“你会不会想得太复杂了？”

他知道江禾一时半会儿听不进这些，只得换了话术：“算了，说回正题。你会因为章正尧喜欢沈若微，而记恨沈若微吗？”

“当然不会，这件事又不是她的错。”

“既然如此，那你有什么好担忧的？如果她因为我喜欢你就生你的气，怨恨你，那只能说明她没有真心将你当朋友。”

好吧，她被说服了。

二人低声热聊时，集训队的小伙伴们的八卦因子已经蠢蠢欲动。

专业拉小群八卦的刘萌选手，更是抓拍了一张江禾与纪衍挨着聊天的照片，开启了一天的八卦：“兄弟姐妹们，有人知道他们啥关系吗？怎么看都觉得有猫腻。”

“只是在聊天而已，师姐你太敏感了。”沈若微可不希望再听到关于纪衍在追求江禾的传闻。可惜没能如愿。

“微微，你别替他们隐瞒了。昨天纪衍不是说了？他在追求江医生。”

章正尧破天荒地没有保持沉默，他的话让整个群炸开了！

“哇！真的假的？这么劲爆吗？！微微你不厚道啊，这么重磅的消息居然不分享！”

“我的妈呀！章师哥，你确定你没听错吗？我的天啊，原来纪师哥也喜欢女生吗？”

“我靠，楼上的那位注意敏感词汇哈！章师哥，你说的是真的吗？”

“主语和宾语是不是搞反了？确定不是江医生在追求纪师弟吗？”

“上次不是还说江医生已经有喜欢的人吗？私生活怎么感觉有点儿混乱啊？”

“刘萌师姐，你这话不对了啊。之前有喜欢的人并不代表现在也有啊！再者，就算江医生有喜欢的人，爱慕者追求她犯法吗？男未婚，女未嫁，两个人都是单身，又没有碍着谁，只要江医生不反感就成咯。”

“啧啧，孟天赋你可以啊！说了一回人话！”

“哈哈哈，情侣粉胜利的那一天指日可待！”

这个聊天群气氛达到顶点的时间是创建的当天傍晚，孟天赋骚操作，将纪衍拉进了群聊。

微信群里拉人进群的话，系统会提示“‘×××’邀请‘×××’加入了群聊”。因此孟天赋将纪衍拉进群的时候，原本聊得火热的群成员们立刻鸦雀无声。

纪衍进群后，只说了两句话——

“听说你们很好奇我和江医生的关系？”

“我正在追求她。”

这两句话在群里挂了一分钟左右，之后群主悄悄解散了该群。

江禾对这一切毫不知情。

在她看来，纪衍本来就是个假的追求者，追她三天和追她五天并没区别。当她后知后觉反应过来时，纪衍已经开启了热烈追求模式。他每日预订了新鲜花束，请酒店工作人员送到江禾房间。

没有人能拒绝美好的事物，江禾也一样。不过第一次收到花的时候，惊喜之余，她还是有些忐忑，偷偷问纪衍：“会不会太高调了？”

纪衍闻言，沉吟了一会儿，摇头："根据我看电视剧得出的经验，送花是基本操作。"

江禾的关注点也是稀奇："你居然从没恋爱过？"

面对一脸震惊的某人，纪衍本人很淡定："单身很稀奇吗？你不是也一样？"

大哥不笑二哥，江禾再也不提这个话题。

纪衍在训练之余，随叫随到。只要江禾在哪里，哪里就一定能看到他的身影。他的冷幽默，常常逗得江禾捧腹大笑。

这一切时常令江禾产生错觉，仿佛纪衍是真的在追求自己。

这世上最令人震惊的事莫过于冰山融化，仙女思凡，集训队上上下下皆被纪衍的举动惊掉下巴。

教练们想耳提命令几句，可人家训练一点儿没落下，成绩又提高了！谈恋爱影响成绩这话压根儿没法说出口，最后只好改成让他收敛一点儿，别影响到队里的训练氛围。

秦诚阳也因为这事，特意找自家小外甥女八卦。

"小禾苗啊，你最近和纪衍关系好像挺好？"

面对姨父的好奇心，江禾企图打哈哈糊弄过去："秦医生，你这么大个人了，八卦不太好吧？"

秦诚阳笑得一脸和蔼："这怎么能叫八卦呢？这是关心！长辈关心小辈的终身大事，那不是很正常的一件事吗？所以，你中意的到底是哪个？"

"呵呵，什么中意哪一个，秦医生您说啥？小的听不懂啊。"

"你是不是以为姨父老糊涂了？你以前不是一直都追在章家那小子身后跑吗？不过我看你加入集训队后反倒和他疏远了许多。"秦诚阳说着，话锋一转，"你对小纪有什么不满意的地方吗？"

"呃，那倒没有。"江禾听自家姨父提起往事，总有种恍如隔世的感觉。

"我也觉得小纪这个年轻人很不错！你要是对他有感觉就早点儿接

受他，擦肩而过会后悔一辈子的。你姐就是这样……”

虽然秦诚阳及时停下，江禾却来了兴致：“嘿，我姐原来也是有故事的人啊？要不您和我聊聊喵姐的事？”

“这个话题是你姐的禁忌，你别跑去问她。你姐要是生起气来，我也害怕……”

话题就此打住。尽管江禾没问出什么，但她也及时逃过一劫。要是自家姨父再追问下去，她保不齐什么时候就说漏嘴了。

来找江禾了解情况的，还有沈若微。

沈若微见纪衍在八卦群里亲口表明他在追求江禾，悔得肠子都青了。她将纪衍追求江禾的种种行为看在眼里，明明心中嫉妒不已，却还得笑脸相对。

搬起石头砸自己的脚有多痛，只有她自己知道。她私下极力游说江禾不要轻易放弃喜欢之人，还为其出谋划策，又拐弯抹角暗示江禾，不要勉强凑合，纪衍并不适合。可惜江禾似乎不为所动。

沈若微原本不信江禾已经对章正尧死心，直到听了江禾的一番自白，她才发现江禾对章正尧确实寒了心。

那天温度适宜，是个适合上雪训练的好天气。

众人结束上雪训练，收拾好装备开始下山，沈若微看到江禾拿着手机笑嘻嘻拉着纪衍自拍，于是凑过去假借有话要说，分开了二人。

她再次提起章正尧：“小禾，我之前看到过一句话，喜欢就该珍惜，爱就别轻易放弃。我知道你还喜欢着正尧师哥，我觉得正尧师哥只是还没有看清楚自己的心，所以你别泄气……”

自万圣节前夜章正尧与江禾摊牌之后，江禾早已死心。

见沈若微旧话重提，再三表过态的江禾终于敛起笑容：“你知道正尧哥心情不好就喜欢玩的那款手游吗？为了配合他，我学会了所有的辅助角色，即使我喜欢的是ADC（射手）。还有，从小到大，无论对错，只要他生气，我都会第一时间道歉。然而那天之后，我想明白了。真正的爱情，从来都不是一味地妥协与顺从。人先自爱，而后爱人，每个人都是世界上独一无二的存在。所以，如果你还当我是朋友，请不要再劝我了。”

沈若微哑口无言。她知道自己也该就此放下执念，可一抬眼，看到江禾与纪衍旁若无人热聊的那幕，就觉得刺眼至极。

这世上，执着皆为虚妄，回头即是彼岸。

奈何，人们总也看不清，总也不甘心。

第十一章
告白落空

转眼，高山滑雪队在海外的集训已经过去了三分之二的时间。

这天傍晚，教练组临时将运动员们组织了起来，打算针对每个人近期的训练情况，进行阶段性总结。

纪衍原计划出门去取回自己放在钟表店维修的腕表，因这一安排，只好委托江禾帮忙。江禾一口应下，找组织报备过后，立即出门直奔目的地。

鉴于纪衍已提前打电话与钟表店沟通过，所以当江禾拿出单据后，店员很快就将已经修好的腕表拿了出来。

那是一只老旧的腕表，但能看出主人对其的珍视。在江禾的印象里，纪衍在训练之余总是戴着这块腕表。她压下心里的好奇，在确认无误后，小心翼翼地接过店员包装好的腕表，走出了钟表店。

打车返回酒店的路上，江禾收到了孙琳琳私下发来的消息，请她帮忙采购一些个人用品，附带一张物品清单。清单上分别备注了孙琳琳、张悦、沈若微和刘萌四人所需的物品。

江禾倒没觉得麻烦，毕竟只是举手之劳的事情。她瞥了一眼购物清单，连忙吩咐司机改道前往镇上的大超市。等她按照清单一一采购完毕，拎着大包小包走出超市，坐上出租车后，突然收到了沈若微发来的消息："小禾，请问你回来了吗？没有的话，能否帮忙再带几包卫生巾？需要纯棉超长夜用的，国产 ××× 牌子的。"

江禾一瞅这消息，赶紧向司机道了歉，迅速下车重返超市选购。只是她来回逛了一圈也没找到沈若微所需的那个牌子，遂发了一条消息询问对方："能不能换成其他牌子的？我没找到你说的那个牌子。"

沈若微那边过了几分钟才回复："如果实在找不到的话，那你看着买吧，谢谢。"

江禾不再犹豫，在货架上挑选了几包评价还不错的品牌卫生巾。

令江禾没料到的是，简简单单买个东西居然还能一波三折。坐上出租车后，她再次收到了沈若微的信息："小禾，请问你已经买好了吗？萌姐说如果没买好，能不能换成 ABC 的？还有，她想请你再帮她带一瓶老干妈。”

江禾只得再三向司机道歉，然后拎着大包小包匆匆下车，重新回到超市里。好不容易从超市采购完毕，她又悲催地经历了两次拦停出租车却被旁人截和的惨剧，直到第三次才顺利坐上车。

几番折腾之后，她满头大汗回到酒店。刚要下车，这回电话响了！

沈若微大概自己也觉得不好意思，吞吞吐吐地询问江禾东西是否已经买好，说若是还没购买的话就算了，刘萌这边暂时不需要了。

江禾当时就无语了！她直接挂了电话，下了车就往酒店里走。

正在大厅的沈若微这时也看到了江禾的身影，默默收起了手机，神色尴尬。她旁边的刘萌待江禾走近后，立刻快步上前一把拿过了她手中的所有袋子。乱翻一通之后，她不满地将袋子往地上一放：“搞什么啊？这压根儿不是我想要买的那款……还有老干妈，当然要买经典款的风味豆豉啊！早知道这么不靠谱，我就自己出门了……微微，我请个假，你和我一起出去一趟。”

饶是江禾脾气再好，听到刘萌的话，也忍不住黑了脸。然而她刚要说话，脑中猛地想起了回程路上被自己忽略的重点！她无暇搭理刘萌，朝地上那堆袋子飞奔而去，蹲下身四处翻找了起来。

沈若微不知江禾在翻找什么，在被刘萌拉走前无奈地对着江禾的背影道：“抱歉啊，萌姐的话你别往心里去……”

江禾没留心沈若微的话，满心都在想着纪衍的那只腕表！可是，没有！地上大大小小好几个袋子，唯独缺少了装着腕表的那个小袋子！

她焦急地反复翻找了好一会儿，奈何怎么都找不到纪衍的腕表。她心里越着急，就越想不清楚究竟是在哪个时候弄丢了腕表。她欲哭无泪，却又不知道该怪谁，只能归咎为自己粗心大意。唉……

纪衍并不知道江禾已经抵达酒店，他预估了一下时间，关心地发了一条消息：“回来了吗？没迷路吧？”

人在心急如焚的时候，往往容易做一些错误的决定。例如此刻，江禾收到了纪衍发来关心问候，心一慌，就回了一句：“没，在路上！”

那边很快回复："注意安全。"

江禾望着这条消息，正准备撤回刚才的谎言，忽然听到孟天赋的大嗓门在喊："纪师哥——"

江禾陡然生出一种罪恶感，下意识想找地方藏起来，然而此刻已然来不及，便拎起地上的袋子往酒店外跑。待跑出老远后，她心虚地站在路边吹了一会儿冷风，胡乱思考了一会儿人生，最终拦了辆车奔向钟表店。

约莫一个小时后，江禾顶着微暗的天色返回酒店，纪衍的电话正好打了进来。她一看来电显示，立即接通电话，第一句话就是主动报平安："我回来啦！"

电话那端的纪衍松了一口气，开玩笑道："还以为你走丢了，再不回来我就要请警察叔叔帮忙找人了。"

江禾望向自己手中崭新的腕表盒，小声道："你在哪儿？我现在来找你。"

纪衍："房间，我过去找你……"

不等纪衍说完，江禾就匆匆挂了电话直奔楼上。江禾先把手里不相干的购物袋都放回自己房间，随后拿着腕表盒去找纪衍。

见到纪衍后，她立即献宝似的将藏在身后的腕表盒捧至他面前："快看看，喜不喜欢？这是 IWC 的最新款！我特意为你挑选的！"

纪衍闻言，伸出的手停在了半空中，不解地看着她。IWC 的腕表随便一块好几万，更别提最新款了。这丫头怎么突然反常地送自己礼物？

江禾当然明白他为何迟疑，但胆怯心虚如她只得佯装不知情："你快拆开看看，我挑了老半天。唉，刚才帮忙采购了很多东西回来，手指头都勒肿了……"

纪衍的目光从她的手上扫过，下一秒伸手接过了她手中的腕表盒。不过他没有拆开，而是问道："我请你帮忙取的腕……"

江禾心头一跳，故意打断他的话："哎呀！还是我帮你打开吧！好看不？这款表外形是向喷火战机的驾驶舱设计致敬，机芯搭载了全新研发的 IWC 万国表 82760 型自制机芯，配备比勒顿自动上链系统，部件采用耐刮陶瓷材质，动力存储达六十小时，日常防水深度达六十米……”

事出反常必有蹊跷。纪衍耐住性子，一直等到某人犹如背书般介绍完腕表的性能后，才道：“为何突然送我这么贵的腕表？”

江禾在回来的路上已经编好了理由：“当然是为了感谢你对我的‘追求’之恩啦！”

纪衍心里隐约有了猜测，将腕表塞回她手里，目光定定地望着她：“不必了，我更习惯原来那块腕表。东西在哪里？”

江禾避开他洞悉一切的目光，自顾自地说：“那个，你先试试这块新腕表好不好用嘛。反正买都买了，总不可能留着我自己戴吧……”

纪衍其实是在等着江禾说实话，见她一直顾左右而言他，不得不加重语气：“江禾，我的腕表呢？”

江禾见纪衍的神情逐渐冷峻，知道避不开这个问题，沮丧地垮下肩膀：“对不起……我回来的路上……不小心把表弄丢了……”

即使有心理准备，纪衍的心还是一沉。他心烦意乱，拧着眉头，语气有些沉：“为什么不第一时间和我说？”

“对不起……”江禾瞥了他一眼，不知那块旧腕表能不能寻回来，怕打包票却找不回来会让他更失望，于是便提议，“你的腕表花了多少钱？我把钱赔给你。或者你收下这块新腕表？这款表的性能和外观都远胜你之前的那……”

“你是不是觉得钱能解决一切问题？”纪衍冷声打断她的话。

江禾瑟缩了一下脖子，知道他在生气，想解释却又不知从何说起，只好尴尬地摸了摸鼻子，企图用玩笑来缓和一下此刻僵持的气氛：“那什么，旧的不去，新的不来嘛……”

纪衍盯着她看了几秒，极力克制住自己的怒意：“你在哪里弄丢的？什么时间？有没有去找过？你把你去过的路线都告诉我，我自己去找。”

江禾刚才出门后其实已经找过一轮，但是毫无头绪。听到纪衍的话，她莫名想起那个送纪衍腕表的人，嫉妒的话脱口而出：“只是一块腕表而已，你在意的到底是那块腕表还是送你腕表的人？那个人对你而言就那么重要吗？”

纪衍因为江禾这一番话，当下失望至极：“对！在我心里，永远没有人比得上……”

“他们”二字还未说出口，江禾已经出声打断他的话：“你放心，我一定会把腕表找回来还你的！”

她丢下承诺，在眼泪落下来之前，逃出他的视线范围。

纪衍本来已经迈出脚步，迟疑了一下终究没追上去。在他看来，双方此刻可能都需要冷静一下。

纪衍不知道的是，江禾说做就做，转头就出了酒店。她一口气跑出酒店后，茫然失措地在大街上站了一会儿，心头又涌起一股说不清道不明的酸涩滋味。

那个送他腕表的人，一定是他很喜欢很喜欢的人吧？

街灯次第亮起，宣告夜的来临。

江禾不知道别人在受到刺激后会有什么反应，反正此刻她的大脑异常冷静、清醒。她先是进了一家打印店，打印了一大摞寻物启事的传单，趁着在店中等候的时间，用纸笔仔仔细细回顾了一遍自己去过的地方。接着，她根据口袋里保留的出租车收据，联系出租车公司，得到了那几位司机的联系电话。只可惜，司机们都没有见过腕表。

与司机们沟通无果后，她拿着打印好的传单沿途分发了一部分，随后打车前往镇上那家大超市。她找了超市的经理，言辞恳切地拜托对方帮忙留意腕表的消息，请他在广播中播报寻物启事，又在超市附近也张贴了寻物启事。她还去了钟表店，特意拜托店员们，倘若看到腕表，务必第一时间联系自己，并承诺对所有提供线索者给予重金酬谢。

小镇说大不大，说小不小，漫无目的的寻找一块腕表如大海捞针。江禾不肯放弃，执着地在陌生的异国小镇分发和张贴着寻物启事，希冀着手机来电的响起……

时间就这样一点点儿地流逝，江禾却毫无所察。当她将手中最后一张传单张贴完毕时，一瞅四周，傻眼了！因为此刻周围除了她，只有路灯作陪，更悲催的是，手机的电量也即将耗尽……

与此同时，酒店里，纪衍也从张悦与孙琳琳的对话中得知了江禾不在酒店的消息。他瞬间联想到这晚江禾丢下的那句话，担忧跃上眉梢。他掏出手机，迅速拨通了江禾的电话。

迷路在陌生巷子的江禾为了省电，不敢再用手机。她此前已经沿着地图指示在这些互通的巷子里绕了一大圈了，可惜未能成功摆脱困境。此时，她正在仔细辨认四周是否有什么醒目标志，低头看清来电显示，鼻头忽地一酸，所有的冷静荡然无存："喂……"

纪衍听到她隐隐约约带着哭腔的声音，心头一紧："江禾你在哪里？怎么了？是不是迷路了？周围有没有醒目标识？不要怕，发个手机定位，我现在立刻过来接你！"

"好。"慌乱的心渐渐在那人充满关心的话语声里逐渐恢复平稳，她没有挂断电话，迅速将定位发过去，瞥了一眼岌岌可危的手机电量，补充道，"我手机马上没电了……"

"在原地等我……"纪衍还想叮嘱手机那端的人注意安全，话未说完，通话就自动结束了。

他不敢再耽搁，打电话和领队报备了一声，急急忙忙朝楼下跑去。

走廊上，沈若微看到他这副火急火燎的罕见模样，有心想叫住他询问缘由，怎料刚要开口，对方已经跑没影了。回到房间后，她从刘萌口中得知纪衍是去找迷路的江禾，心头便升起怅然与苦涩。

能让纪衍失态的那个人，果然只有江禾啊。

僻静的小巷里，江禾正独自坐在台阶上。

即使对纪衍有信心，等待也总是难熬的。时间稍稍一久，陌生的环境轻易就勾起了人内心深处潜藏的不安与焦虑。她总疑心身后有声响，然而每次谨慎地回头望去，都没发现什么异常。

不知过了多久，旁边的路灯突然出现故障，开始忽闪忽灭，身后有轻微的脚步声传来，莫名令人汗毛竖起。她下意识做出了防御性动作，一颗心高高提起，随时准备战斗。

出乎意料的是，一道熟悉的声音宛如天籁般在寂静的小巷里响起。

“江禾？”

江禾几乎是瞬间扭头，忽明忽暗的灯光下，那人的面容却清晰明了。

怎么形容此刻的心情呢？当丁达尔效应出现时，光便有了形状。你出现时，心动就有了定义。

江禾跳了起来，欣喜地朝来人狂奔而去。

纪衍张开双臂，将飞奔而来的女孩抱了个满怀。他眉眼、心间的焦急与担忧，统统在相拥时消失，一直萦绕在心头的那层云雾也在这一秒被吹散，心湖起涟漪。

他终于恍然大悟，这段时日以来自己心中说不清道不明的异样情绪是为何故。

思绪被你牵动，心潮因你起伏，人群里第一眼看见的总是你。

这一切的一切，原来是陷入爱情。

回去的路上，夜空不知何时飘起了雪花，街道很快沾染了雪的白，仿若被披上了一层漂亮的银装。

纪衍来时匆匆忙忙，一心记挂着江禾的安危，下车时全然忘了让出租车司机稍等一会儿，于是这会儿他们只能漫步在深夜的大街上。

两个人肩并肩走着，谁也没好意思主动说起巷子里的那个拥抱。

江禾心里早已反省过自己今日的错误，正纠结着如何开口打破此时的沉默，旁边之人忽然说了一句：“别动。”

她不明所以，停下脚步，却见他伸出手轻拂去飘落在她乌发上的雪花，又温柔地替她把羽绒服上的帽子戴起来。

“好了。”他自然地收回手。

“谢谢。”江禾莫名觉得耳后根有些发烫。她轻声道了谢，借此机会，鼓起勇气坦诚了自己今日的错误，“阿衍，对不起，弄丢了你珍爱的腕表。你是因为信任我，才把这么重要的事情交给我，我却没有办好……”

江禾将自己今日出门取腕表其间发生的一切，事无巨细地说了一遍，最后羞愧地垂下脑袋瓜：“我应该在腕表不见的第一时间就告诉你的，还有，我当时不该说那些话，对不起……”

江禾这晚已经自我反省过无数次，也知道自己在这件事上确实做错了。可等她听完纪衍随后的话，她才明白自己错得有多离谱。

“没关系，我知道你不是故意的。其实，腕表是我父母送给我的最后一个生日礼物。”纪衍的声音和雪花一样轻，落地后留下一阵凉意，“他们都是地质学家，在为我庆祝完生日后，他们前往野外进行考察时遭遇山体滑坡和泥石流，去世了。”

江禾听到这个鲜为人知的秘密，瞬间惊愕在当场！她终于彻彻底底明白了自己对纪衍开的那个玩笑，有多么地不合时宜，而弄丢腕表之事，更是不可饶恕……

“对不起……”她嗫嚅着，心里有千言万语，却不知该从何处说起。

纪衍看着身旁面露愧疚的女孩，伸手轻轻拍了拍她的头，温和地说道：“凡事的发生都有其意义，我知道你已经尽最大努力去挽回了。我告诉你这些，不是责怪你，只是不想让你误会。”

江禾一颗心百转千回，最终在飘雪的夜色里“砰”的一声开出了花。

第二天，江禾接到了一个陌生来电。

对方在电话中表示捡到了腕表，询问目前是否方便见面。江禾当时与集训队乘坐大巴从滑雪场刚返回酒店，听到这个好消息，差点儿就原地蹦了起来。她直接与对方约好了时间和地址，请了假急忙赶过去。由于不确定对方捡到的腕表是否就是自己弄丢的那块，所以江禾事先并未告知纪衍。

与对方碰头后，江禾一见到那块腕表，心里就已经有了答案。为防万一，她发消息询问了纪衍那块腕表的明显特征，经过一一比对，全部吻合。

这个峰回路转的意外之喜，令江禾激动不已。她按承诺当面酬谢了对方，随即马不停蹄地赶回去见纪衍。

此时的纪衍正准备去楼下的体能训练房。

江禾步履匆匆地跨出电梯，一见到走廊上的纪衍，立即兴奋地朝他招手："阿衍！快过来一下，我有事要告诉你！"

纪衍见她神神秘秘的样子，再联想到她先前发来的问询，心中有了猜测，三两步走上前："什么事？"

江禾背着手，笑眯眯道："你先闭上眼睛。"

纪衍依言闭上眼睛，紧接着听到对方难掩喜悦地宣布："现在可以睁开眼睛了！"

他慢慢睁开眼睛，一块熟悉的旧腕表映入眼帘。黑色的腕带因为经常佩戴而磨损发旧，表面有一处很细微的划痕，是当年他收到父母去世消息后匆忙赶去当地的路上不小心刮到的……

失而复得总让人忍不住喜极而泣。他按捺住心头翻涌的思绪，缓缓道："你怎么……"

江禾乐呵呵道："今天有个好心人捡到了腕表，并通过我留在寻物启事上的手机号联系了我。"

纪衍不由得皱起了眉："你独自去见对方？"

"对啊。"

"下次不要轻易去见陌生人，也别像昨晚一样那么晚还在外面，遇到突发状况怎么办？"

"呃……这个进展是不是不太对呀？"

纪衍轻咳了一声，佯装镇定道："我的意思是，有事可以喊我。"

江禾一下子揽住他的胳膊，一边往电梯走，一边弯着眉眼道："阿衍，你真的是太太太可爱了！幸好不管我怎么迷路，你都会找到我！下次我一定带上你！”

她亲昵的靠近和夸赞，令纪衍悄悄红了耳后根。他佯装出一本正经的样子：“词汇量贫瘠，建议某人重修语文。”

“哎？你耳朵红了耶！阿衍，你害羞啦？哈哈哈！”

江禾调侃着，无意间看到电梯的镜面里，自己此刻揽着身旁之人笑闹的亲密模样，以及对方看着自己时宠溺温柔的眼神，猛然意识到两人之间好像超越了朋友的界限。关键是，她竟然一点儿都不反感，甚至还隐隐生出更多期待来。

完了，完了，完了，她好像沦陷了……

“小丫头，别没大没小……”纪衍忙着掩饰自己的爱意，并没有发现江禾的异常。

狭小的空间里，我们互生欢喜，却又各自庆幸，还好此刻的你无法听到我的心跳，不然我就没办法隐藏对你的爱了。

二人和好后，关系愈加亲密。

那日电梯内江禾揽着纪衍胳膊的画面，落在集训队的某个成员眼里，于是一传十，十传百。面对谣言，两位当事人像商量好似的，竟都没作解释。

正主不急，反倒是孟天赋等人急了。

某天，上雪训练结束候，孟天赋借着腿长抢先江禾一步将纪衍霸占了。他一开口就直奔主题：“师哥，你和江医生到底准备什么时候官宣？我们等得好心急啊。”

纪衍一记眼刀飞过去，什么话都没说，孟天赋就想退场了。

他缩了缩脖子，转念想到自己被孙琳琳和张悦委以重任来打探消息，临阵退缩肯定会被耻笑，索性把心一横，说出心里话：“不会吧？江医生还没答应你的追求啊？”

纪衍心头被师弟扎了一刀，语气不太好道：“关你什么事？”

孟天赋琢磨了一下自家师哥的神色，觉得他好像似乎应该没怎么生气，胆子又肥了："师哥你这样不行啊！咱们得当行动的王者，不然错过真爱哭都没地方哭呢！"

纪衍陷入沉思。待回过神，见师弟盯着自己一脸贼笑，他立即板起脸："这次集训快结束了，你还是多操心操心成绩吧。大人的事，小孩少管。"

纪衍抛下孟天赋，主动走到江禾身旁。

江禾好奇地问道："天赋同学找你什么事？神神秘秘的。"

纪衍睁眼说瞎话："讨论如何提升训练成绩。"

"说起来，集训马上要结束了。你紧张吗？"

"紧张。"江禾询问的是关于迎战即将到来的世界杯的事，然而纪衍回答的却是关于自己即将准备着手做的那件事。他装作不经意地换了个话题，"想不想学高山滑雪？我教你。"

"好哇！未来的世界冠军教我滑雪，小人求之不得！"江禾嘴贫完，正色道，"话又说回来，你以前不是警告我这辈子都别碰高山滑雪吗？怎么突然主动说要教我？这么一来，违反当年承诺的，到底是你呢，还是我呢？"

"我错了。"纪衍听她算旧账，跪得很迅速，学着她说话的语气道，"请未来的世界名医原谅我当初年少不懂事，给我一次重来的机会，让我指点一下你的上雪技巧。"

江禾扑哧一声笑出来："好啦，未来的世界冠军请注意一下影响哈。你现在的表现和往日的高冷人设相当不符！那你准备什么时候教我呀？你要训练也抽不出时间啊。"

纪衍直接拍板："周六。"

到这周五为止，整个集训队将结束在奥地利的训练。

周六会进行一天的休整，随后分成两拨人马，一拨回国，另一拨满足国际雪联积分要求的选手则前往参加高山滑雪世界杯分站赛。

但严格说起来，其实是分成三拨。沈若微、刘萌以及一名陪同教练、队医等组成的一队会先去芬兰，参加即将拉开序幕的高山滑雪世界杯莱维站的女子组回转比赛。待结束莱维站与基灵顿站的比赛后，一队再与纪衍、章正尧、钱凯等人组成的二队会合。

周六，微风。

江禾提早两个小时起床，找了个美妆博主的视频教程，学着给自己化了一个妆，结果惨不忍睹，只得卸妆放弃。

她安慰自己，反正到了滑雪场，头盔、防护镜之类的一戴，妆容再好看，旁人也没啥机会欣赏。只希望纪衍不会注意到她不小心修坏的半边眉毛。

不料，纪衍见到江禾的第一眼就注意到了。他关注的是江禾破皮发红的伤口，江禾不知情，伸手想要把帽子往下拉，好遮住修坏的眉毛。

“有点儿破皮，还痛吗？”

“哦，没事啦。就是当个精致的美女太难了。”

“不介意的话，以后我给你练手。”

“什么？”江禾怀疑自己听错了。她盯着纪衍，企图看出点儿什么。

“或者，等我学会之后帮你？”纪衍眼含笑意，不再藏起自己的真心。他已经打定主意，要在这天向眼前的女孩表明爱意。

这世界上三大错觉之一——他可能喜欢我。

经历过章正尧的事情，江禾有些不确定这一回是不是也是自己的错觉。可当她望着他的眼睛，忽然就确定了。

因为，当你喜欢一个人时，爱意与深情永远藏不住。

心跳如擂鼓，震耳欲聋，她紧张得语无伦次：“嗯，那、那、那还是第一种吧，第二种也可以，术业有专攻，说不定你比我还菜。呃，也许你比我有天分……”

纪衍看着她慌张又可爱的样子，笑意愈浓。

一楼大厅里，孙琳琳、张悦等人准备趁回国前的空闲时间去街上溜达。看到结伴而来的那对俊男靓女，她们立即挤眉弄眼：“小禾苗，你们这是准备去约会吗？”

江禾心里有鬼，听到她们的调侃，原本就有些微红的脸，更红了。

孙琳琳等人本来不指望会听到答案，谁知纪衍坦坦荡荡地回了一个字：“对。”

吃瓜群众当场炸锅，引爆炸弹的人却跑了。

欧洲一般有五种雪道：绿道、蓝道、红道、黑道和野道。

作为理论上的巨人，行动上的小矮子，江禾很有自知之明。

在穿戴滑雪装备的时候，她开玩笑道：“啧，想当年我要是没有放弃，现如今说不定也有机会震惊一下国际雪联之类的。可惜，可惜。”

纪衍自从明确自己的心意后，一改往日的高冷寡言。无论江禾说什么，在他眼里都是对的。此刻，他连连捧哏：“是是是，千错万错都是我的错，将一个未来的高山滑雪天才扼杀在了摇篮里。咱们多练习练习，说不定以后还有机会弃医从体。那我们接下来的目标是哪个赛道？”

“那必须得是——”江禾豪气万丈，脸不红心不跳地说了两个字，“绿道！”

绿道即初级雪道，雪道宽且坡度平缓，适合新手。

身旁同样在穿戴滑雪装备的约莫十三四岁的混血华裔男孩，听江禾与纪衍聊天说得头头是道，专业词汇一个接一个，原本还以为遇到了很厉害的大佬。结果，听到这位小姐姐的回答，瞬间对人生产生了怀疑。

纪衍看到少年脸色微变，忍着笑道：“好的，今天绿道，明天黑道，征服雪坛指日可待。”

江禾不知情，瞥见一旁一脸呆滞的少年，热情地搭话：“小朋友，你哪个道的啊？”

少年用流利的汉语回答：“红道。”

“失敬失敬，小小年纪，未来可期啊。”

“谢谢，姐姐你好好加油，绿道非常简单，我十岁的时候就已经上蓝道了。”少年听了夸赞，脸上露出几分骄傲。只是，骄傲的神色维持了不到十秒钟。

“你知道姐姐我像你这么大的时候在干什么吗？和现在的中国高山滑雪冠军一起参加滑雪训练营。”

成年人的世界都这么不要脸的吗？说大话不怕闪了舌头吗？

“加油练习，你是肯定超越不了我啦！”毕竟她接下来的新目标可是要把冠军拐回家的！江禾深怕小朋友受到的刺激不够，用手指了指身旁的纪衍，“但你将来还有机会超越这位哥哥。他叫纪衍，目前国内高山滑雪滑降第一人。”

江禾在少年面前炫耀了一番，拉着纪衍一同前往初级雪道。

二人热身完毕，纪衍打算先了解一下江禾本身的水平，就提了个建议：“要不你先试着滑一小段给我看看？”

“行啊，给你展示一下直滑降。”江禾摩拳擦掌，准备一展身手。

她先回想了一下理论知识，摆好姿势，随后操作着滑雪杖，开启了今日的雪上滑行。

直滑降是在山坡上自上而下的下坡直线滑行，初学者采用的是高山滑雪的基本姿势。在下坡滑降时身体重心根据坡度前移，使重心与地面形成垂直角度，避免重心落后。

根据速度采用不同的滑降姿势，速度慢时采用高姿势，随着速度的加快，姿势也要相应降低，而且双板间距也要随之变化，以求滑降的稳定性，比如，采用高姿势时双板间距要求与髂关节同宽，高速滑降的双板间距要求与肩同宽。

江禾滑了一小段，紧绷的神经稍稍放松了一些，这才有心情向跟着自己的纪衍求表扬：“怎么样？给我打个分呗。”

尽管她滑得像蜗牛一样慢，被路人甲、乙、丙、丁等纷纷超越，但姿势还算标准，纪衍毫不吝啬自己的夸赞：“给你一个机会，你说不定还能拿个奖回来。”

“哈哈哈，阿衍你这样夸我，我会当真的。你有没有发现一件事？”

“嗯？”

“你现在说话越来越好听了！”

“你若喜欢听，我可以多说一点儿。”

江禾因为他的话，笑弯了眉眼。心情一好，兴致就更高了。她主动提议：“要不我再来个基础的犁式滑降，你看看我有哪里需要纠正的。”

犁式滑降是不改变滑行方向的减速或停止滑行的最简单的滑行方法，有屈膝和直膝两种姿势。直膝姿势只能靠板尾宽度变化控制速度，而屈膝姿势不仅靠板尾宽度的变化，还能靠立刃和用刃强度的变化控制速度，实践中一般采用稍屈膝的犁式滑降姿势。

江禾根据自己脑中的理论知识，摆好姿势。可这回才一出发，她的标准动作就全乱了。

纪衍跟在她身旁，耐心指导：“慢慢来，别心急。上身放松，两臂在身体两侧自然分开。对，很好，目视前方。”

“双膝稍屈，非常棒。”

“没错，保持住，非常好！”

“双板尾部分开，呈前窄后宽的‘八’字形，两板的板尖之间的距离控制在十厘米左右……”

虽然纪衍教得很耐心，但刚开始江禾光顾着姿态要标准，结果手脚没协调好，连续好多次都差点儿翻车。幸好有纪衍及时护着她，才让她避免了摔跤。

初级雪道上许多都是新手，也有一些是雪场上的专业教练。有个专业教练在给身旁的菜鸟教学，第 N 次遇到纪衍与江禾后，他摇摇头，好心给纪衍提了个建议：“帅哥，你这样是教不会你女朋友的！初学者必学第一课，摔跤和刹车！别心疼，摔着摔着就习惯了。”

江禾当然也听到了对方的调侃，却红着脸假装听不懂英语。

她心想，幸好没有人看得到自己此刻的表情，要不然她只能找个雪洞钻进去了。她悄悄松开纪衍的手臂，却听到耳畔传来一句话：“谢谢。可我此刻存在这里的唯一理由，就是为了守护她。”

江禾一下子抬起头来，隔着防护镜与纪衍对视。空气里弥漫着粉色的泡泡，这位教练自觉多余，默默走开了。

头顶是湛蓝的天空，脚下是热爱的雪地，眼前是心上人。

或许再也没有哪个时刻比现在更适合表白了。

“江禾——”

“纪衍——”

两个人不约而同开口，喊完对方的名字，又双双停了下来。

江禾只觉得有些口干，心跳加速，手还有些抖。如果不是要拿着滑雪杖，她都想把手塞进口袋里了。她本想主动点儿，奈何做深呼吸也缓解不了紧张，只得谦让道：“要不你先说……”

纪衍笑了一下，表面上佯装镇定，实则像江禾一样紧张不已。他暗自深呼吸，正准备倾诉自己的心意，却突然听到了一连串由远及近的呼救声。

下一秒，只见一个控制不住速度的初学者飞快地从二人身旁掠过，而前方还有好几个正在练习的初学者，一时间初级雪道上尖叫声四起。

情况紧急，纪衍顾不上人生重要的时刻与这即将脱口而出的表白了，操作着滑雪杖迅速追了上去。

雪场上，无论是新手还是高手，都必须遵守安全规则。其中有一条协助原则，发生事故时，每位滑雪者都有义务去帮助受伤的人。除了纪衍，四周的滑雪高手都纷纷朝这个方向围了过来。

江禾有心无力，便没有过去添乱，只为这场被打断的表白赶到遗憾。

她站在原地等了一会儿，开始摒弃脑中杂乱的思绪，尝试着独自练习犁式转弯与小跳。也许是纪衍不在眼前，她竟然完成得还不错。

由于众人赶赴及时，没有酿成事故，帮忙的人们见无大碍，悄声退去，雪场又恢复了秩序。纪衍深藏功与名，向着江禾滑来，准备继续刚才的话题。

见江禾在练习，他便默默跟在一旁，打算先等她停下来再说。可江禾见纪衍归来之后什么都不说，一不小心就想多了。

心乱了，自然就什么都干不好。江禾一时没留心，滑行速度过快，下意识想转弯，谁知身体重心不稳，然后没有耐心等弯转完，她又想着急刹车，最后什么都没做好。

纪衍倘若冲过来，还有可能导致江禾受伤，只得在她即将摔倒的时刻，高声提醒她别挣扎，向同一侧摔倒。

江禾摔倒后，躺在雪地上一动不动，吓得纪衍以为她受伤了，一边焦急地喊着她的名字一边蹲下身想检查她的受伤情况。

江禾没想到他的反应这么大，赶紧出声安抚："阿衍，我没事，我没事，你别担心。你拉我一下，我起不来。"

她到底不甘心刚才那场告白被打断，此刻脑中灵光一闪，有了新主意。

纪衍一颗高悬着的心缓缓落下，他朝她伸手，想将她拉起来。谁知江禾抓紧他的手后，却来了个反向用力。

纪衍不知其用意，担心她的安危，下意识想护住她。一个有心插柳，一个无心栽花，结果就是二人又亲上了。

有心想学电影里的浪漫桥段，现实却总是给人无情一击。

两唇相触的那一瞬，江禾脑中再一次闪过纪衍受伤的画面。一个画面里，纪衍在滑行时，身体失去控制，向后翻转三百六十度后重重摔在地上，失去意识。比赛中断，救援人员出动了直升机。另一个画面里，纪衍躺在冰冷的手术台上，正在进行手术。

江禾宛如遭遇噩梦，当场脸色发白，浑身发抖，直冒冷汗。

纪衍原本抱着江禾，察觉她的反常，连忙睁开眼："小禾，你怎么了？别怕别怕，我在这里，是不是哪里不舒服？"

江禾听了他的安慰，越发想哭。在没有确认自己喜欢上这个人之前，她还能勉强控制住自己的心。可直到此刻，她才发现，拥有这个提前预知爱人会遭遇危险的技能，既是幸运的事，也是残忍的事——你拥有了机会，却无法确定一定能够抓住机会。

江禾没有说话，只是将纪衍搂得更紧了！纪衍伸手轻拍她的后背，给予她无声的安慰与陪伴。

江禾缓了一小会儿，终于稍稍冷静下来，却再也没有心情继续滑下去："阿衍，我肚子有点儿不舒服，要不我们今天先回去吧。"

纪衍闻言，二话不说立即带着江禾离开。

返回酒店的路上，纪衍担心了一路。江禾再三保证她没事，纪衍才没有抓着她去看医生。

将江禾护送至酒店房间门口，纪衍仍不太放心。江禾看他紧锁着眉头，只得安慰他：“你忘记我是学什么的啦？我应该是昨天贪凉，喝了冷饮，又吃了冰激凌，所以有点儿受凉，休息一下就没事了。”

纪衍用手背碰了一下她的额头，没有察觉异常，这才妥协：“如果还有不舒服，第一时间告诉我。”

待纪衍一离开，江禾便迫不及待地跑到桌子前找出纸笔，迅速将脑中闪过的画面的关键点写了出来。最后，她又将十二月八日、九日和十日三天重点圈了出来！

前两个日期是即将举办的高山滑雪世界杯滑降训练赛的时间，十号则是正式比赛的日子。但究竟是哪一天，她还不太确定……

奈何问题就跟韭菜一样，割完一茬立即又冒出一茬，归根结底，还是那个终极问题——如何才能让纪衍顺利解除危机？

对高山滑雪这个极限运动中的“极限”二字的解释，圈内一直有个顺口溜：小回转毁个容，大回转断个腿，超级大回转留个全尸，滑降摔出去人没了。

思及此，江禾觉得自己现在不仅肚子疼，连脑袋瓜也跟着疼了……

沈若微看到纪衍当着众人的面坦然回应与江禾约会一事后，灰心丧气挫败极了。她不知该如何与江禾相处，也做不到再笑脸相迎，愁闷之余，索性避开江禾，全身心投入苦训当中。

江禾明显察觉到沈若微的有意疏离，联想到往日的种种，总算证实了心头的一切猜测。

这世上的爱情，总让人变得盲目与失去理智。也许在沈若微看来，那些小小的“举动”并没有对江禾造成很大伤害。但在江禾看来，友情里一旦掺杂了欺瞒，就变了味道。她可以理解沈若微，却不能苟同她的做法，也没办法再做到心无芥蒂。

友情里，最让人唏嘘的时刻，大概就是我们曾亲密无间，分享喜怒哀乐，将彼此当成最值得深交的人，后来因为某些事渐行渐远，我们心知肚明，却无能为力。

第十二章

双向奔赴

时间并未因任何人、任何事而停下前进的脚步。

翌日清早，集训队离开 TUX 小镇，队员们各自奔赴下一站。

纵使与沈若微的友谊没办法回到从前，江禾仍在沈若微出征之际，真诚送上祝福。沈若微张了张嘴想说什么，可话到嘴边只剩下一句"谢谢"，彼此再无他话。

沈若微看着纪衍，犹豫许久，还是鼓足勇气主动上前道："阿衍，你不给我打个气吗？"

作为队友，纪衍此时不计前嫌，大方送出祝福："加油。"

即使只有简单的两个字，也足以让沈若微面露喜色。

众人在因斯布鲁克国际机场告别后，江禾随着纪衍等一行人前往加拿大路易斯湖站，参加即将拉开序幕的男子滑降首赛。

从因斯布鲁克前往路易斯湖，中途需要转机，全程近二十个小时。

由于纪衍提前与领队沟通过，所以除了中途转机的航班，其余几趟航班，他和江禾的座位都是紧挨着。

飞机上，江禾坐在靠窗的位子，瞬间想起上次坐飞机时自己的卫生巾砸到纪衍肩上的尴尬经历。时隔近两个月，她与他之间的关系竟然会亲密如斯，就差一层窗户纸未捅破。

纪衍脑中也浮现出上次二人一起乘机的情形。他心生感慨的同时，不免想到了当时捡到的那张江禾与章正尧少年时的合影，遂在飞机起飞前临时提议："我们来张合影？"

"好呀。"江禾与纪衍曾经有过一张合影，是当年在青少年滑雪训练营组队拿到勋章后，领队帮他们拍的。只可惜，一个冷着脸，一个臭着脸，不像战友却像敌人，氛围十分不友好。后来滑雪训练营结束，江禾就将那张合照胡乱一塞，眼不见为净了。此时她掏出手机，指挥纪衍："你手长，你来拿手机。要不要先调个美颜模式？"

江禾纠结了好一会儿，也没选定适合的滤镜，总觉得滤镜下的二人反倒不怎么好看了。纪衍看她眉毛快打结了，直接拿过手机替她做决定："江小禾同学，对你自己的颜值自信点儿，就算是用原相机，你的美貌也值满分。”

江禾乐不可支，礼尚往来回了一波吹捧：“阿衍，你知道吗？形容好看的文字不过千万而已，而你一人便胜过所有五千年来最美的文字。见到你之后，我才明白一件事，原来这世上所有丹青水墨，山遥水阔，都是为了铺垫你这人间绝色。”

纪衍依然没能习惯她信手拈来的吹捧，耳后根微红：“你再夸下去，我怕摄像头要自闭了。”

江禾看出他的不自在，大方地说道：“我还有存货，下次你什么时候想听，我再继续给你讲。”

纪衍当场折服。江禾已经扭回头，一边对着镜头比爱心，一边催促：“好了，别看我，快看镜头。”

纪衍听话地望向镜头，按下了自拍键。那个瞬间，江禾突然将头往纪衍那一侧一歪，拉近了彼此的距离。

画面定格，两张年轻灿烂的脸庞亲密地靠在一起，截然不同于十年之前。

不远处的章正尧留意到他们旁若无人的甜蜜互动，心头莫名多了一种自己都说不上来的奇怪滋味。

飞机飞入云端，舷窗外云朵如浪花翻涌。

江禾自从昨日在滑雪场“意外”与纪衍接吻之后，精神一直紧绷着，夜里辗转难眠，压根儿就没怎么睡着。此刻，她盯着外头的景致看了一会儿，睡意渐渐来袭。

纪衍留意到她入睡后，贴心地将遮光板拉下，又替她盖好了毯子。然江禾秀眉紧皱，睡得并不安稳。

纪衍盯着她紧皱的眉头，抿了抿唇，神色渐渐凝重起来。

他从昨天就发现了她的异常，起初只以为她是身体不适，甚至还猜测是不是昨天在滑雪场的告白被打断导致，却很快发现不是。只是他一问，她就岔开话题。他只得压下心头疑虑，暂且作罢。

近二十个小时的航程，江禾在飞机上睡着了好几次，只可惜每次都会被梦里纪衍受伤的画面惊醒。

傍晚，飞机抵达卡尔加里国际机场，江禾脚踩在这片土地上，全身细胞都进入了高度紧张状态。

滑雪队一行坐上大巴，前往路易斯湖滑雪场。车窗外的景色一路变换着倒退，距离目的地越来越近，江禾也越来越焦虑。

车子抵达目的地，结束了一路的舟车劳顿，众人都松了一口气，唯独江禾焦躁地伸手抓了抓自己的头发。

纪衍将这一幕看在眼里。办好入住，他陪同江禾前往客房，主动地道："江禾，你知道的，无论遇到什么事，都可以和我说。"

江禾"嗯"了一声。待纪衍要转身离开，她突然又叫住了他："阿衍，可以问你一个问题吗？"

纪衍点了点头。

江禾踌躇了几秒，问："这次比赛对你而言，是不是很重要？"

纪衍认真地说道："对我而言，每一场比赛的重要性都一样。"

江禾闻言，吞吞吐吐道："那……那在什么样的情况下，你会选择……弃赛？"

最后两个字，她说得很轻，充满不确定。

纪衍的回答，在江禾的意料之内："这个问题，我从未想过。"

江禾一时沉默了。

纪衍心中困惑不已："为什么突然这么问？"

莫非这就是从昨天到现在一直困扰她的问题？

江禾含糊其词道："呃，就是有点儿好奇而已。辛苦了一天，你快回房间安顿好，好好休息。"

明知不可能，仍想试一试。

经过短暂的休整后，纪衍等人再次投入紧张忙碌的训练当中。江禾每每看到纪衍在训练场上专注刻苦的身影，那些劝说纪衍退赛的话就越发说不出口。

面对纪衍关心的目光，江禾好几次都差点儿将自己的秘密脱口而出，临门一脚却退缩了。她害怕这个匪夷所思的秘密会吓退他，害怕他的喜欢会从此冷却。

你看，当你开始喜欢一个人，便就此陷入患得患失的泥沼。

又过了几天，莱维站的比赛拉开了序幕。

大家聚在屏幕前观看了沈若微与刘萌的回转比赛直播。

此次比赛一共七十五名选手参赛，第一轮比赛成绩进入前三十名的选手则进入第二轮比拼，争夺分站赛的奖杯。以B类身份参加比赛的刘萌出师不利，一出场没多久雪板就岔开了，错过了一个旗门，没能完成第一轮的比赛。

不过来参加国际赛事就是攒经验的，遗憾归遗憾，心态倒也没崩。

沈若微作为年轻选手，参赛经验虽不如场上诸多前辈，但此次表现十分出色，以五十二点二六秒的成绩位列第一轮的第十五名。在第二轮的角逐中，她发挥稳定，两轮成绩相加得到的总成绩排第十三，刷新了她本人的最好成绩。对于高山滑雪队而言，这个成绩也刷新了女队目前在回转项目的最好成绩，属于喜事一桩。

江禾观看完比赛全程，不得不承认，在赛场发光的沈若微宛如一颗耀眼的明珠，光彩夺目。偶尔回想起两人之间这段短暂的友情，还是会觉得有些唏嘘，却并不后悔。但与此同时，她联想到了身旁拼搏奋进的纪衍，忽然就想通了！

他无时无刻不在为梦想而努力，她又岂可成为阻碍他追光路上的绊脚石？既然她已经在之前的训练中成功帮助他避开过危险，为什么这次就不行呢？！

解开心结之后，江禾一改之前的颓靡，努力复盘自己感知到的那个画面，记下纪衍遇险的那段赛道，并认真分析了导致纪衍在当时发生意外的所有可能性。不仅如此，为了排除是否有场地因素在内，她还翻阅了路易斯湖站的赛道相关资料。她甚至厚着脸去找了徐教练等专业人士，请教了比赛中容易导致运动员失误受伤的相关问题与解决方案，力图将一切危险因素扼杀在摇篮里！

搞定这些前期工作后，江禾在此后与纪衍的相处过程中时不时就会扯到这些话题。有时候是在二人一起吃饭闲聊时，有时候是在修完板刃之际，有时候是在完成当天训练的某个空闲时间里，她争分夺秒地利用一切可利用的时间，不仅是想让纪衍提高警惕，避开危险，同时还希望纪衍在遇到突发状况时能够完美应对。

纪衍将江禾的转变看在眼里。初时，他觉得奇怪，见江禾与自己探讨训练相关问题，还以为她是想好好学习高山滑雪，可之后发现江禾每次的话题几乎都是以提醒他注意安全结尾时，心中某个猜测便越发强烈。

例如此刻，上雪训练刚结束，一行人结伴下山。纪衍就听到江禾主动聊起刚才的训练："阿衍，刚才我也旁听了教练的点评，有个问题不大理解，能不能请教一下你？"

纪衍点了点头，随即就听见江禾十分认真地说道："我最常听到的就是用弯型来控制速度，入弯更早地加压（卡宾），出弯更晚地释放，这样可以转出一个半径更小的完整的弯，就方便之后控速。可较陡的坡，速度慢的话，入弯的时候似乎没法加压，但加压的目的又是为了控制速度，这不是互相矛盾了吗？"

纪衍望着她写满求知欲的小脸，笑了起来："借助雪杖和身体重心。做卡宾运动的要点，就是连续转弯时雪板和身体的重心必须保持最佳平衡状态。为了实现身体对雪板的加压，需要保持必要的站姿来滑弯，换句话说，就是根据弧线的变化时刻注意上下、左右、前后的重心平衡。"

纪衍开启了简单的现场教学模式："在雪鞋里，让脚心和脚后跟这段受力，而内脚的脚后跟下面作为加压的受力点，在做连续卡宾弯时不能前后移动。学会这样使用你的脚趾和脚掌，就可以实现时刻对雪板从垂直方向加压，顺利滑出完美的弧线。在重心转换时，也就是换刃的时候，要将雪板的滑行轨迹和身体重心移动轨迹保持一致，让身体避免任何多余的小动作，这样才能把弯转得干净利落。明白了吗？”

“哦！理论上懂了，不过实操还很茫然。”江禾回答完，自己先不好意思笑了。

“等有时间了，我教你。”

“好嘞！提前感谢大神带我飞。”江禾笑嘻嘻说完，十分自然地将话题一转，“不过我发现竞技滑雪比赛，特别是速度项目，绝大部分运动员失误受伤，貌似都是因为没有控制好速度和身体重心……”

“不要害怕速度，学会享受它。”

“嗯嗯，记住啦。那你在训练和比赛当中，也要多注意安全。我最近翻看过路易斯湖站的一些过往资料，然后发现了一件事……”江禾掏出手机，将自己特意保存的滑降项目的赛道简图打开，指了指其中特意圈出的位置，“赛道三分之一的这个过弯的位置，似乎经常会有运动员在参赛时摔倒。我等会儿把这张图发给你，你仔细看看，训练赛和正式比赛的时候千万要留心！”

经常有运动员在这个位置摔倒一事，当然是胡诌的。但江禾说得脸不红，心不跳，气不喘的，以至于纪衍探究的目光在她身上打量了一会儿，即将脱口而出的疑问就这么咽了回去。

不过，接下来几天吃饭的时候，纪衍后知后觉江禾什么饮料都没拿，他忽然想起了什么，主动询问：“最近怎么都没看到你喝牛奶？”

江禾顺口胡诌了一句：“我戒奶了。”

纪衍当然不会相信她的鬼话。他正色道：“江禾，我是个专业运动员，优秀的自我管理能力是最基本的素质。所以，你可以选择你自己的喜好，不必担心会因此影响到我。”

江禾点点头，虚心接受，却屡教不改。她当然知道他会照顾好自己，可她还是想尽自己的一份力，想让一切危险因素都离他远远的！

在江禾尽自己最大的努力之帮助纪衍避险时，沈若微等人结束了两站比赛，抵达路易斯湖与大部队会合。因为此次路易斯湖站，沈若微也会参加女子滑降的比赛。

虽然她在滑降项目上的成绩不如主攻的技术项目，此次也是以B类身份参加滑降，但这也打破了国内连续好几年无人参加女子滑降世界比赛的记录。这次参加世界杯就是来攒经验的，唯一任务就是顺利完成比赛！

见到沈若微等人到来，大家纷纷当面祝贺沈若微，章正尧更是开心得宛如自己得奖。纪衍倒是态度如常，与沈若微出征前一样，只说了恭喜。

面对大家的祝贺，沈若微开心道了谢，又体贴地照顾到了刘萌的情绪，赢了一些好感。

唯独在面对江禾时，沈若微一改慧心妙舌，缄口不语。她以为自己会放下这段短暂的友谊，可原来没有。再次见到江禾，她心中只有酸涩与愧疚。可许多时候，有些话一旦错过了时机，就变得难以启齿。

对于滑雪竞技比赛，在正式比赛前两天，官方会组织参赛运动员先进行两次训练赛。训练赛不计成绩。

到了男子滑降训练赛那天，江禾主动提起了自己之前发给纪衍的那张赛道图，让纪衍留心她圈出来的赛段。

第一次的训练赛，纪衍滑得不算很快，旨在了解场地情况。因为有了江禾的提醒与叮嘱，纪衍在经过赛道三分之一处时，尤为慎重。不过一直到滑完全程，他都没有出现任何失误。

尽管如此，他并未就此放松警惕。

第二天，按照最后一场滑降官方训练赛的抽签顺序，纪衍排在第一位出场。在滑行经过那个过弯处时，小心谨慎的他仍然因为视线受到突如其来的明暗干扰而差点儿摔倒。

江禾看到纪衍差点儿摔倒那一幕，倒抽一口凉气。幸好他有惊无险，最终顺利完成训练赛。她不方便询问纪衍刚才遇到了什么事，只好按捺住自己的问题，耐心等待。

然而，排在纪衍身后的几位运动员就没那么幸运了，在同一个位置纷纷摔倒。

因为是训练赛，运动员们并未使出全部实力，外加调整及时，并未造成严重受伤。但这个情况，还是引起了举办方的重视。训练赛被迫暂停，技术官找众多运动员了解情况，并对现场情况进行观察与分析。最后终于得出了结论，那就是阳光从特定角度穿过赛道旁边的树林时，引起赛道上强烈的明暗变化，干扰了运动员的视觉。

在训练赛暂停若干时间后，阳光的角度改变，干扰消失，训练赛继续进行。

事后，江禾从教练口中听说了这个原因，恍然大悟。原来让自己担心了许久的问题，竟然是由于光照引发的！

一行人离开赛场时，江禾听闻赛事组委会出于安全考虑，将滑降赛的正式比赛开始时间往后延迟了一个小时，长久以来紧绷的神经，终于在这一刻悄悄松懈了一些。

纪衍将她的表情纳入眼底，有很多感谢的话想说，还有很多问题想问，但最后都没说出口。

夜幕一点点儿地落下，朝阳缓缓升起。

江禾满怀期待，以为一切都在朝着好的方向发展。可令她始料未及的是，比赛当天早上，一场猝不及防的意外改变了走向……

当时，距离预定的出发前往赛场的时间，还有二十多分钟。领队在群里通知，大巴会在十分钟后抵达酒店大门口，如有准备好的人员可以先行下楼，在大厅等候。教练组和医疗组还在有条不紊地进行着最后的确认，纪衍却如每次比赛那般早早就准备好了一切。他见室友章正尧还未整理好，便将空间留给室友，同对方说了一声，自己先下楼等候大巴车。

电梯抵达一楼大厅，他刚走出电梯，旁边的电梯门也打开了，一个五六岁的亚裔小男孩慌慌张张跑了出来。

一见到同样肤色的纪衍，他立即冲上前，紧紧抓住纪衍的手，带着哭腔用中文道：“爸爸妈妈，爸爸……我妈妈她……”

纪衍一愣，下意识问道：“他们怎么了？”

小男孩哽咽着说不出话，死死地攥住纪衍的手，想拉着纪衍往电梯里走。纪衍只觉得不对劲，但周围又没有工作人员，他连忙任由小男孩领着乘坐电梯来到负一楼。

一抵达负一楼的室内泳池，纪衍立即心头一震。安静的泳池里，男人已经溺水陷入昏迷，而他旁边的女人还在苦苦挣扎。

事出紧急，他来不及思考其他，立即按下旁边的急救按钮，边开口安慰正在挣扎的女人，边迅速脱了衣物拿着救生圈跳进了泳池里，朝他们游了过去！

他以最快的速度游到他们身旁，将救生圈扔到那位溺水的女人身旁，让她先抓住，然后以防万一，他绕到了那位溺水的男人背后，从背后抱住已经陷入昏迷的男人。

然而，变故就发生在一瞬间！

那对男女本来就离得近，体型丰腴且不谙水性的女人见到纪衍救了自己的丈夫之后就要上岸，心中恐慌极了。她已经无法正常思考，出于求生的本能，她没有去抓救生圈，反而立即抱住纪衍这块“浮木”。

她的手臂紧紧勒住纪衍的脖子，腿勾缠在纪衍的腰上，纪衍整个人被压着往水下沉去，呛了好几口水。救生圈因为动作幅度太大已经被荡远，他不得不松开昏迷中的男人，换了一个姿势，尽量让对方避免头部朝下而窒息身亡，却也因此失去了打晕女人再将其救上岸的先机……

池边的小孩已经吓傻了！酒店工作人员匆忙赶来之时，那个借助纪衍而获得喘息的女人挣扎的幅度正渐渐变小，男人头部勉强朝上，而纪衍整个人已经沉入泳池里。陷入黑暗的那一瞬间，他脑中浮现的，是昨日江禾露出轻松笑意的面容。

工作人员迅速下水将人救了上来，小孩的妈妈很幸运，在经过紧急救治后，并无大碍。而小孩的爸爸与纪衍，在采取了一系列急救措施后，依然昏迷未醒，当即被送往了最近的医院。

江禾等人隐约得知泳池有人溺水，却没有联想到纪衍。此刻大巴车已经到达酒店门口，大家得知纪衍早已下楼，却又不在车上，打电话也不接，正纳闷地四下寻找他的身影，纪衍的手机回拨了电话过来，竟然酒店的工作人员打的！

教练与领队等人为了不影响其他队员的参赛情绪，隐瞒了真实情况。领队与江禾暂且留下，而徐教练则带着队员们先行乘坐大巴前往赛场。

待大巴离开，领队领着江禾前往医院的路上，告诉了江禾实情。原来，纪衍在泳池救人时遭遇意外，此刻陷入昏迷，被送往了医院。

江禾得知这个消息时，脑中一片空白，一时竟不知该如何形容自己的心情。她想了很多，又好似什么都没想。

抵达医院，看到昏迷躺在病床上的纪衍，江禾红了眼眶。

她以为自己可以帮助他避开危险，可为什么她做了那么多的努力，他最后仍然受伤入院了？倘若一切努力都只是徒劳，那为什么要让她拥有这个超强感知能力呢？？

此时此刻，江禾看着喜欢的人脸色苍白，不省人事的模样，既担心难过又伤心不已。因为她心里清楚，如果重来一次，这个人还是会做出同样的选择……就如当年，他毫不犹豫跳进河里救她那样。

大概谁也没料到，作为本次滑降赛冠军热门人选之一的纪衍竟然因为救人而缺席比赛！

此次滑降首站赛问题频出，除了纪衍临时退赛，好几个老将接连失误，没能顺利进入第二轮的决赛。以B类身份参赛的钱凯，倒是稳定发挥，顺利完成了比赛。而不被看好的章正尧不知是否因纪衍缺赛，心态反而前所未有地平稳，最终竟拿下了该站比赛的铜牌。

这个峰回路转令高山滑雪队上下喜出望外。

医院病房里，纪衍昏迷了近一天之后，终于转醒。

看到纪衍醒来，知情人士都松了一口气。江禾更是喜极而泣。

纪衍开口第一句话就是问溺水的那对夫妻的安危，得知一个无碍，一个刚刚脱离危险后，他又问了比赛的事情。

领队与后来赶到医院的教练安慰他："虽然这一站没办法参加，但这个赛季刚开始，你这几天先把身体养好，别心急，也别灰心，我们有的是机会！"

纪衍"嗯"了一声，垂下眼，没有再开口。

可江禾分明留意到他两手紧握成拳。她心疼地看着他，有心想安慰，却又碍于场合，不便开口。

纪衍醒了之后，领队和教练分别打电话给国内的领导和正在酒店休息的其他成员。

章正尧、沈若微等人一早就发现不对劲。赛后，他们一直在追问纪衍缺赛的真相。之前队里怕影响他们比赛的情绪，一直保密，这会儿得知纪衍已经苏醒，权衡之下，将真相告知了众人。众人听闻之后，大吃一惊，既为纪衍错过比赛感到遗憾，又对纪衍救人的举动敬佩不已！

此刻，安静的病房内，江禾伸出手轻轻握住了纪衍捏握成拳的手。

"你别难过……"她在病床边坐下，安慰的话只起了个头，立即就被对方打断。

"我没有后悔过。"纪衍略显虚弱地笑了笑。

虽然备战了这么久却在紧要关头错过了比赛让他很痛苦，但他没有后悔过。如果不救人，他才会后悔终生。

"我知道，我只是有点儿伤心，你出事了……"她一想起他昏迷的模样，眼泪就涌了出来。她飞快地用手背抹去泪水，自欺欺人道，"我没哭，今天风有点儿大……"

"嗯，我知道。"他松开了拳头，拉住她的手，轻轻替她拭去脸颊挂着的泪水，终于下定决心表明自己的心意，"江禾，失去意识之前，我脑中只想到了你。有句话，我藏在心里很久了，一直想等到一个正式的场合再说给你听，可意外和明天不知道哪一个会先来，所以我想珍惜现在。”

江禾听到他的话，一下子呆住了！他该不会是要……

纪衍却没有就此停下来，他目不转睛地看着她，一字一顿道：“江禾，我喜欢你。请问，你愿意做我女朋友吗？”

江禾被这个直球打蒙了！胸腔里那颗心，扑通扑通，仿佛要跳出来。明明是十二月的寒冬，她却热得脸颊通红。

纪衍见她不说话，只呆愣愣地看着自己，顿时有些发愁：“如果你不喜欢我的话，我再想想办法？”

江禾终于“扑哧”一声笑了起来。她张开双臂给了他一个结结实实的拥抱和最直白的回答：“纪衍，我也喜欢你！很喜欢很喜欢你！我愿意！我愿意！”

纪衍的眉眼一下子溢满了笑，那笑里满含温柔与爱意。他伸出手臂，紧紧回抱住她。

过了一小会儿，江禾担心有人进来，恋恋不舍地挣脱他的怀抱。她红着脸颊，本想转移话题，谁知太紧张了，一开口就蹦出一句：“这么回答，感觉像婚礼现场啊。”

纪衍看着她懊恼的模样，忍俊不禁：“别心急，你先检验一下我这个男朋友合不合格，满意请五星好评，不满意可随时退货进行回炉重造。”

“你这是黑店啊，竟然只售翻新机。”

“对，黑店开张，来了就别想走了。”

“算了，来都来了。”

空气中糖分超标，甜度爆表。他们频率相同，无须解释就听懂了彼此的潜台词。双向奔赴的爱情，大抵是人生最大的幸运之一。

谢谢你的喜欢，我也喜欢你。

此时，门外的两位听了一耳朵八卦，默默对视了一眼，识趣地没有进去。房间里的年轻人，从不曾因为私人感情影响过训练与本职工作，他们当然也无权干涉啦。

互相表明心意后，江禾和纪衍商量暂时不将二人的关系公之于众。

纪衍问明原因，得知她担心自己会因为谈恋爱背处分，当即哭笑不得。他解释了一番，表示国家队不包分配对象，只要年满二十，都允许谈恋爱。还有一个要求就是得注意纪律，不能影响到训练。

江禾闻言，顿时松了一口气。不过，一想到眼下正是赛季，她有些担心自己与纪衍在一起的消息会影响到队里其他人。纪衍听了她的坦白，选择尊重她的意见。

纪衍在第二天早上顺利出院。归队后，他开始进行简单的体能恢复训练。

两个人一起下楼之际，纪衍主动询问身旁的小女友："要牵手吗？"

江禾盯着某人的手，内心进行了一番激烈挣扎，随后颇为遗憾地将自己那蠢蠢欲动的手放进衣服兜里："还是不要了吧，被人看到不就暴露啦？"

纪衍循循善诱："小江医生，这周围没有熟人，不会有人看到的。等到一楼，我就松开？"

江禾一边默默感叹爱情的魔力太强大，一边努力克制住自己藏在口袋里的魔爪，义正词严道："你别诱惑我，我已经发誓要将坐怀不乱进行到底了！这个赛季，我不叫江禾了，我叫江下惠！"

纪衍忍俊不禁地望着她正直的小脸，伸手拍拍她的头，接下来循规蹈矩，没有再提出任何"不当"请求。

反倒是江禾在下楼的一路，时不时瞅一下自己身侧那只近在咫尺的手，心中仿佛有一根羽毛在轻轻地挠着，心痒难耐。好在最后，她经受住了组织给予的第一次考验！

二人结伴出现的时候，章正尧等人已经完成了当日的上雪热身训练，此刻也在进行基础的体能训练。

见到纪衍，大家纷纷上前关心、慰问。刘萌等人的言辞里无不透着遗憾，纪衍对队友们的关心一一回以感谢，至于其他，则笑了笑，没有多说。

沈若微隐隐察觉江禾与纪衍之间的相处似乎有些不同了，具体哪里不同，一时又说不上来。

然而，无论怎么隐藏，陷入热恋的人，眼里的爱意是藏不住的。

三日后，在男子超级大回转比赛现场，沈若微目睹了某一幕，心中越发肯定纪衍与江禾之间一定发生了什么自己不知道的事情！

彼时，纪衍站在出发台上，全神贯注地等着出发信号。

比赛采用单人出发制，采用电子计时，发令员给出信号的十秒内，任何时候都可以出发，所以起跳非常重要！

当发令员给出信号的第一时间，出发台上那道红色的身影立即如闪电般俯冲而下。

此次比赛一共有六十二名选手参加，根据国际雪联积分和分组抽签，纪衍排在第十五位出场。截至目前，已经完成比赛的四个选手比分咬得很接近，零点零几秒的差距就会让比赛名次发生变化。

超级大回转比赛与其他比赛不同，属于一轮定胜负，用时最少者获胜，因此无法容忍任何一次失误。而每一次转弯、每一次跳跃以及每一次过门都影响着运动员的速度。纪衍深知这些，一刻都不敢松懈。

疾风从耳畔呼啸着掠过，他沉浸在独属于滑雪运动员的寂静世界里，穿过一个又一个旗门。他仿佛为冰雪而生，整个动作如行云流水，走刃时小腿与大腿几乎与雪面平行，身体与雪板处在了最佳角度。每一次过弯、跳坡都堪称完美，着陆更是平稳！

经过最后一个跳坡，终点近在眼前，寂静被喧哗与热闹拥了个满怀。

尽头处，各色旗帜在空中挥舞，来自世界各地，不同种族、肤色的观众尽情尖叫着，欢呼着。当雪板飞速滑过终点线时，电子计时器停在一分三十一秒三八，观众们激动的喝彩声响彻了整个赛场！

终点处，江禾与沈若微等未参加此次比赛的滑雪队的成员们站在一块。此刻，她卖力挥动着手里的五星红旗，兴奋地高喊着纪衍的名字。

高山滑雪这项运动相当耗费体能，纪衍抵达终点时本已累得体力不支，弯着腰正在喘气，耳边忽地听到了夹杂在喝彩声里的自己的名字，下意识抬起头望去，第一眼就看到了笑容灿烂的江禾。

江禾见他望过来，连忙开心地举起手臂放在头上做了个心形的手势。

纪衍见状展颜一笑，破天荒回以一个相同的手势。人群里的尖叫声，更大了。

沈若微目睹纪衍反差甚大的另一面，扑哧一声笑了出来。待下一秒反应过来纪衍的破例独独是为江禾，脸上的笑意便随之淡了下去。

在高山滑雪世界杯比赛中，暂时排名第一的选手可以坐在专属宝座上观看其他选手进行比赛。待后来者超越了前者，宝座的主人就会进行更换。

排行榜上，纪衍以零点二秒超越原本排在第一位的奥地利选手，排在了第一名。纪衍来到专属第一的宝座上，被纪衍超越的那位奥地利名将大大方方给予了他一个热情的拥抱与夸赞。

随着时间的推移，比赛逐渐接近尾声。

场上的运动员们带来了一场接一场既惊险刺激又精彩无比的表演，但纪衍的排名无人撼动。章正尧在这次的表现中，搓雪有点儿大，有个跳坡落地时不够平稳，速度因此拉开了不少，排在了第二十名。

章正尧对于自己的表现并不满意，也确实看到了自己与纪衍之间的差距。承认技不如人，并不丢人。他主动朝自己的队友兼对手走去，送上了真心的祝贺。

欢呼都发自内心，拥抱充满真诚。不分国籍、种族、年龄、性别，为热爱而拼搏，为纯粹而喝彩，竞技体育的魅力，大抵如是。

颁奖典礼结束，纪衍被教练等一群人团团围住。

江禾此刻的心情既激动又兴奋，堪比自己夺冠。眼下并不是个合适的时机，她笑意盈盈地跟在旁边，打算私下里再向某人道贺。

包围圈里的纪衍一一回应完众人之后，突然扭头望向江禾："江医生，能不能麻烦你帮我一个忙？"

江禾突然被点名，有些不明所以，却乖巧地点头，走到他旁边。

就在江禾好奇地等待纪衍所谓的"帮忙"之际，却见他忽地嘴角一弯，摘下了脖子上那枚奖牌，下一秒他长臂一伸，那块沉甸甸的金牌就挂在了她的脖子上。

江禾当场傻眼了！不仅如此，周围的队友们也都当场愣住！

纪衍仿佛不曾留意到周遭的异常，语气轻快地说道："请帮我保管一下，谢谢。"

江禾回过神，在众人的目光注视下，一点点儿红了脸颊。

她盯着眼前这个男人，后知后觉他是在用这个方式与自己分享胜利的喜悦。那一瞬，眼眶莫名就有些潮湿。她连忙借点头的动作遮掩快要坠落的眼泪。

纪衍克制住想要将小女友揽进怀里的冲动，只是伸手安慰似的轻轻摸了一下她的头："走吧，我的贵重物品。"

江禾听出弦外之音，一下子破涕为笑。

请人帮忙保管金牌这种事，简直闻所未闻！在场的人不约而同想起了之前纪衍热烈追求江禾一事……

知道一些内情的徐教练与领队看到这一幕，嘴角微微上扬。

徐教练默默在心里感慨，以前怎么一直没发现，原来这小子还挺会哄女孩的嘛！

路易斯湖站的比赛在当天全部结束。

这个赛季才刚开始，中国高山滑雪队就取得了突破性成绩。当晚，教练组给大家加了餐，所有人围在一张大桌上吃饭庆祝。

纪衍主动坐在了江禾旁边，全程对她照顾有加。他旁若无人的举动惹得桌上其他人频频侧目，江禾只得在桌下悄悄扯他的衣角，提醒他收敛一些。奈何某人不为所动，该添茶加水时毫不含糊。

江禾心里满是甜蜜的负担。这一天下来，和官宣有啥区别啊……

一旁的秦诚阳留意到纪衍给小外甥女夹的菜似乎都是她喜爱的，又联想起之前的亲眼所见，当下有了判断，望着纪衍的目光也越发慈祥。

亲眼看到纪衍与江禾的一系列互动后，坐在桌子另一端的章正尧与沈若微今夜都显得有些沉默与心不在焉。

章正尧这才彻底意识到，一直以来追在自己身后跑的女孩竟然真的喜欢上了别人！突如其来的惆怅与失落，伴随着比赛的失意，一起漫上他的心头，美味的晚餐变得索然无味。人哪，真是矛盾的动物。明明之前不珍惜，失去后又忍不住后悔。

沈若微一晚上都留心着纪衍与江禾的互动，藏在桌布下的那只手掌心里满是指甲痕。

眼见纪衍起身离席，沈若微再也按捺不住，借口去洗手间，跟了出去。

她默不作声地跟着前方那个俊挺的身影，一路穿过酒店长廊。头顶灯光明亮，有那么一瞬间，她以为自己又回到了青涩的十六岁。

那一年，全国高山滑雪青少年锦标赛，她在入住的酒店遇到了最后一次参加比赛的他。

其实那并不是她第一次遇到他。只可惜，她当时仅仅是众多参赛选手里的一个，与他毫无交集。但那一次，她机缘巧合，捡到了他不小心遗落的参赛证。当时，她跟在他身后走了很久，多次想叫住他，却羞于喊出口，于是错过了好多次归还物品的机会，最终一路跟到了他房门口。

她的手还没碰上他的衣服，就差点儿被他来了一个过肩摔。幸好他意识到不对，及时住手。她仍被吓了一大跳，嗫嚅着将手里的证件递还给他。

少年冷峻的面容，瞬间如冰雪融化：“哦，原来你跟了我一路是因为这个，我还以为遇上了不法之徒呢。”

他的调侃，令她羞红了脸颊。

那一次比赛，被省队寄予厚望的她初登青年组比赛就遭遇惨败。她备受打击，躲在无人处抹眼泪，却再次遇到了连夺好几块金牌的他。

不知他是否认出了她："摔倒了就重新爬起来，眼泪不值钱。"

他随手送给她的唯一一颗糖果，她珍藏了很久，久到变质。

那之后，他离开赛场，前往海外念书。

再相遇，是十九岁。她成了国内高山滑雪技术项目女子组的新星，他刚重返赛场就攫住了所有人的目光。

遗憾的是，他没有认出她。又或许，他从不曾记得她。

此时此刻，异国他乡的酒店一隅，纪衍终于停了下来。他转过身，眉目疏离地望着身后的女孩："什么事？"

"纪衍，我喜欢你！从……"沈若微鼓足勇气，时隔几年再次向他表白。然而，她还未来得及说出那一次全国青少年锦标赛的初遇，就被他无情打断："抱歉，我有女朋友了。"

心中的猜测被证实，沈若微一下子失控，歇斯底里地抓住纪衍的手臂："为什么是她不是我？我究竟哪一点比不上她？我们认识这么久，在一起的时间甚至超过了家人，我们有相同的梦想和抱负，我们……我们……"

她的一颗心，在他不曾有丝毫波澜起伏的表情里，逐渐冷却。她望着他的眼睛，抛弃自尊，最后一次问出口："那个人为什么不能是我？"

我们早早相遇，可你喜欢的那个人，为什么就不能是我呢？

纪衍挣开她的手，平静地说道："很多东西可以勉强，唯独感情不能。沈若微，我们是队友。"

纪衍说完，转身离去。沈若微独自一人在原地，久久不能回神。她努力了那么久，原来只能到队友为止。除此之外，绝无其他可能……

她沉浸在悲伤里，没有留意到身后不远处，还有另一个人因为担心她而追出来，亲眼看见了这场失败的告白。

那人最终没有露面，一直等到她收拾好心情离开，才迈开沉重的步伐沿原路返回。

想得却不可得，你奈人生何。想得却不可得，情爱里无智者。

原来，歌里早就写明了一切。

第十三章
释怀与秘密

路易斯湖站的比赛一结束，高山滑雪队立即马不停蹄开启了新的征程。几名运动员再次分开，按照各自赛程分别奔赴不同的赛场。

时间被紧张忙碌的比赛和训练填满，儿女情长暂且都搁置一边。

之后的比赛中，章正尧那边虽没有收获更多的奖牌，但总体发挥都还算稳定。沈若微大概是情场失意，赛场得意，好几次比赛表现都超过了往日的训练水平。

身为种子选手的纪衍，在这个赛季大放异彩！他不仅连夺滑降项目两金两银，还在此后的超级大回转和全能赛项目中分别又摘得了两个铜牌。赛季还没结束，他就成了各大媒体与网友追逐热议的焦点之一。

纪衍每收获一枚奖牌，都会一本正经地请江禾代为保管。其他人从初时的震惊，到后来的习以为常。明眼人都能看出这两位应该是在谈恋爱，但他们都各自尽到自己的职责，无可指摘。独令他们费解的是，江禾这个当事人收到“保管奖牌”的请求后都会脸红很久。

纪衍请江禾保管奖牌一事，在纪衍受到更多外界关注后，被扒了出来。

某次，有记者在赛后亲眼看到纪衍将奖牌挂在一名女生的脖子上，于是本已结束采访的她忍不住又追上中国高山滑雪队，询问可否再追加一个问题。得到同意后，她问出了心中的疑惑。

纪衍听了采访的问题，下意识看向了江禾所在的方向。见到江禾偷偷朝自己做了一个把嘴巴拉上拉链的动作，只得耸耸肩，无奈地笑着回了一句：“抱歉，这是个秘密。”

远在国内的秦妙在网上看到了这个爆火的采访视频，顺手点了进去，却意外发现镜头一扫而过的女孩竟然就是自己的表妹！

她立即拿出手机找小表妹了解真相。

江禾看到表姐八卦的问题后，支支吾吾。她总不能说她给自己挖了个坑，然后又主动跳了进去吧？

她默默给自家表姐发了一首歌曲的链接，然后就尿遁了。

那首歌叫《给我一个吻》。

这一切都得从纪衍拿到本赛季第一块奖牌后，请江禾代为保管说起。

那天，回到酒店之后，江禾立即将纪衍拉到一旁，想将奖牌还给他。毕竟，纪衍还得接受国内媒体的专访，金牌肯定也要出镜展示。

纪衍一改在外人面前的高冷模样，满面春风地弯下腰，让女朋友帮自己重新戴上奖牌。

江禾帮纪衍戴上奖牌后，见他没反应，不解地提醒道："好啦，你快去采访区吧。"

谁知，纪衍忽地倾身拉近彼此的距离，紧接着单手往墙上一撑，壁咚式地将江禾禁锢在小小的角落里，佯装出一副凶巴巴的样子："就这样？"

"啊？"迟钝地江禾眨了眨眼睛，单纯反问，"要不然呢？"

纪衍郁闷不已，只得当场改变策略，换上一副委屈巴巴的表情："没有什么爱的奖励吗？"

江禾哭笑不得，踮起脚尖，在他脸颊上蜻蜓点水般地亲了一下。

纪衍不太满意地勾起她的下巴，目光落在女孩诱人的唇瓣上，缓缓亲上去。

江禾像是受到蛊惑般闭上眼睛，猛然想起自己的超感官知觉，下意识地做出了躲避的动作，于是那个原本该落在她唇上的吻就改了着落点。

纪衍笑起来，伸手捏了捏她的脸颊，没有再说其他。他心中虽遗憾，但也知道见好就收。谈恋爱是来日方长的事情，不急。倘若把女朋友吓跑那就得不偿失了。

江禾反倒生出几分愧疚。可是她有苦难言，只得保持沉默。

采访即将开始，领队跑来找人。江禾怕被发现，匆匆从某人的胳膊下方钻了出来。

领队假装没发现，只让纪衍快点儿跟自己去接受采访。结果，他话刚说完，拿在手里的手机就响了："给我一个吻，可以不可以。吻在我的脸上，留个爱标记。给我一个吻，可以不可以。吻在我的心上，让我想念你……”甜美的歌声一响起，江禾与纪衍就忍不住对视了一眼。

队伍里的领队，除了负责各种事务的处理，还要与教练员紧密配合。尤其是纪衍夺了金牌后，他的手机都快被打爆了。于是，在前往采访区的一路上，这首歌被播放了无数遍。

江禾因接下来暂时无事，被纪衍拉着一起去了。短短一路，她只觉得自己好像被洗脑了，脑海里时刻飘荡着五个大字——给我一个吻。

当她飘忽的眼神再次与纪衍幽怨的眼神对上，她选择了举白旗投降：“好了好了，等下次你拿到奖牌了咱们再补上？”

与其因为超强感知力而惶惶不可终日，倒不如将它当作是上天的馈赠，坦然应对。

自此之后，在江禾的提醒下，纪衍好几次避开了即将发生的危险。尽管都是小事，但是足以令纪衍心头的疑云再起。奈何时机不对，纪衍打定主意，等赛季结束之后就找江禾深聊。

秦妙看完小表妹的回复，选了个恰当的时间，打了个视频电话过来。

秦妙一开口调侃道：“小丫头有情况啊这是？”

江禾谈恋爱的消息一直瞒着家里人，就连表姐也不知道。她原本是打算等赛季结束，回国后再叫上纪衍一起去见表姐。此刻听了表姐的话，她装鸵鸟：“喵姐你说啥？我这里风好像有点儿大……”

秦妙看到视频里的环境，小表妹分明就是在房间里。她不雅地翻了个白眼：“‘我谈恋爱了’五个字是不是烫嘴啊？”

“噗——”拿起杯子喝水想掩饰自己心虚的江禾，在听到表姐的话后，当场把水喷在了电脑屏幕上。她手忙脚乱地将屏幕擦干净后，赔着笑问，“姐姐，你咋看出来的？我这不是想等回国后再和你说……”

“小丫头片子，就你这满面桃花的样子，能瞒得过谁啊？”秦妙说完，重点问了一下纪衍的为人。

这道题，江禾太会了！她将纪衍从头到脚夸了一遍，就差直白地说出那句“值得托付终身”了。秦妙沉默了一瞬，忽然往事重提：“几个月前，我记得有人好像每次提起纪衍都咬牙切齿啊……”

江禾厚着脸皮道：“此一时，彼一时，那个，人与人之间，可不就得多深入了解了解嘛。”

秦妙哈哈大笑：“逗你玩呢！到时候回国了，姐姐给你们接风洗尘。”

新年的钟声敲响之后没过多久，分散在各地的参赛队员们重聚奥地利进行新一站的挑战。

女子全能赛比赛前夕，沈若微突然私下来找江禾。

在前一站的比赛和训练中，她旧伤复发。经队医的诊断，她不能上场，遗憾缺席了当时的比赛。倒霉的是，在这日的训练中，原本好转的旧伤又被牵扯到了。

她担心告知教练组之后，教练组会因此让她结束这一赛季的比赛。赛程还未结束，她仍想再坚持，不甘心就此退场，可膝关节旧伤实在疼痛难忍，便想到了身为助理队医的江禾。

江禾看到沈若微来找自己，惊讶不已。沈若微起初没有说别的，只说自己膝关节旧伤还有些没好全，担心影响第二日的比赛，所以请江禾给自己多开点儿止疼的药片。

即使不是朋友，彼此依然是队友。江禾听了她的话，关心立即跃上了眉眼：“我先帮你检查一下，我们再按照伤势情况来进行紧急处理。”

沈若微担心她发现，只得板着脸拒绝了她的建议：“我自己的身体情况自己清楚！你要是不开，我现在就去找秦医生！”

江禾只得给她开了符合规定的止疼药片。沈若微离开后，她出于谨慎考虑，将沈若微的情况告知了身为主队医的秦诚阳。秦诚阳立即又将情况汇报给了教练组。

当晚，已经吃过止疼药的沈若微接到了教练组的通知，明白江禾已将自己的情况上报，烦躁地抓了抓头发。

经过医疗组的紧急诊疗之后，教练组又找沈若微进行了一番深入交谈。在沈若微的一再坚持下，她如期参加了第二日的女子全能赛。

高山滑雪全能赛是由滑降和回转比赛组成，第一轮进行的是滑降的比赛，下午再进行第二轮回转比赛，比赛按照两个项目总成绩决出名次。

在冰雪运动“江湖”中有句传言：没有经历过延期的高山滑雪比赛，是不完整的。比赛当天，天气状况并不是很好。在推迟了一个小时后，第一轮正式开始。

滑降项目于沈若微而言并不是最擅长的项目，但每一次比赛都是一次自我挑战。她心无旁骛，在倒计时声里俯冲而下，开启了新征程。

不可否认，竞技滑雪比赛除了拼实力，有时候还需要一些好运气。

人人都没料到，此次的女子全能赛状况频出。先是夺得上一届世界杯该分站冠军的选手在第一轮赛前因脉搏过快，临时退出了比赛。后来又有数个夺冠热门选手栽在同一个弯道上，导致没能完成第二轮的回转比赛。

高手们在开场的表现多多少少影响了后续参赛选手的心态。

不过也有人毫不受影响。例如，沈若微。

她这次压根儿没抱夺奖的希望，唯一的目的就是突破自己。不知是早上吞的止疼药发挥了作用，还是心理作用，站在热爱的赛场，膝关节的疼痛似乎全消失了。她满心满眼，都只剩下惊险刺激的赛道。

或许正因此，她在比赛中超水平发挥，表现十分出色。待两轮比赛结束后，奥地利分站赛的女子全能赛铜牌竟然落到了沈若微头上！

这是刷新记录的一幕，包括沈若微自己在内，所有人都难以置信！中国高山滑雪队更是被这个好消息砸晕了！

不料，两日后，国际雪联那边传来一个坏消息，直接将中国高山滑雪队众人给炸蒙了！

那就是，沈若微在比赛开始前进行的兴奋剂检测结果显示异常，即阳性！国际雪联将暂停她在本赛季后续的所有训练与比赛。

如果被证实服用兴奋剂，她将面临两年的禁赛处罚！

这个消息在中国高山滑雪队里引发了轩然大波。

沈若微如遭晴天霹雳，当场情绪崩溃。她最是爱惜自己的羽毛，岂会去做这种违规的事情！在大哭了一场过后，她将自己关在房间里，对自己赛前的行程进行了复盘。很快，她将怀疑的目光锁定在了江禾的身上！她平常吃喝都有严格管控，唯一例外就是那天晚上找江禾拿了止疼药片！

她先入为主，越想越觉得罪魁祸首就是江禾！气急败坏的她甚至没有跑去找江禾求证，就径自去找了领队和教练，将矛头指向了江禾，并补充道："江禾不仅是纪衍的女朋友，还和章正尧师哥是青梅竹马。之前她向章师哥表白被拒绝，对我有些误解。现在又因为纪衍，对我有偏见。除了她，我想不到其他原因了！"

江禾给沈若微开止疼药一事，教练组那边也都知道。可沈若微这一番话将一切归咎于情感问题引发的矛盾，可信度上升了不少。

兹事体大，主队医秦诚阳第一时间知晓后，严肃地给江禾发了一条消息："你那天晚上给沈若微开的是哪种止疼药？"

江禾突然收到这条消息，有些摸不着头脑，但还是如实将那天给沈若微的止疼药片的名字发了过去。

秦诚阳收到短信后，给江禾打了个电话："江医生，请你现在马上来一趟会议室，有事找你。"

称呼与语气都不对劲，再联想起刚才的短信问询，江禾生出几分不好的预感。赶到指定的那间小型会议室时，她才发现情况似乎比自己想象的严重。

会议室里，领队和教练组、医疗组都在，还有眼圈红红的沈若微。

沈若微紧紧盯着走进来的江禾，眼里闪过一丝恨意。在她看来，自己所有的坏运气都是从遇见江禾开始，现在更被对方毁掉整个职业生涯……

江禾没有忽略沈若微看向自己时的眼神。她抿了抿嘴，朝众人打完招呼，随后主动询问让自己来这里的原因。

领队将眼下的状况解释了一遍，又问："江医生，能不能请你将女子全能赛前夜发生的事情详细讲一遍？事关重大，请你不要跳过任何细节。"

江禾点点头，开始事无巨细地将那晚沈若微来找自己时发生的一切复述了一遍，随后坦然接受众人的打量与评估。

"当时还有其他人在吗？"

"没有，只有我和沈若微两个人。"

队里没有立刻下定论，只暂停了江禾的工作，让她等待后续的处理。

江禾刚踏出会议室，就被带入了一个沾染着凉意却暖心的怀抱里。

有时候无须言语，一个拥抱就足矣。

三人成虎，谣言漫天。

江禾身正不怕影子斜，不惧怕任何非议，但来自队友们的质疑目光与含沙射影的试探，还是影响到了她的情绪。

幸好，纪衍一直坚定地站在她身旁。

其实药品都有记录，少了哪些一查便知。关心则乱，这么简单的问题，他们竟都给忘了。纪衍私下找秦诚阳聊过之后，秦诚阳想起这一点，立即将这个消息反馈给了队里。

除此之外，纪衍又去找了沈若微，想更全面地了解情况。

沈若微知道纪衍是为了江禾而来，听了纪衍的分析，赌气地回了一句："谁知道她有没有在药物里动手脚？"

章正尧也在场。他之前听了沈若微对江禾的控诉，不再像往常那样第一时间支持沈若微，但也没有支持江禾，而是选择了保持沉默。

此刻，听了沈若微这句话，忍不住为江禾发声："师妹你理智一点儿，江禾不是这种人！"

沈若微知道自己说错了话，连忙给自己找补："认识这么久，难道你们也觉得我会服用违禁药物吗？"

身为队友，纪衍与章正尧都相信沈若微不可能主动违反国际雪联的规定。

纪衍觉得这事从头到尾都有些蹊跷："我相信你不会做有违底线的事情，但你真的确定原因出在江禾给你的止疼药上吗？会不会，还有另外的可能？"

"那还能因为什么？"沈若微认定纪衍的心已经偏了，懒得再回答其他问题。

由于药品有严格的管理，医疗队每次给队员们进行药物诊疗，都会专门进行记录。在经过严谨地调查之后，江禾的嫌疑被洗脱。

如此一来，沈若微从受害者变成了大家心目中的怀疑对象。沈若微提不出任何可信的证据，再加上她对江禾"倒打一耙"的举动，大家看她的目光顿时微妙了起来。一时之间，沈若微被孤立了。

刘萌等人对沈若微失望不已："师妹，你到底怎么想的？为什么不爱惜自己的羽毛？"

沈若微百口莫辩，终于体会到了江禾曾经的处境。

在被暂停比赛和训练期间，沈若微十分颓废，几乎不出门。她独自一个人待在房间里想了很久，也想了很多。直到第四天，她收到了一条江禾发来的微信："无论如何，请永远不要放弃初心和梦想。"

沈若微那一刻的心情，犹如打翻了调味罐，五味杂陈。她蒙着头躲在被窝里狠狠哭了一场，然后起身拉开了房间所有的窗帘，天光一下子透进来，驱散了满室阴霾。

她将自己拾掇完毕，主动去找江禾："可以和你聊一聊吗？"

江禾看到沈若微重新打起精神了，主动邀请她进屋聊。

沈若微一怔，越发羞愧了。她后退一步，朝眼前之人深深鞠了一躬："江禾，对不起，我之前做了很多伤害你的事情。我知道，所有为了一己私欲而伤害别人的行为，都不应该得到谅解。我也知道现在道歉已经于事无补，但还是想亲口对你说声对不起……"

终于等来这句迟来的道歉，江禾的心情却有点儿复杂。

沉默良久，她说出了自己真实的想法："过去的伤害已经造成，我不会大方告诉你没关系，可我原谅你，因为没有人会拒绝真诚的道歉。"

"谢谢。"沈若微再次朝江禾鞠了一躬，慢慢转身离去。走了两步，她忍不住扭过头，问出心中奢望，"我们……还能成为朋友吗？"

江禾摇摇头："抱歉，我这人有点儿小气。"

沈若微听了她直白的回答，反倒笑了起来。笑过之后，只有满满的惆怅与失落。

与江禾告别后，沈若微主动去找了教练组，提出要对自己的B样本进行分析。运动员做兴奋剂检测时，不管是血检还是尿检，都要取两份样本，分别成为A样本和B样本。按世界反兴奋剂机构规定，如果A样本被检查出阳性，运动员可以申请进行B样本检测。

中国高山滑雪队向国际雪联提起了申诉，申请进行第二次样本检测。

就历史数据而言，A样本被检查出阳性而B样本阴性的可能性极低。可偏偏，在外网一片嘲讽声里，B样本的分析结果跌碎了无数人的眼镜——阴性！

诡异的是，两份样本上的一些数据对不上。

国际雪联对此事进行深入调查，事后发现原来是相关工作人员在采样时出现重大工作失误，弄错了检测标本，这才导致了这场乌龙事件！

事件真相大白，沈若微恢复了成绩与参赛资格。中国高山滑雪队得到了来自国际雪联的正式道歉，洗刷了冤屈。

检测出阳性的A样本实际属于另一名外国女运动员。该运动员辩解说自己是因为患流感而服用了一些药物，至于最后结果如何，只能等待国际雪联的调查。

赛季还在继续，有人幡然醒悟，捡回初心，继续为梦想奋力一搏。有人回忆过往，惆怅万分，最终选择鼓起勇气，向曾被自己辜负和伤害过的少女道歉。

章正尧来找江禾道歉的时候，纪衍也在。他询问江禾可否和他单独说话，当场被江禾拒绝：“阿衍不是外人。”

纪衍已经准备避开，猛地听到女朋友的话，心情大好，厚着脸皮不走了。

意识到江禾的亲疏有别，章正尧沉默了一瞬，压下漫上心头的苦涩，满怀愧疚地说出那段组织了很久的心里话：“江禾，一直以来，我都欠你一句道歉。对不起，面对你的心意，无论是拒绝还是接受，我都没能给予真诚回复，反而用逃避伤害了你的真心。对不起，我自私地活在自己的世界里，从未考虑过你的感受，说了很多伤人的话，做了很多令你伤心的事。对不起，过往那个我真是糟糕透了……”

回忆像老电影里的镜头一一闪过，是是非非、爱恨情仇都恍如昨日之事，同时又恍如隔世。

江禾认认真真听完，心中十分平静:“正尧哥哥，过去的事就让它过去，我们都朝前看吧。接下来的比赛，请继续加油。”

“谢谢。”谢谢你曾照亮我。祝你幸福。

章正尧明白她已彻彻底底放下过往，落寞转身离去。

江禾收回目光，这才发现身旁的人正不满地看着自己。

纪衍见女朋友的注意力终于回到自己身上，冷哼了一声：“你刚才叫他什么？正尧哥哥？”

江禾好笑地看着满脸醋意的某人，眼珠一转，甜甜地喊了一声：“阿衍哥哥。”

“咯，干吗？”纪衍本来也没真生气，女朋友一撒娇，他就直接缴械投降了。

“你耳朵红了。”

纪衍：“……”

“阿衍哥哥，把你的手给我一下。”

纪衍不解地看着江禾。

“科学研究表明，牵手能减少压力荷尔蒙，能稳定心跳，还会使人的皮肤变好，甚至能缓解疼痛。”

纪衍被她一本正经胡说八道的本事逗笑："不怕被发现了？"

"我牵我男朋友的手，光明正大。"

江禾笑眯眯牵起身旁之人的手，与之十指紧扣，从此再也不想松开。

世上的秘密早晚有一天会浮出水面，正如纸永远包不住火。

意大利分站赛开始前，江禾又一次陷入焦虑与恐惧里。这次，她提前感知到纪衍不仅遭遇危险，上了手术台，甚至还在病床上躺了很久，此后更是被宣布无缘赛场！

比赛日期逐渐逼近，想到上次纪衍救人导致溺水一事，江禾担心自己这次仍然无法帮助纪衍避开既定的命运，急得上火，却又有口难言，最后发展到只能靠药物助眠。

纪衍虽然一直忙于训练与比赛，但也察觉到江禾的状态不对劲。起初，他以为江禾会自我调节好，后来才发现她的状况似乎越来越糟糕。出发前往意大利分站的前夜，他送她回房间时，意外发现她备受失眠困扰，正在服用助眠药物！

时值隆冬深夜，室外寒气逼人。

然而，在江禾看来，比室外温度更冷的，是纪衍此刻的神色。她不安地看着他，有心想解释，可一时又不知该从哪里说起。

室内静悄悄的，只有沉默在蔓延。

过了许久，纪衍叹了一口气，率先败下阵来："禾禾，到底发生了什么事？你最近的状态很不对劲。"

"我……"江禾眉眼耷拉下来，沮丧道，"我不知道该从哪里说起，这事太匪夷所思，你肯定不会相信的，因为就连我自己都有些怀疑自己……"

纪衍见她这副模样，心头的疑虑逐渐加深："困扰你的那件事，是不是和我有关？"

江禾听到他主动挑破话题，心中紧绷的弦反倒松弛了一些。她做了个深呼吸后，点点头："阿衍，你知道心理学上有一种叫'超感官知觉’的超心理现象吗？它的英文叫作Extra Sensory Perception，简称ESP。它是指人体感官之外的潜意识自我预知状态。这种能力能透过正常感官之外的通道接受讯息，你能预知将要发生的事情，但与你之前的经验累积所得的推断无关。”

纪衍几乎是一听到“超感官知觉”一词时，就猜出了江禾的秘密是什么。因为这个词，他也曾烂熟于心！

他难掩震惊地盯着眼前的女孩，一时竟不知该如何形容自己现在的心情！时隔十年，他竟然遇到了与曾经的自己有相同经历的人……

江禾并不知道纪衍内心所受到的震撼。她低垂着眼睛，双手紧张地绞握在一块儿，讲述着自己身上发生的奇妙际遇：“你还记得我们重逢的那天吗？那时在机场，我们不小心亲了一下，然后我就发现我可以感知到你即将遇险的画面。一开始我以为是自己的精神出了问题，后来才发现，每一次我们意外亲吻，我都能感知到新的画面……”

秘密的一角被掀开后，掀起的却是惊涛骇浪。

纪衍的目光落在自己的左手上，神情恍惚。他还以为江禾与曾经的自己一样，是通过左手来感知的，却原来并不都相同。

“你现在一定认为我疯了……”江禾抬起头看到纪衍陷入沉思，忍不住苦笑，“我起初也以为自己精神有问题，甚至准备去做心理咨询，直到我去请教了念心理学的好友，她向我科普了‘超感官知觉’这种超心理现象，并告诉我这世上没有什么事是科学解释不了的。那次在餐厅，我第二次预知你会在训练中受伤，恰好又得知姨父被特聘为此次集训队的主队医，于是便决定加入集训队，成为一名实习助理队医。在奥地利集训期间，你终于避开了那次危险，不过其他人受伤了。那时候我以为是我引发了蝴蝶效应……”

房间里，只有女孩低低的倾诉声。

她细说着这几个月来的离奇经历、心情以及对心上人安危的深深担忧，声音渐渐哽咽：“阿衍，你真的不能暂时弃赛吗？我看到你在比赛中摔倒，冲出了赛道护网，在雪道上滑行了几十米……我知道你现在肯定觉得我满口胡言，但我发誓我真的没有骗人……”

当那些难以启齿的秘密都坦白后，忐忑高悬的心却并没有安稳落地。她绞尽脑汁试图再次解释，没想到下一秒却被带入了一个温暖的怀抱里。

“禾禾，我相信你。”纪衍抱住她微微颤抖的身体，一只手安抚地轻拍着她的后背，温和地向她道歉，“对不起，这段时间让你担心了，谢谢你为我做的一切。”

所有惶惶不安都在听闻“我相信你”四个字后消散，江禾再也控制不住情绪，趴在他怀里号啕大哭起来。

夜沉了下去，突如其来的寒雨打湿了窗扉。

待江禾的情绪稍稍平稳之后，纪衍松开怀抱，转身给两人各倒了一杯热水，随后在她面前坐定。

“江禾，”他的语气前所未有地严肃认真，“你愿意听我讲一个故事吗？可能有点儿长。”

江禾下意识端正坐姿，安静地等待他的下文。

“你知道十年前，我为什么会劝你别去水边吗？”

江禾瞬间瞪圆了眼睛。

纪衍缓缓说出了秘密：“因为有一次训练的时候，我左手的手套不小心掉落，然后碰到了你的手……”

儿时，由于父母的工作特殊，不能在身边照顾他，纪衍被寄养在北方的爷爷奶奶家里。

五岁那年夏天溺水被救起之后，他身上多了一个秘密，只要左手与别人皮肤接触，就能预知对方在一周内即将面临的危险。天真的他常常将自己感知到的画面说出来，希望能够帮助别人避开危险，但得到的无一例外都是人们对他的辱骂和殴打。

随着他的话一一被验证，旁人看他的目光也越来越惊恐，就连那些亲友都开始害怕他。家中迷信的老人甚至请了神婆来家里“跳大神”，只为驱除附在他身上的“魔鬼”。

等父母发现不对劲的时候，他已经有了自闭的倾向。父母当机立断将他接回身旁，放下了工作，带着他四处去看心理医生。从此，他开始接受长达多年的心理干预，再也没有在人前脱下左手的手套。

在这漫长孤独的成长年岁里，唯有滑雪的时候，他脸上才会展露笑容。

十四岁那年的滑雪训练营，是他人生的分水岭。在训练营里，他救了落水昏迷的少女，并对其进行了人工呼吸。少女苏醒之后，他却意外发现自己身上的超强感知能力竟然消失了！

他为此欣喜若狂，同时也对少女充满了感激。就在他畅想美好未来的时候，不可预知的命运给了他狠狠一巴掌。在离开滑雪训练营的第三天，父母为他庆祝完生日，前往野外进行考察时遭遇泥石流，双双去世……

很长一段时间，他陷入痛苦、自责与内疚当中无法自拔。他知道这一切并不是江禾的错，也不曾后悔救了江禾，却总是不可避免地想起另一种可能。如果当时他的超强感知能力没有因为救人而消失，是不是就可以阻止父母的死亡了呢？

没有人能告诉他答案。他将一切巧合归之为命运，任由时间来抚平一切伤口，也以为自己已经放下了一切。

可今夜，没能及时挽救父母的自责再次将他吞没，他忽然又有些不确定了……

窗外的雨一整夜都没有停歇过。

房间里，纪衍首次敞开心扉说出了自己的故事。待故事都说尽，只剩下满室寂静。

江禾惊慌失措地紧紧抓着纪衍的手，千言万语涌上心头，却不知从何说起。

他轻描淡写的每一句话都令她无比难过。更让她愧疚的是，因为她，间接导致了他父母的死亡……假如当年他没有出手相救，他身上的超强感知力就不会因此消失，或者说就此转移到自己身上，那么他就有机会避免父母的死亡。而她与他之间，兴许就如两条直线，在十年前滑雪训练营结束之后再无交集。

“对不起……”她低垂着脑袋瓜，宛如做错事的小孩。

“江禾，永远不必为此道歉！我从未后悔过当初的决定，即使重来一遍，我的选择也不会改变。”但正因如此，他才没办法原谅自己。他的心结，从来都在自己心里。

“阿衍，我知道你需要一点儿时间，我等你。”江禾于心不忍，索性帮他做出决定。

这场雨好似伤心人的眼泪，一直到高山滑雪队乘坐飞机离开时都没停。

江禾与纪衍都想当昨夜无事发生，可惜谁也做不到。双方都怕说错话让对方受伤，可越是小心翼翼，便越显疏远。

出发前往意大利这一路，二人之间除了简单的交谈，再无其他互动。

抵达意大利后，参赛队员们又立即马不停蹄地投入紧张的赛前训练，二人之间的交谈就更少了。再加上江禾想给纪衍多一些私人空间，私下又忙着想办法恳求主办发同意在原有的基础上增加安全隐患大排查的次数，于是除了必要的碰面，其他时候二人很少再同框。

没过几天，队伍里的其他人就感觉到小情侣之间的氛围不对劲。鉴于这段时间的经历，谁也没好意思再当面找两位当事人八卦，私下里却议论纷纷。特别是钱凯某次无意间在聊天群说漏了嘴，于是整个高山滑雪队都听说了纪衍与江禾分手的消息。

不过，章正尧一开始并不相信江禾与纪衍会分手。

他以为那两个人最多是在闹别扭，但仔细一观察，又觉得情况似乎更严重。因为，他不仅多次看到江禾望着纪衍的身影踌躇不前，还发现江禾有时候会对着纪衍的身影发呆。而纪衍眼里似乎除了训练还是训练，自始至终好像都没怎么关注过江禾。

这一发现，增加了两人分手的可信度，也让他忍不住开始蠢蠢欲动。人总是这样，往往在失去后才开始后悔当初没有好好珍惜。

赛前三天的中午，章正尧看到江禾独自坐在角落吃饭，目光却一直望着纪衍的方向出神，终于按捺不住，端着餐盘走了过去。

“我可以坐在这里吗？”章正尧问。

江禾回过神，看到自己面前的章正尧，心中虽不理解对方的举动，但还是点了点头。自从上次说开之后，二人见面会如常打招呼，但再没有单独说过话。

章正尧看出她的疑惑，再回想从前的光景，苦涩涌上心头。他没有拐弯抹角：“小禾，我发现你最近似乎心情不太好，是不是遇到了什么事？”

江禾听出他话里的关心，愣了一下，摇了摇头：“我没事，谢谢关心。”

章正尧听出她的疏离，神色微暗，迟疑了几秒，仍是问出了那个问题：“你和纪衍最近怎么了？听说你们分手了……”

“啊？”江禾听到自己的分手传闻，满头问号，“谁没事乱造谣？我们好着呢！”

章正尧见她的神色不似作伪，一时也有些搞不清真相，只好道：“我知道我以前太浑蛋了，也知道经历这些事情之后再以朋友的身份相处是妄想，但至少……一起长大的情谊还在。如果纪衍敢欺负你，你尽管告诉我，我替你收拾他！”

江禾笑了笑：“正尧哥，谢谢你。不过你的担心是多余的，纪衍才不会欺负我呢。”

章正尧闻言，没再多说。

他也希望如江禾所说的那样，可之后的时间里，他明显感觉不对！

陷入热恋的两人，怎么可能一天下来，几乎无话可说？只要纪衍一出现，江禾的眼神总是追随着他。可纪衍呢？连个对视都懒得给她。

不知怎的，章正尧脑海中猛地冒出一个词——冷暴力。

当晚，在加训结束，各自回房休息后，压抑不住心头怒火的章正尧敲响了隔壁的房间的门！

与此同时，秦诚阳与江禾正在一楼大厅闲聊。秦诚阳也察觉小外甥女最近的状态确实有问题。思来想去，他决定做个多管闲事的长辈。

“小禾苗，你和纪衍现在什么情况？听说你们分手了？”

江禾闻言，当时就把手里的矿泉水瓶捏瘪了！她气势汹汹追问：“老秦同志，您听谁说的？我和阿衍好着呢！分手是不可能分手的，这辈子都不可能分手！”

秦诚阳被她的气势唬住，想了想，忍不住追问：“真没分啊？”

“我骗您干什么？”江禾郁闷地说道。他们只是交流少了一些而已，怎么都在造谣他们分手了啊？

“那为什么你们最近都不怎么说话？闹矛盾啦？”

“当然没有！”江禾讪讪地摸了摸鼻子，胡诌了一个理由，“这不是比赛在即，我怕打扰到阿衍训练。”

秦诚阳虽然不相信，但也没再追问。无论什么事，他相信他们会处理好的。

秦诚阳万万没想到的是，他刚决定不管，突然就收到了章正尧与纪衍发生冲突的消息！秦诚阳惊得一脚踩碎了自己的眼镜……

一旁的江禾听说这两个人打架的消息，震惊只多不少！

等江禾与秦诚阳搭乘电梯匆匆奔回楼上时，纪衍房间的门紧闭着，教练和领队正在里头训话。

门口站着钱凯等人。秦诚阳有些纳闷，询问是怎么一回事。

钱凯看了看江禾，没出声。他此刻心里面有点儿埋怨江禾，总觉得她出现后，队伍就不太和谐。

江禾接收到他的眼神，难以置信地用手指着自己：“该不会是冲冠一怒为红颜吧？”

钱凯差点儿破功笑出声。在他看来，江禾的性格确实不错。他也知道这件事与自己没多大关系，可想到自己的队友们，还是忍不住多嘴：“具体情况等下你自己问他们吧。江医生，希望你处理好自己的感情，不要影响高山滑雪队的团结。”

江禾理解钱凯为何这么说，并未生气，只点了点头。

房间里，纪衍与章正尧谁也没说打架的原因。教练被气得脸色铁青，当场给予二人记过处分。

待房门一开，教练等人离去，江禾一看二人脸上挂的彩，顿时气笑了！

纪衍嘴角有些淤青，其他倒还好。章正尧则左脸颊淤青了一大块，嘴角也有些红肿和血迹。

她盯着眼前的两个人，气不打一处来，到底还是顾及二人的颜面，先去关上了房门，然后才道：“你们两个疯了吗？知不知道自己到底在干什么？”

纪衍占有欲满满地搂住自己女朋友的腰，冷眼看向章正尧：“想打架随时奉陪，但是觊觎我女朋友绝对不行！”

章正尧冷笑：“呵，你以为我怕你吗？遇事不好好沟通，只会对女朋友使用冷暴力，算什么男人……”

江禾头疼地看着眼前一触即发的战况，只得大吼了一声：“停！”

待二人安静下来后，她才追问：“什么冷暴力？你是不是误会了什么？”

章正尧：“你就别为他隐瞒了！但凡有眼睛的人都能看出他最近一直对你使用冷暴力！”

江禾：“……”

她算是彻底明白了。因为自己说没分手，所以章正尧误以为自己遭受了纪衍的冷暴力，这才有了这一出。

她叹了一口气，随后正色道：“正尧哥，我和纪衍之间确实发生了一些事，但不是你想的那样。纪衍从来都没有欺负过我，相反他一直尊重和爱护我。我们最近交流少，是想给彼此一些时间和空间来思考一些事情。我很感谢你为我出头，但我还是想告诉你，那些时过境迁的回头，对我来说是打扰。我让秦医生替你处理一下身上的伤吧。”

章正尧听到她正面的拒绝，神色黯然。

江禾转身打开门，请自家姨父帮章正尧处理身上的伤。章正尧默默跟着秦诚阳离去，没再说一句话。

江禾本想拿好医药箱再过来帮纪衍处理伤口，但想到自己无可救药的方向感，她只好拉着纪衍去自己房间处理伤口。

等到了房间，江禾刚打开医药箱，突然又想起一件事："你身上有没有受伤？"

"没有。"纪衍知道女朋友还在气头上，赶紧赔笑，"我就是一开始没留神，挨了一拳……"

"我不信，你把衣服脱了让我看看！"

纪衍二话不说就开始脱衣服，脱完上衣，犹豫了一下，小声询问："还要脱吗？"

"脱！"江禾凶巴巴地抱胸站在一旁。

纪衍无奈地开始脱长裤。

江禾正在打量他的上身，看有没有受伤，见他脱完运动长裤就不动了，下意识蹦出一句："怎么不脱了？"

纪衍似笑非笑："我怕你害羞。"

江禾这下也意识到自己的问题太大胆，且自己此刻的视线属于非礼勿视的范畴。她立即红着脸移开视线，嘴里却不服输道："哼，你是不是忘了我是学什么的？在我们医学生眼里，都是组织和器官，男女性别压根儿不重要……还好没受伤，快点儿把衣服都穿上，着凉了怎么办！"

纪衍忍俊不禁，乖乖听从指挥。

江禾小心翼翼地帮纪衍处理完嘴角的伤，忍不住道："幸好没大碍，下次不要这样了，万一受伤了怎么办？也不知道正尧哥怎么样……"

纪衍听她提起情敌，顿时醋意横生："他能怎么样？看在即将要比赛的分上，我手下留情了，压根儿没怎么用力。"

"那也不能这样，不然咱们有理也变无理了。教练刚才走的时候气得脸色铁青，如果不是马上就要比赛，说不定还会给你们加个停赛的处分。"她的话语里亲疏有别，可对纪衍是否会参赛一事，避而不谈。

纪衍心疼地伸手将她拉进自己怀里，主动说出决定：“禾禾，我考虑清楚了。我会继续参加这次的比赛。”

江禾听了他的决定，低垂着脑袋瓜好一会儿没说话。纪衍有些担心，绞尽脑汁想安慰她，谁知耳边传来一句虎狼之词：“我们来接吻吧！”

江禾抬头对上纪衍的目光，知道他误会了，连忙解释：“既然你要参加比赛，我们赶紧回顾一下细节，也好提前想办法应对啊！”

然而，没有画面。

无论二人尝试多少次，依然什么都没感知到。

这个信号，莫名令江禾心生不安。可她没有放弃，而是想尽一切办法，成功让赛事组委会加强了对赛场的安全隐患大排查。她尽了自己所能，剩下的一切就交给未知的明天。

第十四章

相爱可迎万难

脑海中曾闪现过的画面成真的那一刹那，江禾眼中的世界立即黯然失色，寂静无声。

她犹如失了魂般，一动不动地盯着现场大屏幕。屏幕里，她爱的人倒在冰冷的雪地上，这一幕与无数个深夜将她惊醒的噩梦重叠了。

事故发生地点，几名医护人员紧急赶到受伤的运动员身旁，很快，救援直升机出动，将已经失去知觉的运动员就近送往医疗站进行抢救。

这短短几分钟，却像一个世纪那样漫长。

当直升机飞离赛场上空，大屏幕切回候场的运动员身上，消失的声音如浪潮奔涌而来，一下子将江禾淹没了。她终于听到旁边同伴关心的声音："江医生？江医生？江禾……你没事吧？"

她僵硬地转过头去，看见对方担忧的脸以及手里的纸巾。紧接着，她听到对方说："你别哭，我们现在就去山下的医疗站！"

她伸手一摸，才发现自己早已泪流满面。

中国高山滑雪队第一时间收到纪衍受伤的消息，领队已经赶赴山下的医疗站，不过因为他伤势严重，只能转运到定点医院治疗。领队和徐教练等人通气后，立即跟随医疗直升机陪同前往。

此刻，队里正在商议后续前往医院的人选。因章正尧等人还得参赛，所以徐教练与秦诚阳等人没有随行，而是另外指定了一名工作人员前往医院与领队会合。

江禾等人到来时，队里的工作人员正准备与赛事组委会派出的人员一起赶赴医院。徐教练看了一眼江禾，便让江禾也一起随行。

赶往医院的路上，江禾一颗心紧紧揪着，显得异常沉默。一行人花了一个多小时，终于抵达医院。

手术室的灯亮着，纪衍正在进行手术。手术室外的等候区域，领队正神色凝重地给国内的领导打电话汇报情况。

待打完手中的这通电话后，领队忧心忡忡地对两位队友道："纪衍目前的情况不容乐观，脑部受到撞击导致创伤性脑损伤，胸骨等多处骨折，最初还一度出现呼吸困难的症状。这场手术很复杂，保守估计至少要十多个小时。医生说，万一手术期间出现并发症……”

“没有万一！”沉默了一路的江禾微哑着嗓子粗声打断领队的话，目光紧紧盯着手术室的门，语气坚定，“手术一定会顺顺利利的！”

领队叹了一口气，没再继续这个沉重的话题。

运动员受重伤是大事！

领队的电话几乎没怎么停过。

空气里弥漫着消毒水的味道，令人窒息。江禾坐在冰凉的椅子上，目光紧紧盯着手术室的指示灯，全身每一根神经都紧绷着。

不知过了多久，领队手中的电话不再响起。可一安静下来，那种压抑、沉闷的气氛就越发明显了。

时间就在这备受煎熬的焦灼等待里，一点点儿地流逝。从白天到黑夜，又从黑夜到晨光熹微。

手术室的灯熄灭的那一瞬间，江禾猛地从位子上站了起来，谁知太久没动导致血液循环不足，一下子又跌坐回原位。

两位同伴吓了一跳，江禾连忙道：“我没事，你们先去看看阿衍。”

另外两个人闻言，便没再管她，与赛事组委会的工作人员一起快步朝医生走去。江禾稍稍缓过来后，立即跟上前去，恰好听到医生说手术很顺利。

她紧绷了许久的神经在这一刻获得了短暂的放松。接下来的二十四小时是危险期，只有等纪衍安全度过危险期，她才能彻底放心。

回想起之前感知到的画面，江禾忍不住暗想，也许这一回运气并没有想象中的糟糕。奈何二十四小时后，现实狠狠给了她一个耳光！

病房内，虚弱的纪衍用尽所有力气抓着江禾的手，问了一句话：“为什么不开灯？”

江禾伪装的坚强，差点儿在这一秒分崩离析。

纪衍意识到了不对劲，静默了一会儿，问：“我为什么会看不见？”

领队等人已经去找医生了，江禾望着眼前面容苍白憔悴的男人，努力让自己的声音平静下来："阿衍，你先听我说。你在滑降比赛中受了很重的伤，脑损伤外加身体多处骨折。手术花了将近二十个小时，但顺利完成了。你现在刚刚度过了术后二十四小时的危险期，身体有些不对劲的地方很正常，等主治医生过来，我们再找他了解原因。"

江禾心中有些怀疑是脑损伤引起的视神经损伤，但不敢妄下定论。而纪衍听了江禾的一番解释，许久都没有再开口。

主治医生闻讯急忙赶到病房，在经过一番仔细严密的检查后，给出的结论验证了江禾的猜测，确实是由于脑损伤压迫到视觉神经区域，从而影响到视力，导致失明。

同时，医生还提醒脑损伤可能还会带来其他的后遗症，例如肢体活动功能障碍、语言障碍等。不过一般情况下，这些后遗症可以口服相应药物进行治疗，亦或者做相应的康复锻炼和外科干预。

鉴于纪衍目前的身体状况不适合再次进行外科手术干预，暂定的方案是先用药物进行治疗。

纪衍住院后，国家体育总局也从国内委派了专家前来意大利。而江禾与另外一名小伙伴被安排在医院与护工一起照顾纪衍。

高山滑雪队的成员时常会来医院探望，大家都宽慰纪衍一切都会好起来，纪衍起初也很乐观。可两周后，医生宣布可以出院，他的视力依然没有好转。所谓的外科干预，目前仍然没办法进行。

自己做的决定，就要自己承担后果。他没有后悔当时参赛的决定，却不得不思考最糟糕的结果。

如果他这辈子都没办法恢复视力，那么他与江禾之间该何去何从？

出院当天，纪衍便在江禾等人的陪同下，率先乘机返回国内。

彼时，恰逢春节假期，队里给大家放了几天假。

江禾并不知道纪衍已经在思考分手一事。她早就打好了小算盘，准备回家后就将自己与纪衍的事情告诉父母，并邀请纪衍去家里过春节。

然而，邀请的话还没说出口，就提前被看穿了。

纪衔叮嘱她："禾禾，过年期间你在家好好休息，多陪陪父母，不用担心我。队里安排了专人负责我的一切生活起居，你别担心我，我会好好的。"

他语气温和，实则态度坚决。江禾只得暂时点头应允。

一回到家，江禾立即召开家庭会议，将自己与纪衔在交往的事和盘托出。

江氏夫妇在听完女儿与纪衔之间的事后，默契地做出了相同的决定。那就是，尊重女儿的选择。

在江禾说出要邀请纪衔来家中过节之前，江氏夫妇便主动提了出来。江禾激动地抱了抱自己的父母，然后就跑去给纪衔打电话了。她以为纪衔会高兴，谁承想纪衔居然拒绝了……

那天晚上，江禾握着手机蹲在小院子里，抬头望着被乌云遮住的夜空缄默不语。电话那头的纪衔就那么默默陪伴着她，直到手机电量用光。她未说尽的话语，他都懂，却不得不收起温柔，狠下心肠。

秦妙出现的时候，江禾还抱膝蹲在院子里。她已经从姨妈口中了解了基本情况，径自走了过去："怎么蹲在这里？晒月光吗？"

江禾低垂着脑袋瓜，没有吭声。

"哎？连我的冷幽默都不起效果了，看来事情很严重啊。"秦妙在闷闷不乐的小表妹旁边蹲下，轻声道，"小禾苗，你知道那天听到你在电话里哭，姐姐我有多着急吗？如果不是我家老头告诉我不用过去，我当天就买机票了。事实证明，你自己也能处理得很好。"

"虽然你长大了，已经可以独当一面，但在我眼里，仍是小屁孩一个。你还记得我们很早以前的约定吗？遇事不决找喵姐啊……"

江禾终于抬起一双兔子眼睛似的红眼睛，委屈又伤心地说道："他好像决定要跟我分手……"

秦妙最见不得小表妹这副模样，连忙拥着她轻声安慰："别哭，别哭，人在遭遇突然变故时，容易做出一些错误的决定。伟大的诗人辛波斯卡也说了，一个人活着就会做错事。所以，我们大方原谅他就是了。但是呢，你下次见到他的时候，该骂还是得骂，该批评的坚决别心软！不就是暂时性失明吗？如今医学这样发达，一定会找到办法的！晚上我就去家族群里吼一声，发挥群众力量联系相关的专家们……”

江禾听了表姐的安慰破涕为笑：“阿衍心里肯定比我还难受，我不想骂他……喵姐，你也别骂他……”

“小丫头片子，你这还没带他见家长呢，一颗心就偏成这样了！以后可咋办？”

秦妙嘴上说着不满，真等到后来江禾带着纪衍上门见家长，却没少偷偷帮忙提点。

春节假期结束，江禾返回队里报到。

三个月的实习考察期早就结束，助理队医转正的审批手续也已经下达。

江禾看到这份审批报告，只觉世事难料。原本她只准备待满三个月就撤，怎知眨眼就过去快五个月了……

关于未来的安排，她在经过一番深思熟虑后，暂缓了最初的继续留学深造计划，选择留在高山滑雪队。这个决定，她与父母通过气，得到了父母的一致赞成。

接到纪衍电话的时候，正值傍晚。天气预报里的那场大雪如期而至，纷纷扬扬的雪花覆盖了整个北城。总算等来这个电话的江禾，在挂断电话后，轻呼了一口气，随后昂首阔步，无所畏惧地走进大雪里。

运动员公寓里，纪衍给江禾打完电话后，心情更加低落。尤其是听到江禾接电话时轻松的口吻之后，他对自己即将做出的决定产生了动摇。

江禾抵达时，纪衍刚刚再一次说服自己。可当门被打开，女孩轻快的声音响起来，他又忍不住生出了放弃的念头。

护工主动离开，将空间留给了二人。

江禾假装没看出纪衍的纠结，只道："阿衍，今天的雪和我过生日那天很像哟。等你以后有空了，我们再去一次因斯布鲁克吧。我们可以一起滑雪，还可以租个小木屋……"

纪衍听她畅想未来，无力感涌上心头。他兴许会就此坠入永夜，而她还有光明的未来。他怎能如此自私？他该放手的。

即使心痛到无法呼吸，他仍然说出了那句残忍的话："江禾，我们分手吧。"

屋子里，静得只听见彼此的呼吸。纪衍藏在毛毯下的手，紧紧捏握成拳。他咬紧牙关，生怕一开口就泄露关心。

短暂的十几秒度日如年，他总算听到江禾开口了。

"说完了吗？"江禾笑了一下，说，"那现在轮到我了。"

纪衍屏住呼吸，静待审判。然而，他没有等到她的话，反倒等来了那落在唇上的温软。

唇瓣相交，热意辗转。

只一个吻，你就知道了我所有沉默的心事。

包括，我爱你。

这个世界杯赛季结束后，章正尧与沈若微进行了面对面长谈。

在这长达几年的相处过程中，两个人在情感上都没有完全坦诚过。时过境迁，物是人非，再纠结是非对错，已无任何意义。

彼此敞开心扉之后，他们选择恢复单纯的队友关系。此后，两个人摒弃儿女情长，一心投入训练当中，只为心中的目标而拼搏。

纪衍失明一事，曾在网上引起过很长一段时间的热议。

人们送上祝福的同时，也为他遗憾、惋惜。只是每天都会有新闻取代旧闻，纪衍的视力又一直没能恢复，时间一久，热度渐渐散去，除了粉丝和业界人士，很少再有人提起他。

正如世间所有的故事，都会由喧嚣归于平静。纪衍从起初的灰心沮丧，到满怀期待，再后来终于慢慢接受了现实。虽然看不见，但他依然在努力复健。受伤后的第五个月，他除了看不见，已经能够恢复生活自理。

关于他与江禾之间，自那次之后，再也没有说过分手。

因为相爱，可迎万难。

八月末的某天清晨，纪衍一觉醒来，睁开眼睛，突然看到了久违的日光。

他一时没能适应光线，连忙闭起了眼睛。等慢慢适应之后，他做的第一件事，就是看向窝在自己怀中酣睡的心上人，贪婪地用目光仔仔细细描绘她的模样。

不久之后，江禾察觉到异样，微微睁开了眼睛。对上眼前这双明亮有神的眼睛，江禾心头一跳！

纪衍目不转睛盯着她，眼里有璀璨笑意："禾禾，好久不见。"

"你……"江禾一骨碌爬起来，伸出三根手指头，"你快告诉我，这是几？"

"三。"

"这是多少？"

"五。"

江禾反复测试了好几次，纪衍都很有耐心地回答了她的问题。

最后，他握住她举在半空中的手，将她激动颤抖的身体紧紧拥入怀中："我刚刚很害怕这只是一场梦，怕梦醒了，一切又恢复原样。有句话，我本来想在意大利滑降赛结束后就告诉你的……"他眼含热泪，一字一顿说出那句迟了六个月的告白，"江禾，我爱你。"

江禾的回应是一个滚烫的热吻！

再没有令人不安的画面闪回，只有爱意汹涌。

经过一系列详细、繁杂的检查之后，医生宣布纪衍的视力已无大碍。但为了安全起见，仍需要定期来医院复查。高山滑雪队成员们得知纪衍恢复视力这个好消息，激动万分，奔走相告。

纪衍归队那一天，高山滑雪队内部举行了一场热烈的欢迎仪式。纪衍望着这些一起并肩战斗的队友，深深地鞠了一躬。教练组与医疗团队一起商议之后，量身为纪衍制定了训练计划。

纪衍重回训练场后，江禾则开始着手自己的求学之旅。

此后漫长的时光里，他们相隔两地，各自为自己的目标与梦想而奋斗。无数次跌倒，无数次爬起来。他们彼此安慰，互相加油打气，等待顶峰相见。

二〇二二年二月，小海山。

随着发令枪响，一道红色身影宛如离弦的箭从起点处飞驰而下，开启了冬奥之战。他身姿矫健，宛如飞鹰在雪道上翱翔，又似游龙在驰骋。

广播里，解说员正在进行现场解说——

“现在登场的，是来自我们中国的运动员纪衍！纪衍可以说是我国高山滑雪滑降项目的第一人，他的出现刷新了我国在高山滑雪速度项目里的数项历史记录。

“不过，他在两年前世界杯意大利分站的滑降项目上遭遇重伤，全身多处骨折，脑损伤压迫视觉神经导致失明，严重的伤势令他一度退出赛场。但经过漫长的复健与训练，他重新站上了赛场！

“去年，纪衍在世锦赛整个赛季的表现都不太理想，没什么特别亮眼的地方。

“有人曾将他比作流星，说他虽光芒闪亮，却只是短暂地闪耀了一下。纵有疾风起，人生不言弃，舆论与失利都没有将他压垮！在刚刚结束的赛季，他以王者般的姿态归来。让我们一起期待他今天的表现……

“到目前为止，滑得都非常流畅！起跳非常好，第一阶段结束已经比暂列第一的瑞士选手快了零点三一秒！

“没有出现一次失误！最后一个悬崖跳非常完美！

“一分四十二秒四十七！纪衍又一次证明了自己！这个成绩几乎可以锁定金牌，同时他也再次刷新了中国高山滑雪队在滑降项目上的历史成绩……”

解说员激动的声音传遍整个赛场。

终点处，掌声与欢呼声如雷。而即将夺得人生首枚奥运金牌的纪衍，在与教练和队友拥抱之后，却开始四处找人。

周围的记者们一头雾水，知情的同伴们则一边捂嘴偷乐一边帮他找人。

当场上所有选手都完成了比赛，颁发仪式也顺利完成，人却还没找到。获得金牌的纪衍一边接受采访，一边继续四处搜寻那个熟悉的身影。

待纪衍完成采访后，一个身穿白色羽绒服的女孩笑眯眯地走到了他身后，伸手轻拍了一下他的肩膀：“嘿，帅哥，你是在找我吗？”

纪衍听到女孩声音的那一瞬间，笑意立即盈满了眉眼。他转身看着她，忽然单膝跪地，掏出赛前请队友帮忙保管的那枚戒指。

“我认识你的时候十四岁，在滑雪训练营里我们相看两相厌，视彼此为匆匆过客。二十四岁那一年，我们的人生因为命运的馈赠重新有了交集。此后我们共同经历了欢笑与泪水，挫折与困难。谢谢你治愈了我所有的焦虑与不安，谢谢你从未想过放开我的手，谢谢你爱我。

“这天是我们在一起的第七百九十天，也是我爱你的第三年。我将一直爱你，忠诚于你，无论贫困、患病或者残疾，直至死亡。江禾，请问你愿意嫁给我吗？”

这场突如其来的求婚，让全场都屏住了呼吸。现场各大媒体的直播镜头也都对准了这一幕，场外的观众也紧张地等待着女主角的答案。

江禾压根儿没料到他会求婚。相处的点点滴滴在脑海中一幕幕闪过，她在告白声里泪流满面。

人海为媒，冰雪为证，她朝他伸出右手，郑重地说出那坚定的三个字：“我愿意。”

——正文完——

番外一

世上成千上万个她，唯有你让我融化

初返训练场时，纪衍一度无法克服心理障碍面对赛道。每次只要一行进到赛道中途，他脑中就会浮现出之前受伤的那一幕，于是只好被迫中断训练。

在第N次上雪训练失败后，纪衍对自己产生了怀疑，甚至放弃与心理医生沟通，自暴自弃生出退役的念头。

江禾得知纪衍的情况，在与徐教练商量之后，瞒着纪衍飞回了国内。

她在亚布力训练基地找到纪衍时，纪衍正独自窝在寝室望着窗外的景物发呆。

最初的敲门声，他没有理会，可门外那人也拿出了不达目的誓不罢休的架势。他冷着脸一把打开门，还没来得及反应，那人已经热情地扑进了他怀里。

“Surprise！”

纪衍抱着她，眉眼不自觉染上笑意：“你怎么回来了？”

江禾背着双肩包，笑嘻嘻道：“一日不见，如隔三秋，当然是因为想你啦。”

松开怀抱后，纪衍帮忙拿下她的背包，拉着她进了房间。待她休息了一会儿，他才轻声询问：“教练是不是联系过你？”

江禾没有逃避这个问题，坦然点头：“对啊。他知道得意弟子要退役，愁得头发都白了。所以打了越洋电话，请我这个救兵回来劝一劝你。”

纪衍看着她，等着她后续的话语。谁知江禾话锋一转，说：“快穿好衣服，跟我走。”

纪衍：“嗯？”

江禾：“约会！我明天晚上的航班，抓紧时间过二人世界！我已经提前帮你请过假了。”

纪衍：“……”

纪衍这下搞不懂她是什么想法了。

她不远万里跑回来，把时间都花在路上，却不打算劝劝他？

二人出了门，江禾招停了摆渡车，拉着纪衍直奔基地大门口。

抵达冰城时，已经是好几个小时之后。

江禾拉着他，像普通情侣一样逛街、吃饭、看电影，压根儿没提起纪衍想退役一事。

最后反倒是纪衍忍不住了。

在人来人往的机场大厅，他颓然地看着她，问出心头困惑："你不想问我为什么吗？"

江禾摇摇头，理所当然道："如果你已经决定了，那我当然站在你这边啊。我接到徐教练的电话时就说了，我尊重你的选择。"

纪衍哑然，良久，释然一笑。

爱大概就是，无论对错，你永远站在我这边。

送别江禾后，纪衍赶回了训练基地。

他主动去找了教练，听从安排预约了接下来心理咨询的时间。

此后，他在众人的帮助下，终于一点点儿克服了心理障碍，重新站上了赛场。

纪衍复出后，比赛成绩一度十分不理想。

初时，舆论还算温和，安慰与鼓励的声音占据了大多数。然而随着时间的推移，风向渐渐转变。好在纪衍早已调整好心态，并未受到干扰。于他而言，今天胜过昨天已经是胜利。

他更关心的，是自己女朋友江禾的身体状况。

最近几天，他与她视频时，她总是一副无精打采，哈欠连天的模样。他询问下，才得知她忙着赶一份报告，睡眠严重不足。

他帮不上忙，除了默默心疼，只得主动减少找她的次数，好让她多点儿时间休息。

某日，队友孟天赋咋咋呼呼拿着手机跑来找他："师哥！你快看这个微博热搜！你有个真爱粉最近连续几天在网上舌战喷子，狂战键盘侠，将那些黑你的家伙骂到自闭了。然后今天有好心的网友做了个汇总，迅速出圈！真爱粉的战斗力果然不容小觑！哈哈哈！"

纪衍的目光落在那位真爱粉的昵称上，忍不住抽了抽嘴角。

对方微博昵称——纪衍今天向我求婚了吗。

等纪衍顺手点开那条热门微博后，他默默地怀疑了一下人生。

他怀疑这个真爱粉在抹黑他。因为，此君回击键盘侠的方式，是将自己偶像各种角度的照片制作成了无数个表情图，然后用表情图回复喷子。

他匆匆扫了几眼，正想将手机还给师弟，目光忽然在某张照片上顿住。随后，他若无其事地将手机还给师弟，补了一句："把链接发给我一下。"

孟天赋乐呵呵将链接发给自己的师哥，还想留下来继续八卦，却听到师哥下逐客令道："师弟你可以走了，别忘了把门带上。"

孟天赋立刻苦瓜脸："我咋觉得自己像个工具人？"

纪衍无情地回了四个字："不用怀疑。"

孟天赋："……"

孟天赋离开后，纪衍打开那条微博链接，详细翻看那个热门帖子。

不看不知道，越往下翻看，他就越发觉得不对劲！这位顶着自己微博超话小主持人称号的真爱粉不仅给他一种很熟悉的感觉，制作的表情图所用的照片还是非亲近人士不可能有的……

他曾怀疑这是个私生饭，但很快就否定了。在纪衍留心这个微博账号一段时间后，这个困惑终于得以解开！

当时，他看到对方在超话里新发的那张照片，心情异常复杂。那张照片的拍摄角度是女朋友视角，是不久之前江禾给他拍的，从未对外发布过。

原来之前某人睡眠不足的根源，是他自己。

犹豫了一会儿，他将这条微博截图发给远在海外求学的女朋友，又发了一段微信语音："不必理会微博上的黑粉，那些陌生人说了什么，我一点儿都不关心。江禾，我更在乎的是你在国外有没有照顾好自己。"

江禾收到男朋友发来的消息后，知道自己已经暴露，只得心虚地将自己的所有微博内容转为仅自己可见，此后再也没有上过这个账号。

纪衍微博超话的粉丝们为此纳闷了很长一段时间，起初以为这个超话大粉是不是受到黑粉的威胁之类的，还怀疑过这个时常发布纪衍独家照片的超级大粉是个私生饭，可能出了什么意外之类。后来一挖，发现不得了了……

这好像是嫂子啊！

直到那天，全球各大电台实况转播了高山滑雪滑降金牌获得者纪衍向女友求婚的浪漫现场。

央视的直播视频里，评论区都疯了——

“啊啊啊，我人傻了！我偶像不仅拿了金牌，还求婚了！我却感动得想哭。”

“啊啊啊，好浪漫啊！这个运动员好帅啊！女朋友也好好看！甜死我了！全程姨母笑！”

“啊啊啊，老夫的少女心又回来了！”

“啊啊啊，太好哭了吧！不对啊，奥运会怎么还虐狗了呢！”

“嗷，这是什么小说情节！全世界见证了我们的幸福，太甜了！”

“看个奥运顺道把狗粮吃了，不亏！”

“这一波体育生胜了！男女主角颜值都好高哇！！从十四岁认识，那就算是青梅竹马啦？啊啊啊，太好嗑了！”

“哇！这个被求婚的女孩子以前好像是高山滑雪队的助理队医啊！我当年观看直播的时候，还在镜头里看到过她！”

喜爱纪衍的粉丝们则十分有默契地在评论区，排了一个队形——

“求了！！！”

“求了！！！”

“求了！！！”

“求了！！！”

“求了！！！”

在无数不明真相的网友追问这是个什么梗，粉丝们开启了爆料模式，于是画风变成了这样——

“嗐，其实粉丝们都知道这位小姐姐是谁。真人你们不认识，但我要是说出那个微博名，你们可能还有点儿印象！”

“哈哈哈，对对对，我也记忆犹新！这位小姐姐当年为了男神，大战键盘侠，回了所有恶评帖，去年年初曾在热搜榜前五挂了好几天！”

“纪衍今天向我求婚了吗？”

“纪衍今天向我求婚了吗？”

“纪衍今天向我求婚了吗？”

“笑死我了！没错，那个微博名就叫‘纪衍今天向我求婚了吗’！”

“哈哈哈，太可爱了！”

那天晚上，滑降项目颁奖仪式结束后，纪衍发了唯一一条微博——

“世上成千上万个她，唯有你让我融化。@纪衍今天向我求婚了吗”

番外二

春日迟迟，终将至

[1]

秦妙来参加心胸外科国际医学研讨会之前，就做好了心理准备。可当那一刻真正来临，她所有的预设都没派上用场。

人群里，那人清俊的眉眼依稀还有往日的旧模样，只是多了疏离与冷淡。

她趁对方望过来之前，迅速收回了目光。只是她没想到的是，对方竟然穿过人群，径直朝她走了过来。

叶庭之在她面前站定，语气熟稔，仿佛这么多年的分别并不存在："秦妙，好久不见。"

秦妙抬起头时，惆怅与难言的酸涩早已掩去，只有礼貌的笑容。她盯着他看了几秒，不紧不慢道："不好意思，请问你是哪位？"

叶庭之似是没料到她会是这般反应，愣了一下，随后若无其事道："克利夫兰心血管研究所，叶庭之。"

秦妙不知初恋男友是什么意思，无视他伸出的手，假笑着回了两个字："幸会。"

身处同一个圈子，她总是不可避免地会听到有关叶庭之的消息。不得不承认，这家伙是真的很优秀。不仅是医学权威杂志上的常客，还年纪轻轻就成了全球殿堂级的心脏专科医院 Cleveland Clinic（克利夫兰医院）的主刀医师，业界人送外号"叶一刀"。

然而……那又怎样呢？她与他早在二十岁那年就分道扬镳了。故人重逢心情也会有波动，更何况是初恋。

站在秦妙身旁的男同事是叶庭之的迷弟，此番见到真人，立即两眼发光，主动伸出狼爪握住了叶庭之还未来得及收回的手："叶医生您好，久仰大名！我是秦妙的同事……"

研讨会第一天，叶庭之作为心外科冉冉升起的新星，很快就被圈内人士围堵了。

被挤到一旁的秦妙顺势溜之大吉。

此后，为期三天的研讨大会，在秦妙的有意为之之下，二人再无私下交集。

本来就是过客，何必再徒增烦恼呢？

[2]

研讨会结束的那天晚上，相识多年的医学院老同学易玲玲拉着秦妙一起去酒吧。等到了酒吧，秦妙才发现卡座已经有两个男人了，其中一个赫然就是叶庭之那家伙！

“怎么回事？我还以为只有我们两个人。”她止步不前。

“放心啦，姐妹，在座的都是自己人。一个是我师兄周旸，还有一个是我师兄的好朋友！”易玲玲拉着她三两步走过去，将卡座里的两位男士介绍给秦妙。

所谓的好朋友，自然就是叶庭之。

易玲玲目标直指自己的师兄，打算趁此机会将师兄拿下，但前提是摸清楚师兄神秘的感情状况。秦妙知了她的意图，只得借喝酒来努力忽略身旁的某人带来的压迫感，同时发挥自己的助攻作用。

秦妙素来能说会道，几番交谈过后，已经与周旸师兄妹相称，话题也终于从专业转到了私生活。

易玲玲偷偷用手肘碰了碰秦妙，提醒秦妙帮忙。秦妙了然，主动问：“说起来，我前阵子看过一个微博热门话题，说千万别跟咱们学医的人谈恋爱。周师兄，你们这么忙，平时怎么平衡工作和私生活呢？”

叶庭之听了秦妙的话，不动声色地抿了一口酒。

周旸感慨：“甭提了！一入医学深似海，忙得压根儿没时间谈恋爱。不过打光棍也没啥，有庭之陪我，我心里觉得挺安慰的，哈哈哈。”

“其实像咱们这个职业，要么内部消化，要么都是读书那会儿就开始培养起来的……”易玲玲心花怒放，说到一半，觉得自己的意图太明显，立即改口，“叶医生竟然也单身？这太不科学了吧！怎么着也是咱医学界一枝花啊！追求者肯定数不胜数，是不是要求太高了啊……”

不等正主回答，秦妙笑吟吟地在旁边接了一句：“说不定人家是姐妹呢。”

易玲玲和周旸听到秦妙的话，当场被惊到了。两个人不约而同地望向叶庭之，心里有些打鼓，都觉得秦妙和叶庭之可能有什么不为人知的过节。

谁知，叶庭之眉梢微挑，似笑非笑地看着秦妙，不紧不慢道：“我是不是姐妹，秦医生应该比在座任何人都更清楚。”

易玲玲与周旸被他话里透露的信息，惊掉了下巴！我的天！他们好像发现了不得了的事情！

秦妙输人不输阵，故意上下打量了某人几眼：“呵，也就那样吧。”

叶庭之目光微沉，紧紧握着手里的酒杯：“看来秦医生这些年阅人无数。”

秦妙红唇上扬：“谢谢夸奖。”

易玲玲和周旸难以置信地盯着身旁这对长相惹眼的男女，好一会儿才找到舌头：“呃，你、你、你们……”

秦妙没有回答，站起身，端起酒杯一饮而尽，然后拉着易玲玲去舞池跳舞。

卡座里，叶庭之的目光追随着秦妙的身影，神情罕见地流露出几分落寞。

周旸瞅了瞅好友，又瞅了瞅那位漂亮的秦师妹，最后重新落回好友身上：“庭之，这位秦师妹该不会就是你念念不忘多年的初恋女友吧？”

叶庭之没有回答他的问题，苦笑了一下，说了一句：“她好像早就往前走了，只有我还一直站在原地。”

周旸震惊不已，想起刚才二人针锋相对的场面，劝道：“嗯，你们是不是有什么误会？要不趁机会难得，你们坐下来好好谈一谈？”

叶庭之的目光一点点儿地从与异性互动的秦妙身上收回：“阿旸，我先回去了。”

周旸：“……”

舞池里，易玲玲没忍住心头的好奇，八卦道：“妙妙，你和叶医生以前……是不是在一起过啊？”

秦妙人在舞池，心系卡座，心不在焉道：“陈年旧事，不提也罢。”

易玲玲持不同意见：“有没有听过歌里唱的，如果再见不能红着眼，是否还能红着脸……我敢打赌，你们之间肯定还会有个‘未完待续’……”

秦妙不想继续这个话题，恰好身旁有异性搭讪，便借此避开。当她留意到某人起身离开，没忍住心中冲动，找了个借口拉着易玲玲回到座位。

易玲玲没看到叶庭之，好奇地问道：“叶医生呢？”

周旸迟疑了一下，看了一眼秦妙，说：“庭之他……有事先走了。”

秦妙笑了笑没说话，剩下的时间明显沉默了许多，倒是酒又喝了不少。

周旸与易玲玲都没再提叶庭之与秦妙的事情，师兄妹热聊了一会儿。

其间，周旸帮好友刺探情报：“对啦，两位师妹找对象了吗？要不要考虑一下内部消化啊？”

易玲玲快人快语：“妙妙说结婚没意思，不准备找对象了。我倒是想找呢，可惜缺个天时与地利啊。”

周旸得到想要的情报，松了一口气。

易玲玲大概是受到秦妙与叶庭之的刺激，猛地喝了一大杯酒，肥着胆子问：“师兄，你有没有考虑接下来回国发展？其实国内现在医学环境也在慢慢变好。如果你准备回来的话，考虑考虑我呗？”

“接到了一些邀请，正在考虑要不要回国发展。”周旸虽然是个大直男，但自家师妹这么直白的话，他要是再听不出来，他就真得没救了。只是对于没有确定的未来，他也不敢打包票，慎重说道，“至于其他的事情，我暂时还不能答复你。庭之曾说过，异地恋加异国恋等于一个字，惨！”

秦妙听到最后这句话，忍不住多想。如果当时她与他没有分手，二人按照原先的约定结伴出国，现在会不会又是另一番光景？

她陷入思绪里，只觉得杯里的酒越喝越苦。

一旁的易玲玲听了周旸的话后，松了一口气。她觉得没有被拒绝就是好消息，于是便开心地拿起酒杯给自己和师兄都倒满酒：“行，那这一杯先敬未来！”

周旸瞅了一眼桌上的空酒瓶，忍不住劝道：“两位师妹，你们喝了挺多了，少喝点儿，明天你们还要赶飞机吧？”

易玲玲摆摆手：“我明天不赶飞机，喝醉的话，大不了明天睡个昏天暗地。妙妙酒量很好，她自己有分寸啦。”

周旸后续又劝了好几次，反而被秦妙与易玲玲灌了不少酒。过了一会儿，酒量不佳的易玲玲与酒量不错的秦妙齐齐倒下了。

周旸头疼地看着两位醉酒的女士，心中不免有些发愁，自家师妹还真是心大啊！这要是遇到心怀不轨之徒可咋整？

无奈之下，他只得拨通了好友的电话，让他立即过来帮忙。

叶庭之一接到电话立即赶了过来。速度之快，让周旸觉得好像哪里不对：“你怎么来得这么快？”

“离开的时候遇到了熟人，就多聊了几句……”叶庭之及时止住话题，“不要在意这些细节，现在的重点是怎么把她们送回去。你知道她们住在哪儿吗？”

“哦，我师妹的地址我知道。不过秦师妹……”

“我知道。”

这么多年，他一直尽力不去触碰关于她的一切，却总是做不到。他偷偷关注着她的动向，看着她恣意的模样，便以为她过得很好。于是，那些想说的话一次也没能说出口。

他以为，也许不打扰才是彼此最好的结局。

然而，时隔十二年，在深夜的异国他乡街头，她醉得迷迷糊糊，抓着他又哭又闹，吐露着心中深藏的爱意与不舍，他才发现自己错得有多么离谱！

“叶庭之你这个大浑蛋！”

“你走了为什么还要回来……”

“为什么还要出现在我面前……”

“你以为你是谁啊！我才不会再喜欢你……我再也不喜欢你了……”

“就算是我先说的分手，你为什么答应得那么干脆……为什么你不多解释一下……明明我一直都是这样啊，从来都没有变过……”

“为什么……为什么就不能回头看看我……”

月色如银，晚风温柔。

他小心翼翼地替她拭去脸上的泪水，不再隐藏自己的满腹情深：“对不起，妙妙，我错了……”

时间没有将爱意冲淡，反倒让思念愈渐浓烈。

原来啊，我们都不曾放下过彼此。

[3]

秦妙醒来后，望着身处的环境，一时有些茫然。

过了好一会儿，她才隐约想起昨晚发生了什么。昨天医学研讨会结束后，她被老同学邀请去酒吧玩，谁知叶庭之那个家伙竟然也在……

然后，他们就一言不合聊崩了。

再然后……

脑海中闪过一些断断续续的片段，秦妙忍不住捂脸！

她不仅当街对叶庭之那家伙撒泼，最后还……

总之，是她先动的手。

床边有一杯解酒的西红柿汁，还有一张便笺。

纸上写着一句话：“我去去就回，等我。”落款是“叶庭之”。

秦妙脑子一片慌乱，什么也来不及思考，迅速爬起来，穿上衣服就逃离了现场。

她本来决定这天去奥地利找表妹江禾，事发突然，只得临时改了主意，抢了一张立即回国的机票。

抵达机场的时候，她的手机响了起来。

来电显示是个陌生号码，并不是叶庭之名片上那个电话。在对方第三次来电时，她怀着自己也说不清道不明的心情，接通了电话。

“秦妙，你在哪里？”叶庭之原本是去处理工作事宜，准备将接下来几天空出来，好好处理自己与秦妙之间的关系。谁知道，他刚处理好回来，发现对方走了。

秦妙听到熟悉的声音，慌乱与不安瞬间就消失了。可随之而来的，却是紧张。她一紧张，就口不择言：“都是成年人，你该不会还想要我负责吧？”

叶庭之语气幽幽道：“妙妙，你这是打算对我始乱终弃吗？”

秦妙被噎了一下，话不经大脑：“叶庭之，你、你不会玩不起吧？”

“我只交过一个女朋友，只爱一个女孩。那个女孩叫秦妙。秦妙，我不想和你玩，只想和你结婚。”叶庭之表白的话刚说完，通话突然中断。他再打过去，对方已经关机。

这丫头又跑了……

可是这一次，他再不会轻易放手了！

[4]

半个月后，秦妙在医院走廊撞上了新来的心外科专家——叶庭之。他眉宇间的冷淡疏离，在看到她的那一刹那，统统化作了温柔。

不知怎的，秦妙突然想起了自己在网上看到的那句话——人生最美好的三个词，大概是“久别重逢”“失而复得”和“虚惊一场”。

—全文终—